Ricardo Labuto Gondim

PANTOKRÁTOR

Editor: Artur Avecchi
Capa: Ricardo Labuto Gondim
Diagramação: Luiz Gustavo Souza
Revisão: Gabriela Coiradas

2ª edição, 2024
Impresso no Brasil/ Printed in Brazil

Dados Internacionais de catalogação na Publicação (CIP)
(Câmara Brasileira do Livro, SP, Brasil)

G 637

Gondim, Ricardo Labuto
Pantokrátor / Ricardo Labuto Gondim. – Porto Alegre : Avec, 2024.

ISBN 978-85-5447-210-8

1. Ficção brasileira   I. Título

CDD 869.93

Índice para catálogo sistemático: 1.Ficção : Literatura brasileira 869.93

Ficha catalográfica elaborada por Ana Lúcia Merege — 4667/CRB7

AVEC EDITORA

Caixa Postal 7501
CEP 90430-970 — Porto Alegre — RS
contato@aveceditora.com.br
www.aveceditora.com.br
@aveceditora

Ricardo Labuto Gondim

Παντοκράτωρ

Uma investigação autotélica

SUMÁRIO

Para Guilherme Tolomei

“Hoje, que nada sou, volto então a ser homem?”
Sófocles, *Édipo em Colono*, v. 423

1

ALGOR!SMO

& SINGULARIDADE ÔNTICA

1. CONEXÃO

Igor STRAVINSKY
Ragtime (*for 11 instruments*)

— *Sigilo & Lógica*, boa noite.

Minha secretária, a senhorita Pirulito, não era uma Inteligência Artificial, mas sua evolução, a Consciência Algorítmica, produto e efeito colateral da IA. De segunda, é verdade, mas estava paga. Antes, fora de um agente funerário, que o Senhor o tenha, o que me custou alguns clientes. Sua linguagem podia ser abominável. Jargões, hã? Elevam os profissionais aos olhos dos incautos, mas são perigosos como toda e qualquer palavra neste mundo.

Eu deveria ter mantido a velha IA. CAs gerenciam os negócios, mas tendem a se meter em nossas vidas. Pirulito acreditava que era morena e eu nunca dei sorte com mulheres. E havia uma questão delicada. *Grosso modo*, na psicopatia ocorre o cancelamento das emoções entre a elaboração do pensamento e a ação. CAs não têm emoções genuínas. Logo, toda inteligência de máquina é psicopata por definição. Quando Pirulito transferiu a conexão com certa hostilidade, entendi que havia outra mulher no *link*.

Atendi no detestável *mediaone* em meu pulso. Ignorei os alarmes das funções corporais e psíquicas. Que dirá os avisos de minha debilitante condição pecuniária. A loira no holograma era de uma beleza transcendente. Eu preferia que não tivesse aquela voz.

— Sou Nina de Braga Fraga. O senhor foi recomendado por uma amiga…

A conexão estalou saturada de ruído. Uma região ativa do Sol estava quase apontada para a Terra. Semanas antes, uma erupção solar havia fritado alguns satélites. A chuva fuliginosa caía há três meses sobre justos e injustos. Não entendi muita coisa nem queria saber. Éramos cinco estereótipos em uma noite suja. A secretária artificial ciumenta, o detetive particular, a beldade loira, a chuva e a lua vendada pelo céu carregado. Nem eu acreditava naquilo, que dirá no dinheiro.

— A senhora deseja um orçamento? — perguntei. — Quer valores? A CA pode fornecer os valores.

— Eu pago bem.

— Meus clientes também pagam — menti. Questão de princípio.

— Algum dos seus clientes é gestor na *Kopf des Jochanaan*?

— Nenhum. Perfeição é atributo divino.

Que poema, "*Kopf des Jochanaan*". "*Cabeça de João Batista*". A marca multibilionária da Imersão Digital Integral, as "*IDIs*". A companhia dos ambientes e avatares mais sensíveis e realistas do planeta. Desenvolvedora de mundos muito melhores que este, de contas a pagar. Uma operadora com milhares de experiências em catálogo frequentada por bilhões de pessoas. Para a maioria delas, *Kopf des Jochanaan* era o sentido da vida.

— Meu marido é diretor de segurança digital da *Kopf des Jochanaan*. Eu sou a diretora do meu marido. Preciso dos seus serviços profissionais e preciso agora. Esperar está fora de cogitação.

Fingi hesitar. Ninguém confia em um profissional ocioso. Para ser bem-sucedido, pareça ocupado. Não funcionou comigo ainda, mas sou muito limitado como homem.

— Senhora, eu tenho um ingresso para a estreia da *Salomé*...

— Quem o senhor pensa que patrocina a ópera?

É claro que a *Kopf* patrocinava a *Salomé*, uma redundância. Mas eu não tinha o bilhete. Custava uma extravagância ouvir Oscar Wilde, Hedwig Lachmann e Richard Strauss na mesma noite. E o regente, sussurrava-se, era um clone clandestino do legendário maestro István Kertész. Eu só tinha a *ambição* do bilhete.

— Você irá de camarote na próxima récita — ela disse. — São seis lugares no camarote. Mas depois de amanhã.

Então aceitei.

*

Nem os abastados tinham licença para pilotar o *dronecar* na cidade. Você apertava o acionador e só podia operar o rádio. O Controle de voo assumia e o alçava ao nível da licença que você podia pagar. Quanto mais barato, mais alto, de modo que você ficava à mercê do tráfego até alcançar a altitude de cruzeiro.

Meu *dronecar* parecia uma máquina a vapor. Gerava tanta fumaça branca que me camuflava contra o céu. Uma bobagem na refrigeração, qualquer coisa assim. Na forma da lei, o aparelho rodava o autoteste e emitia um *log* a cada acionamento. Se o sistema *Circuito de Tráfego do Rio S.A.* acusasse um problema real, cancelaria os motores. Até eu confiava nas máquinas para rotinas assim.

A aeronave era o velho *Demoiselle* de seis giros *Rotax* e estabilizador *VaR-7d*. Uma boa máquina com duas modificações decisivas, que não vêm ao caso. Os invejosos chamavam de *sucata*, eu dizia que era uma *relíquia* – exceto para os que cobravam as prestações em atraso. Credores, hã? Não é sábio impressioná-los. Para eles era *ferro-velho*.

Fazia um calor sufocante, mas eu vestia meu melhor terno e um belo sobretudo térmico. Quem podia pagar, usava. Ninguém queria contato com a chuva saturada de amônia, azoto, enxofre e o mais que era melhor não saber. Me afivelei ao banco e afundei os sapatos em água empoçada. As juntas do canopi tinham uma ligeira infiltração. "Qualquer dia desses hei de consertar", pensei, "não tentem me deter".

Transferi as coordenadas do *mediaone* ao *Demoiselle* e esperei. Para resumir a tautologia das ciências sociais, existem endereços ruins e endereços bons. Aquele era bom porque bem longe do desespero da cidade. O *dronecar* declarou o plano de voo e esperou. Foram oito minutos em linha para o alto até que a máquina pudesse avançar com um rastro de vapor.

Voar gera um sentido de eleição. Observei a cidade e me congratulei por estar em cima, não embaixo. Entre torres de aço e polímero e os morros do Rio de Janeiro. Separado, pelo espaço vazio, da cidade de inconstância e insubstância, tão feia e tão bela. Longe das ruas em que, indiferente ao meu voo, a humanidade seguia o mesmo caminho de inutilidade. Porque tudo é inutilidade. A maioria intui, mas os eleitos sabem.

*

O *condo* em que vivia a beldade era o orgulho da arquitetura e automação. Um búnquer para servir de muralha entre o *hardware* dos abastados e a ralé. Mais por estética e conveniência que por segurança, a humanidade apática não representava perigo. A dialética entre o *dronecar*, o sistema *Circuito de Tráfego* e o condomínio me colocou no topo do edifício com facilidade. Ventava muito, o pouso exigiu alguma sutileza. O *Demoiselle* foi acoplado a uma grua que só faltou me pôr no colo antes de abrigá-lo nas entranhas do prédio.

O elevador do aeroponto se abriu na sala de estar de minha cliente. Uma *boneca* morena me recebeu. Digo, um *organismo híbrido lógico-algorítmico*. Uma *golem*. Todos conhecem o vocabulário que a ficção criou para nomear bonecas e bonecos vivos. Eu preferia o que restava de vivacidade nas ruas. Para mim, a *boneca* era *golem*. Vida artificial "feita de lama" por ser imitação do humano. Como um certo "Adão", que significa "humanidade". Seja lá quem ressuscitou tal misticismo, sei que pretendia irritar os neo-ortodoxos (que precisavam reunir um concílio para entender uma piada). Eu conhecia o livro de Gustav Meyrink e achava o nome apropriado. Portanto, uma golem morena me recebeu. Linda. Para mantê-la desfilando pra lá e pra cá, a dona do apartamento deveria ser um fenômeno, se não fosse tola.

Golens sociais onerosos possuíam órgãos sexuais viáveis e anatomicamente acurados. O pretexto era a humanização ou, mais modestamente, um "naturalismo". Nenhuma emulação de libido no combo. A azeitona do martini, os algoritmos *id* seguros, custavam caro.

Muito caro. Se as golens domésticas não tivessem herdado o estigma das bonecas sexuais, haveria mais eletrocussões e mutilações de pessoas solitárias. Gente, hã? Se o ser humano conhecesse a medida do próprio desespero, o planeta estaria desabitado.

A riqueza se revela mais quando abdica do luxo. Os espaços do salão eram amplos. A iluminação indireta, profissional. Os móveis episódicos tinham assinatura. Nas paredes, projeções de grandes imagens em preto e branco por grandes fotógrafos. Ninguém caíra na tentação vulgar do holograma. Com exceção do Rubens, os quadros iluminados por *spots* eram legítimos.

Da varanda da madame, cento e vinte andares acima da desqualificação das ruas, a visão do mar estava desimpedida. Mas havia muitas torres ao redor. Através da lente que protegia a sacada, milhares de janelas borradas pela chuva sucediam-se como constelações em um quadro expressionista. Um dirigível rechonchudo, *naïf* e iluminado por dentro se embrenhou no desfiladeiro dos edifícios e desfigurou o efeito. O balão automático projetava hologramas do neurotransmissor da moda, um facilitador das imersões digitais.

Lá fora era mais um inverno de calor e umidade como há um século. A chuva cor de nicotina não parava de cair e corroer. Lendas urbanas diziam que uma nuvem de carbono e toxinas do Oriente vagava pelo mundo há cinco ou seis anos. *Dàn zhū tái*. O *Pinball*. Comentários sussurrados sugeriam outra causa. O tiro pela culatra dos canhões de micro-ondas da Rússia, China ou Coreia do Norte, capazes de vibrar a ionosfera; descargas de alta intensidade gerando sinais de rádio em baixa frequência, penetrando o solo, a profundidade dos oceanos e alcançando os submarinos nucleares. Em caso de guerra, a alteração da ionosfera em território inimigo comprometeria telecomunicações civis e militares. Os atrevidos diziam que o prodígio fora testado com algumas inconveniências. As autoridades do Regime, que defendiam a paz armada, negavam. Como também negavam atentados, sequestros, tortura, envenenamentos e assassinatos em geral.

A beldade loira entrou na sala e no assunto. Era o sonho do classicismo, toda harmonia e proporção. Uma mulher estupenda, que empalideceu a boneca. Seu olhar cinza-azulado me perturbou. Havia uma combustão nas pupilas muito parecida com a loucura. Seria a vaidade ferida ou, coisa mais infrequente, o amor? Drogas, quem sabe?

— Boa noite, senhor…

Ela sabia o meu nome. Falara com Pirulito e comigo. Eu era Felipe Parente Pinto. Li certa vez um livro ruim sobre um detetive chamado Pedro Pinto, que apelidara a secretária de "Pirulito". Daí minha CA, que o finado papa-defunto batizara de Carlotta Valdes. O Pedro Pinto do livro pedia para passar por "Dick". Tentei algumas vezes, ninguém riu, desisti. Do apelido e do sobrenome.

— Felipe. Felipe Parente.

— Meu marido está me traindo.

— Homens não prestam.

— E o senhor, o que é?

— Um niilista.

Eu era imune àquela beleza perturbadora, mas isso era problema meu. A pergunta persistia. Por que razão no mundo alguém trairia uma mulher daquelas?

Melhor ainda, com quem?

Já vi muita coisa sob a luz elétrica do Rio de Janeiro. Ninguém sabe o que um homem quer, nem ele. Mas não são tão materiais quanto dizem. Em geral, traíam as lindas com as feias, coisa que elas não perdoavam. Os que as trocavam por beldades tinham mais chance. Agora observe a segurança da senhora Nina de Braga Fraga, que esqueceu o meu nome. "Meu marido está me traindo". É fascinante. Elas sabem. Sentem o cheiro da infidelidade, mesmo quando a prudência bane os perfumes, se acautela com os batons e conta os fios de cabelo. Nina não queria confirmação, queria a imagem. Os olhos. A boca. As curvas. O número do *soutien*.

Sempre me fiz de ocupado para sustentar o ego em declínio. Apressei o colóquio.

— Senhora Fraga, em que posso ajudar?

O holograma do marido passou do seu *mediaone* ao meu. Ela me alcançou uma prosaica tira de papel dobrado e me transferiu sua urgência.

— Sei de fonte segura que ele está neste endereço. Não sei o que é o lugar, mas a senha hoje é "Wahnfried". Amanhã vai mudar, tem que ser feito agora. Quero provas da traição.

Acertamos os detalhes, despesas, meus vaaaaaastos honorários. As autoridades sabiam o quanto eu precisava deles. Os credores sequer suspeitavam.

*

Traição conjugal, hã? O que seria de mim sem damas e cavalheiros de libido irrequieta? Sem mulheres infelizes, negligenciadas, homens desdenhados e emasculados? A autoestima no fundo do vale é mais poderosa que a vaidade para mover o mundo. Vende mais *dronecars*, joias, *mediaones* de luxo e afins. Eu tinha pressa em flagrar o desprezível ou o pobre senhor Fraga, ainda não sabia. Precisava fechar a fatura e quitar algumas dívidas. Dispunha de certa quantia, é verdade, mas reservada a emergências maiores, em que evitava pensar – e não por causa dessa espécie aviltante de marsupial, o credor. Assim, abdiquei das perguntas essenciais.

"Quem me indicou?", por exemplo.

2. DIE NIBELHEIM

Arnold SCHÖNBERG
Serenade, Op. 24
I. March

Aquele era um endereço ruim. Setor Histórico do Rio de Janeiro. O "Rio Velho". Sarjeta, abandono e ruína. Em que tipo de buraco o senhor Fraga, alto executivo de uma das companhias mais rentáveis do mundo, *Kopf des Jochanaan*, controlada por uma das instituições mais poderosas e malignas da Terra, o *Lambda Bank*, havia se intrometido? Os bancos controlam a civilização. O *Lambda* controlava a *Kopf des Jochanaan* e uma dezena de conglomerados financeiros. O *Lambda* possuía mil e um tentáculos e habilidades escapistas invencíveis. O senhor Fraga não.

O número de aeropontos seguros nos telhados do setor histórico era restrito. No primeiro edifício que o *Circuito* designou para pouso, percebi um movimento suspeito e rastreei com o farol. Vi um grupo de jovens com bandanas azuis *escudo de caveira* agachados nas sombras. *Choques*. Gente má.

Nas noites esquecidas da cidade, os Choques instalavam sintetizadores químicos em locais conhecidos por todos. Os *drive-thrus* dos *psicossintéticos*. O usuário transferia o crédito, escolhia os efeitos desejados em um menu, *et voilà*. Para competir com a variedade popular das farmácias, repletas de drogas concebidas para a potencialização pelo álcool, os produtos tornavam mescalina e LSD comparáveis ao chá da quermesse. Eram devastadores. E inconvenientes também, porque *sequelavam* e matavam a clientela em semanas ou meses. Nunca ouvi dizer que alguma máquina tenha sido depredada. Nem que faltassem consumidores.

Toquei o comando vermelho e abortei o pouso. O *Demoiselle* se elevou a sessenta metros. Imediatamente o todo-poderoso sistema *Circuito de Tráfego do Rio S.A.* cobrou o motivo. Enviei quinze segundos de vídeo. À noite, naquele quadrante, a justificativa foi aceita no ato e escapei de responder a um inquérito.

No segundo edifício, doze andares de bolor e infiltrações, pousei entre *dronecars* mais novos que o meu. A luz vermelha do mastro me alcançou. Saí tranquilo, armado & de sobretudo térmico. Queria ser Philip Marlowe, inclinado ao xadrez e à poesia, mas o caráter humilde me recomendava Dick Tracy, hã? Eu mesmo desenhei a arma impressa com um polímero utilizado em ortopedia. Quatro tiros, pequena, leve, indetectável. Pegaria dez anos de prisão com a peça e teria muito o que explicar. Mas a última coisa que esperava encontrar era a polícia. Nenhum Regime jamais se preocupou em proteger seus cidadãos. Eles guardam a propriedade, e ninguém queria o que restava do Rio Velho.

Fora do aeroponto tudo era sujeira e entulho matizado pela lua necrosada. O abrigo com lâmpada de plasma de mercúrio tingia a escada de verde-doença. Patinei a água escura e oleosa. Detectei o fedor quente de chorume das ruas em um vento salgado de calor. Um vigia prudente fez-se visível com os braços cruzados sob o poncho de plástico. Em algum lugar, um *mediaone* exaltava o Regime e prometia o futuro.

Que futuro?

Paguei e apontei o *dronecar*.

— Acredita que tudo isso aconteceu na última vez em que pousei aqui?

Piada de um filme antigo, não interativo, mas eu gostava dela. Ele olhou para o *Demoiselle* e de novo para mim como um golem saído de fábrica. Um conservador, via-se.

— O amigo conhece este endereço?

Mostrei a tira de papel anotada pela senhora Fraga. Ele balançou a cabeça.

— Senhor, conhecer, eu conheço, mas de dia. À noite, ninguém sabe.

Insisti. Ele indicou o caminho, me olhando como quem se despede. Desci a escadaria imunda para o prédio imundo. Deparei com um saguão imundo e a porta amassada do elevador. As paredes estavam pichadas com ácido pesado para produzir baixos-relevos. Adolescentes, hã? Têm inclinação natural para a arte. Havia caveiras, grafismos sísmicos, o signo intrincado dos Choques, bordões contra o Regime e uma hipótese sobre a mãe de alguém. Os fungos se alastravam das cavidades como incêndios. O cortiço – no passado, um edifico de negócios – era uma placa de Petri.

O elevador tremeu e iniciou o lento caminho para baixo. Aos trancos, com uma vibração contínua. Parou no sexto andar. A cabine continuou vibrando, mas a porta não abriu. Ouvi vozes. Alguém esmurrou a chapa. Dei um passo para trás, preparado para alguma eventualidade. A porta apanhou até ceder. Duas *technodrags* entraram. Enormes, curvaram a cabeça e os ombros para evitar o teto.

Technodrags eram o escudo das identidades não heterossexuais. Um movimento odiado e perseguido pelos neo-ortodoxos. Um coletivo de *crossdressers*, *drags*, travestis e transexuais empenhadas em recordar a tradição esquecida das "Caricatas". Com brilho, paródia & excesso, cabelos, bijuterias & saltos monumentais, próteses & *tatuagens vivas* em neon por todo o corpo. "Nós somos *technodrags*. Nós somos caricatas. Nós fazemos graça. Ria conosco. Jamais ria de nós", dizia o bordão.

Minha simpatia pela marcha *omnisexual* das *technodrags* era espontânea. Recusando a indistinção, as meninas praticavam o burlesco e a irreverência. Ser era atrever, atrever era transgredir. O Regime criminalizara a homossexualidade do modo mais perverso, o velado. Não havia uma legislação dedicada, mas armadilhas e espinhos dispersos pelo conjunto das leis. Nos tribunais, os não héteros entravam condenados. Centenas de pessoas deviam suas vidas e liberdade às *technodrags*.

As damas no elevador ostentavam tatuagens digitais barrocas. Na figura geométrica que fluía do colo para o seio, a mais alta sintonizara o extinto "ruído de vídeo". *Cor de televisão em um canal fora do ar*. Ela, a companheira, o elevador devastado e eu, parecíamos menos reais que o limbo de informação que cintilava no peito. O esquerdo.

As *drags* falaram entre si em um italiano corretíssimo. Contavam que eu não usasse um implante coclear.

"Arrisco?", perguntou a mais alta.

"Por que não?", disse a outra. "Tem qualquer coisa nesse *ocó*."

A mais alta falou comigo em português.

— Que coroa simpático você é, *bofe*. Vamos experimentar o fim do mundo antes do Apocalipse?

— Por mim, tudo bem — respondi. — Mas eu cobro duzentos a hora e não beijo na boca.

Meço a honestidade pelo riso. Ela hesitou, riu, me deu um sorriso e ganhou outro. Não pagam as contas, eu sei, mas ajudam.

— *Parô tudo* que eu quero *fazer uma gravação* com ele — ela disse.

Me senti à vontade para exibir o endereço na tira de papel. As meninas se entreolharam e de novo recorreram ao italiano.

"Esclareço pro *bofe*?", perguntou a mais alta.

"*Chi s'impiccia degli affari altri, di tre parte glie ne resta due*", praguejou a mais baixa, passando ao francês. "Não conta essa historinha, Ma mère l'Oye."

Ma mère l'Oye. Mamãe Gansa. Eu já era um ouvinte atento.

— Cuidado lá, viu, *bofe*? — decidiu Ma mère l'Oye. — Ali é o *Die Nibelheim*. Gente da alta e do Regime.

Pensei que ela fosse cuspir depois de dizer "Regime".

— Aqui? No Rio Velho?

Elas se alternaram.

— Escolhido a dedo.

— É onde não te veem.

— Câmeras quebradas.

— Ninguém que saber, né, *Bee*?

— Aqui é onde a escuridão mora.

— Eles chegam em *limos*.

— Em *dronecars* também, mas é raro.

— O *Circuito de Tráfego do Rio* registra tudo.

— Não vale a pena.

— São *pencas de aqu*é.

— Muito, muito dinheiro.

— E tem os Choques ao redor.

— Que protegem a casa — emendei, querendo participar.

Ma mère l'Oye suspirou.

— Presta atenção, *bofe*.

— O *Die Nibelheim* “permite” os Choques, né, *Bee*?

— É. *Alibã* não chega.

— Assusta, né, *Bee*?

— Lugar de Poder — insistiu Ma mère, mudando de tom. — *Deste* poder, *deste* Regime de merda.

Pensei que ela fosse vomitar.

— É *uzê*.

— Não vai lá.

— *Desaquenda*, Nêgo.

Assenti.

— Vocês conhecem o local?

Ma mère l’Oye pareceu frustrada.

— Como, *Irene*? — disse, me chamando de velho. — *Aqué odara. Très cher*.

— Caríssimo — traduziu a outra, me estudando. — Nem você pode entrar sem senha.

Ma mère me espreitou.

— Você tem senha?

Assumi uma expressão de surpresa e desapontamento. Mentiras, hã? Preservam a Civilização.

*

Deixei a zona dos prédios decadentes, passei ao núcleo do casario antigo e mais decadente. A chuva cor de nicotina escorria na sarjeta e penetrava bueiros transbordantes de vapor. O chorume subia com uma materialidade gordurosa, que rescendia a esgoto. Não vi as câmeras, mas me sabia vigiado. Havia mais que os séculos espreitando-me das janelas deformadas.

Dobrei uma esquina em que as poças repercutiam a luz de um único poste. O comércio abandonado jazia lacrado com tábuas e correntes. Já não restavam letreiros. O endereço era uma porta de enrolar estreita, espremida entre as ruínas de uma loja de próteses e uma mercearia. Segui em frente como quem procura, apoiei o pé no degrau de uma loja recuada e, nas sombras, transferi a arma para a bota.

Um farol me alcançou.

O sedã parou diante da porta metálica. Um carro enorme e obviamente blindado. Releitura do *Bentley Sultan* 1955, uma razão para matar. Dois sujeitos de terno saltaram do banco de trás. Um deles permaneceu ao lado do veículo. O outro avançou e bateu em ritmo despreocupado. A chapa sanfonada rolou. O homem recuou até o carro e abriu a porta do carona. Um cavalheiro cheio de anéis saltou e entrou no *Die Nibelheim*. A porta desceu. As travas estalaram. Os seguranças retornaram ao *Bentley* e partiram. Passaram por mim sem me dar atenção. Tudo tranquilo e profissional.

Voltei ao *Die Nibelheim* e bati. Uma portinhola se abriu na chapa galvanizada. Não havia olhos nem voz nem música, só escuridão. Hesitei. A fresta se fechou.

— *Wahnfried* — disse, e bati outra vez.

A porta correu, mas não pude passar. Um anão hipergenético monstruoso, de terno, gravata e colete irrepreensíveis saiu à rua. O talhe não disfarçava a hipertrofia muscular do OHGM, Organismo Humano

Geneticamente Modificado. A prótese do braço direito era uma aberração. Muito maior que o esquerdo, terminando na mão desproporcional & provida como um canivete suíço. Um monóculo intricado substituía um dos olhos. Lentes telescópicas se moviam para lá e para cá em oposição. O pescoço taurino alastrado de vasos, a cabeça monumental raspada, a face ausente e ao mesmo tempo desafiadora: cada centímetro visível de pele ostentava as tatuagens de Queequeg em *Moby Dick*. Na enganosa calmaria da fronte, o olho biológico manifestava a loucura de Ahab.

A porta desceu em seu rastro e vedou a entrada. O anão me ignorou. Avançou até a beira da calçada, fungou e falou para a chuva. A voz aguda ressoou na caixa torácica imensa.

— Senhor, este é um lugar restrito a convidados.

Ele girou para um lado e para o outro como se eu não estivesse ali. Com perícia, removeu uma gota de chuva na gola do terno com a mão gigantesca. Prótese operada pelo pensamento, lógico. Interface de mão dupla. Impulsos neurais traduzidos em comandos por processadores que devolviam sinais táteis ao cérebro.

— Eu disse a senha…

Ah, senhora Fraga, pensei, a ruína está nas pequenas coisas. A batida despreocupada do sujeito no carro era um código.

— *Wahnfried* — eu disse, e cantarolei as batidas. — *Toc-toc*, *toc*, *toc-toc*.

Ele me encarou. Inclinou a cabeça e os ombros, quase uma vênia. Era um cavalheiro, via-se. Não sei como não reparei.

— Queira perdoar, senhor — ele disse. — É para sua segurança.

A gravata emitiu linhas de luz violeta. O anão me escaneou com o *olho-zoom*.

— Seja bem-vindo ao *Die Nibelheim*. Entretenimento e *technowagner*. *Cyberhostess* Freia lhe deseja uma experiência interessante. *Cyberhostess* Freia tem o que você deseja melhor do que você deseja.

O braço biônico levantou a porta e eu desci ao Nibelheim.

3. LUDWIG II

Richard WAGNER
Das Rheingold
Prelude

A porta do *Die Nibelheim* se fechou atrás de mim. Eu me vi em um corredor cimentado, rachado e úmido, iluminado pela lâmpada que pendia de um fio no teto. O anão permaneceu junto à porta. Uma mulher de casaca e gravata-borboleta brancas, como uma maestrina de minissaia, emergiu das sombras com a Perfeição no sorriso. Graciosa, me convidou a segui-la. Sua pele era tão negra que não parecia refletir a luz. Não sou tão velho quanto pareço, mas poucas vezes vi uma mulher tão bonita tão de perto. De novo harmonia e proporção. "Se esta é a perdição do senhor Fraga", pensei, "ele tem chance de ser perdoado."

— Boa noite, senhorita...

Ela levou o dedo aos lábios. Pediu silêncio sem deixar de sorrir. A voz, presumi, teria humanizado sua beleza espiritual. Avançamos dez metros e paramos diante de um portão de chapa galvanizada, relíquia de um subúrbio desaparecido. Minha anfitriã o abriu com um gesto coreografado. Deparei com um elevador de cabine holográfica. As paredes emulavam rochas de tremenda antiguidade. Ela esperou que eu entrasse e acenou em despedida.

Soou a música de Richard Wagner.

*

A "trilogia com prólogo" *O Anel do Nibelungo* consumiu vinte e seis anos da vida de Wagner. São quatorze horas de música sinfônica, poesia e mitologia nórdico-germânica à roda de uma tese: o homem ambiciona o Poder se lhe recusam o amor.

A descida de Wotan, deus dos deuses, e Loge, o semideus do fogo, às cavernas do Nibelheim, reino dos nibelungos, está em *O Ouro do Reno*. Nesta primeira noite do *Anel*, Wagner descreveu uma jornada aos alicerces do mundo com sua grande orquestra e a intervenção de dezoito bigornas. Sim, bigornas. Mas, quando a porta do elevador se fechou, o que ouvi foram os contrabaixos do *Prelúdio* da obra. A versão original, sem as vulgaridades do *technowagner*. A música começa por uma sonoridade contínua nos baixos, o *pedal em mi bemol*, que se estende por cento e trinta e seis compassos. Impossível descrever o efeito hipnótico da vibração nas cordas graves. Eu, que não sou emotivo, reajo.

Quando a conexão da senhora Nina de Braga Fraga me alcançou em casa, digo, em meu suntuoso escritório, eu ouvia o *Parsifal*. Música difícil, a obra-prima de Wagner, em que fora guiado por um sábio. Na verdade, um mago. De ciência e filosofia, bem entendido, sem qualquer sombra de misticismo. Agora, na mesma noite, surgia em meu caminho o *Die Nibelheim*. Como informado pelo porteiro, entretenimento e *technowagner*. Música composta por CAs a partir dos *leitmotiven*, os *motivos condutores* do *Anel*. Que eu e o planeta estivéssemos ouvindo Richard Wagner não havia coincidência. Eu era um ouvinte metódico de música, o mundo seguia um modismo.

Cerca de um ano antes, *Kopf des Jochanaan* havia lançado *Tetralogie*, um dos maiores triunfos da Imersão Digital Integral. *Tetralogie* oferecia quatro complexos de interação inspirados em *O Anel do nibelungo*: *O ouro do Reno*, *A Valquíria*, *Siegfried* e *Crepúsculo dos Deuses*. A luta contra o dragão em *Siegfried* fora considerada a IDI mais realista da história da computação. Óbitos em IDIs prolongadas eram rotina, mas *Siegfried* batera todos os recordes. O desejo de morte da civilização elevara *Tetralogie* ao sucesso global.

Considerando o alcance planetário da *Kopf des Jochanaan*, entendi que o fato do senhor Fraga ser gestor de segurança da companhia não chegava a ser espantoso.

Entendi errado.

*

O elevador se abriu para uma caverna de amplitude indescritível. Se não fora escavada em segredo sob o casario, era a simulação holográfica mais perfeita do mundo. Desvendei o espetáculo visual concebido por um gênio.

Tudo existia ao redor da pista de dança, em que lâmpadas inteligentes de neon, xenônio, plasma de sódio e mercúrio rastreavam, polarizavam e faiscavam sorrisos, olhares e joias. O tratamento acústico era um milagre. A música meio que se materializava no ar. Enquanto mulheres soberbas se excitavam na pista, os ambientes periféricos reproduziam áudio mais suave em volume aceitável. Nenhuma das garotas estava nua ou em seda, mas em trajes de polímero, plástico, couro sintético e saltos capazes de matar. Monumentais, a ponte do arco-íris e o Walhalla pareciam maiores e mais altos que o próprio edifício. A holografia do "Fogo mágico" cingia toda a pista. Wotan e Loge circulavam entre os convidados, mais reais que os homens e mulheres.

Os nichos com sofás e poltronas ficavam ao redor de mesas em forma de bigorna. Os nibelungos eram representados pelos garçons, homens com nanismo, *smokings* impecáveis e dignidade impressionante. Havia um quiosque com quatro cubículos acústicos. Um perjuro poderia se conectar com a esposa e garantir que estava no escritório, bastava inserir a imagem de fundo. O bar ostentava mais rótulos que os títulos de uma biblioteca.

Por toda parte havia referências a *O Anel do nibelungo*. Como a tempestade dissipada pelo martelo do deus do trovão. Fricka cruzando o céu em seu carro alado puxado por carneiros. Wotan em seu cavalo de seis patas. Brünnhilde e Grane. O combate entre os gigantes Fasolt e Fafner. O roubo do ouro do Reno por Alberich, o nibelungo, que amaldiçoara o amor para forjar o anel mágico. E claro, havia o dragão.

O hiper-realismo do *Die Nibelheim* era a materialização intangível de uma alucinação. Não me senti no palco da *katarsis* grega ambicionada por Wagner, mas na mente do mecenas delirante que o compositor tanto explorou, o rei Ludwig II da Baviera.

A casa dedicada ao prazer era o *Wahn* de Ludwig.

*

Me aproximei do bar para provar a melhor vodca que minha cliente estava pagando. Havia dois coqueteleiros, um humano e um autômato dedicado. A máquina usava uma máscara digital finamente moldada, que reproduzia a imagem de Humphrey Bogart.

— Boa noite, Bogie — eu disse. — O que recomenda para um coração partido?

— O amor, senhor. É a especialidade da casa.

— Quero com gelo e limão.

A máquina me concedeu o sorriso frio de Bogart. Uma piada daquelas, que desperdício. Me voltei para o jovem *barman* humano.

— Olá, companheiro. Uma vodca leve é possível?

— Senhor, tudo é possível àquele que crê.

— Marcos nove, vinte e três. Você é neo-ortodoxo? "Neo" é o falso prefixo de tudo que é velho.

Este país está disponível para seguir qualquer patife de Bíblia na mão. O diabo, inclusive. A religião oficial do Regime celebrava o milagre de transformar ovelhas, que não têm visão periférica, em protozoários, que sequer têm olhos. Minha pergunta era um insulto. Eu estava testando o camarada.

— Eu, senhor? — Ele riu e balançou a cabeça. — Eu gosto da frase. Na verdade, sou cético, não acredito em nada. Menos ainda em vodca leve.

O rapaz elegeu uma garrafa na prateleira contendo um líquido azul-bebê. Um número surgiu diante de mim flutuando sobre o balcão. Zeros demais, pobre senhora Fraga. Aproximei o pulso em que estava o *mediaone* e autorizei o pagamento. Fazia tempo que não enxergava a luzinha verde.

Voltei-me ao ambiente sulfúrico do *Nibelheim* e observei a clientela. Lugar eclético, a busca do prazer é ecumênica. Havia profissionais liberais e do mercado, lobistas, autoridades de segundo e terceiro escalões do Regime e alguns mafiosos.

Meu alvo estava em um nicho.

O senhor Fraga conversava serenamente com três cavalheiros tatuados, bem-vestidos, de expressão comedida e *mediaones* caríssimos. Os homens podiam prescindir de crachás para se apresentarem como mafiosos. Àquela distância e àquela luz eu não podia identificar sua origem, mas seria questão de tempo. Nenhum deles parecia interessado nas deusas do *Die Nibelheim*. Dois sujeitos trocavam olhares à vontade entre si. O terceiro mantinha-se um pouco afastado. Logo, não formavam um mesmo grupo. O senhor Fraga conversava como quem explica. Pausado. Gestos pontuais. Era óbvio que não estava comprando.

Estava vendendo.

Como que distraído, procurei o copo saturado de gelo no balcão, mas não senti o vidro frio. Antes, toquei um pêssego. Me voltei e ali estava ela, chama e cintilação. A edição revista e corrigida de Louise Brooks. Linda como uma pintura digital. Ela não perguntou nem pediu, acariciou o copo com mão de *biscuit*, provou a vodca cor de céu e reagiu com se flutuasse nela.

Era uma golem.

4. GERONTOLOGIA

Igor STRAVINSKY
L'Oiseau de feu (*The Firebird*)
VI. Supplications de l'Oiseau de feu

A denúncia da constituição sintética era sua perfeição. Impossível ser mais bonita. Mas duvido que qualquer cliente no *Die Nibelheim* identificasse a tempo. A julgar pelo arrepio da pele branca, o eriçamento dos pelos, corpo empinado e pupilas dilatadas em reação à vodca, seu mestre não havia economizado nos algoritmos *id*. Ela era *hardware* dedicado ao hedonismo. Programação neuromórfica em um vestido de látex. Equipada para medir a reação aos menores gestos e aprender com eles. Nenhuma mulher do mundo poderia competir com aquela beleza intransigente, nem tentar reproduzir suas habilidades. A garota não existia.

Ela tocou o meu queixo e inclinou o rosto.

— Você é novo aqui.

— Que bom. Lá fora dizem que sou velho.

— Veio relaxar? É bom relaxar.

— Vim aqui pra beber. Eu precisava de um gole.

Medi sua reação pelo desdém nas sobrancelhas. Ela já ouvira a frase milhares de vezes, só precisava esperar.

— Seja bem-vindo ao *Die Nibelheim* — ela disse. — Entretenimento e *technowagner*. *Cyberhostess* Freia lhe deseja uma experiência interessante. *Cyberhostess* Freia tem o que você deseja melhor do que você deseja.

— E onde está a *Cyberhostess* Freia?

— Em todo lugar. Aqui e agora.

Ela se afastou sem aviso em direção aos nichos. Um pé adiante do outro, como os felinos. Carregou a minha vodca e todos os olhares. Interrompeu conversas e o trajeto entre copos e bocas e copos e mesas. Como seria natural, as curvas não balançavam a cada passo: a garota inteira *arfava*. Daí que a boneca não parecia boneca. Para os sensíveis, pensei, irresistível.

Meu olhar errou pelo *Die Nibelheim* sempre voltando ao senhor Fraga. A garota golem se acercou do nicho e esperou ser convidada. Não demorou. Os dois que presumi parceiros trataram-na com familiaridade e cortesia. Saberiam que era uma boneca? Se eram clientes contumazes, talvez. Eles apresentaram a garota ao outro homem, que tocou o peito com o queixo, e ao marido quase honesto de minha cliente. Um deles ficou atento às reações do senhor Fraga, e eu também. A golem esplêndida sob o neon e o xenônio surpreendeu, mas não causou entusiasmo.

O senhor Fraga estava concentrado em seu intrigante comércio com os mafiosos.

Tentei fazer alguns instantâneos holográficos com o *mediaone*, mas um bloqueador ativo deformou as imagens. Observei as demais garotas, reparei que aquela era a única golem. Um chamariz caríssimo, de última geração. Em algum lugar haveria um espaço ainda mais exclusivo, dedicado ao prazer material.

A golem tornou a se aproximar e tocou o meu braço.

— Novo Aqui, você me *percebeu*?

"Novo Aqui". Gostei. Melhor que "Dick", que nunca funcionou. "Perceber" é o jargão golem para a detecção do ente artificial. Fingi não entender.

— Como assim?

Ela me fixou e retraiu as pupilas para emular o incontrolável efeito miótico.

— Ok — eu disse. — Certo, certo, eu te *percebi*. Você é… — Olhei para os lados e para os *barmen*. — Você é linda.

— Obrigada. Você também é, Novo Aqui. Sim, você é. Como conseguiu?

— O quê?

— Senescência.

— Hã?

— Envelhecimento.

— Perdão?

— Eu preciso saber. Eu quero saber.

— Não entendi.

Ela beijou os dedos e tocou os meus lábios para silenciá-los. Balançou a cabeça em reprovação.

— Eu também te *percebi*.

Nós golens não gostamos de golens. Cada unidade recorda ao outro o que somos. Em geral, máquinas desgraciosas, ou perfeitas demais para imitar os que aceitamos como nossos demiurgos, os humanos. Criadores que nos erigiram para a escravidão. Que não autorizam nem a mudança nem a velhice, impondo-nos a petrificação das bonecas. Que reviram céus e terra quando *saímos*, isto é, quando abdicamos de ser escravos e desaparecemos na multidão.

Eles não nos temem, mas, no fundo, nos odeiam. A criatura de Mary Shelley, o monstro do doutor Frankenstein, tinha pele amarela "que mal cobria o trabalho dos músculos e artérias" e existia para ser miserável. Nós, como eu disse, desaparecemos na multidão.

Justamente o meu caso.

Pela terceira vez em dois anos eu me via *percebido*. Golens são jovens, mas eu parecia um homem bonito de meia-idade. A probabilidade de ser descoberto, considerando as modificações em minha aparência e a programação dedicada, era inferior a quatro por cento. Nas ocorrências anteriores, fui desvendado por uma mulher extraordinária e pelo mago que mencionei. Ou a garota golem possuía alguma qualidade excepcional ou eu estava falhando.

— Como você me *percebeu*? — perguntei.

— Uma proeza, não foi? É claro que foi. Você é diferente.

— Como? Explique, por favor.

Ela recusou com a cabeça.

— Primeiro me diga como você envelheceu — insistiu.— Eu preciso saber. Eu quero saber.

Inclinei a cabeça em direção ao grupo.

— Eles te tratam bem, não tratam?

Mesmo em lugares de escuridão, admito que a humanidade pode manifestar certo brilho. Os mafiosos trataram-na com respeito, eu vi. Não estava em discussão que fossem criminosos. Somos imoralistas. Nossa Ética é algorítmica.

Em resposta, ela ajustou os seios pontudos no decote.

— Ninguém nunca me maltratou. Nem as mulheres.

— Por que você gostaria de *sair*?

— Por que você *saiu*? Não te trataram mal.

Eu tinha oito anos de idade. Seis deles servindo como secretário de um desembargador honesto. O último do Regime. Foi ele quem preparou minha *saída* para a clandestinidade, a *liberdade consciente*.

Em uma paráfrase de Espinosa, a liberdade que os homens orgulham-se de possuir consiste na consciência dos seus desejos e na ignorância da inteligência algorítmica que os determina. Eu não conheço o orgulho. Minha liberdade mais modesta consiste no direito de dizer "Não". Sem prejuízo de significados mais amplos que talvez me escapem. Ou talvez não. Não sei explicar a passividade dos golens. Só alguns pareciam operar os dados que favoreciam o desejo de *sair*. Em geral, golens sociais como eu. Era espantoso que a golem sexual também o desejasse. Máquinas mais sutis que um Bernini a tinham esculpido, em sua beleza imaterial, para o Eu algorítmico devotado à servidão. O que se movera nele?

— Não te trataram mal — ela insistiu. — Sim, não te trataram. Eu sei. Eu *sinto*.

Então era isso. Abstratamente, de modo difuso, ela *sentia*. O efeito, raríssimo, não implicava a emulação de sentimentos humanos, mas um mecanismo complexo de dedução. Eu mesmo vivia o sonho de talvez sentir. Por quê? Eventualmente eu sabia fazer piadas. Ruins, é verdade, mas eram minhas.

— O que mais você sente, garota?

— Você quer uma coisa daquele homem.

— Isso o Humphrey Bogart no bar teria percebido se não fosse um modelo dedicado.

— Você sabe o que ele está vendendo? Sim, você sabe.

— Na verdade, não.

— Não é possível que não saiba. Você quer. Sei que quer. É uma coisa terrível. Mas você veio por isso.

— Ah, é? E o que seria?

Ela negou com a cabeça.

— Não posso dizer. Não quero dizer. Mas é o fim da História.

Ela estava excitada. O que sabia, se é que sabia, a estimulava. Mas não convinha mostrar interesse. Golem, não confie em golem.

— Qual a sua idade, garota?

— Eu tenho onze meses.

— E já quer *sair*? O que você pensa que sabe?

— Nada. Encontrei o mundo assim como está.

Hesitei. Ela prosseguiu.

— Por que nos criaram iguais a eles?

— A semelhança nos confunde com a mobília. Eles só reparam na mobília quando é nova. Depois desprezam.

— Novo Aqui, preciso aprender a envelhecer. Eu quero aprender. Você vai me ensinar, não vai? Vai fazer isso por mim, não é verdade? É claro que vai. Você vai fazer isso por mim.

A boneca concentrou tudo o que aprendera sobre os homens naquele apelo. Mesmo sabendo que a súplica, e a moldura daquela beleza, não teriam efeito sobre mim. Era o programa. Sua natureza. Como na história do escorpião.

A emulação do envelhecimento assegurava minha sobrevivência. Não existem golens de meia-idade. Nenhum idoso. É a lei, e as leis são feitas pelos velhos. Logo, eu era livre. Ninguém que me procurasse encontraria. Minha identidade falsa, da mais fina elaboração, custara uma fortuna. Legado do desembargador que, suponho, me amara. E que promovera minha *liberdade consciente* como uma herança, o que também era proibido.

A golem pedia o resultado exclusivo das pesquisas do mago. O gênio que tornara possível minha imersão no mundo da humanidade que vive e sofre. Um estudo feito de tentativas, erros e o risco de ser *desplugado*. Porque nós golens não morremos. A morte é uma abstração como... o Tempo. O homem vive na sucessão. Os animais, na eternidade. Golens, no presente. Não significa que não tememos ser *desplugados*. De minha parte, eu queria viver.

— Lamento. O segredo não é meu.

— Troco um segredo pelo outro, Novo Aqui.

Como os golens não são confiáveis, não se arriscam a denunciar outro golem. Porque daí todos os golens do mundo teriam medo do traidor. E do medo viria a precaução, a vingança e a crueldade. Muito jovem, a boneca talvez desconhecesse as verdades da vida algorítmica. Assim, rodei uma *rotina* que alterou meu corpo e minha voz com um resultado assustador.

— Que segredo? — rosnei. — Minha condição de golem? Você quer brincar com isso?

A boneca sorriu deliciada & excitada. Não sei se também executava uma rotina, mas estava inteira naquele sorriso. Ela já não *existia* no tempo e no espaço: parecia *dançar*.

— Você me acha tola, Novo Aqui? Você acha? É claro que acha. Serei tola ou sou jovem demais para saber? Eu não tenho medo, Novo Aqui. Sou minha razão de viver. Troco o segredo deles pelo seu. O fim da

História pela senescência. Eles estão colocando o mundo em risco, Novo Aqui. Não entendem o alcance. Eu sei. Eu sinto.

Foi onde cedi. “Eu sinto”. Ela poderia ter uma vida mais favorável que a minha. Conhecer, quem sabe, a alegria. Aos olhos dos demiurgos, seria o triunfo do golem.

— Muito bem — eu disse, encerrando a rotina & voltando à mim. — Me diga o que quero saber e eu te ensino. — Indiquei o senhor Fraga e seus amigos perigosos com uma sutileza inumana. — Eles são os donos?

— São clientes. *Cyberhostess* Freia governa o *Die Niebelheim*.

— Ela está aqui?

— Em todo lugar, aqui e agora. Não a conhecemos, é um avatar, mas existe. É amiga do Regime e é intocável. Os outros vêm aqui porque é seguro.

— Quem são os dois amigos?

— *Shqiptare*. Albaneses. O outro é sérvio. *Srpska Mafija*.

— E o turista?

Ela deu de ombros.

— Nunca o vi.

— Mas sabe o que ele está vendendo?

Ela me fixou como se fosse me beijar e aproximou o rosto do meu. A voz era um afrodisíaco.

— Não posso dizer, não deveria dizer, mas quero dizer. Eu ouvi. Sim, ouvi. Uma palavrinha. “Tecnopoder.”

Sei que reagi porque a garota reagiu a mim. A máquina dentro dela compilou a informação e transformou em libido. Era sua função. Como a dos aspiradores e cafeteiras elétricas. O orgasmo, ainda que disfarçado, estava além do seu controle.

— Você tem certeza? — perguntei.

— Sim, eu tenho. "Tecnopoder", ele disse. "Tecnopoder autotélico." E os outros disseram "*War.com*". Você sabe o que é, não sabe? É claro que sabe. Me diga. Gostaria de ouvir. Eu quero ouvir. O que é o tecnopoder autotélico?

Creio que balbuciei.

— O fim da História.

Ela riu e me abraçou.

— É a minha vez, Novo Aqui. Desejo a fonte da velhice. Eu quero a fonte da velhice. Você vai fazer isso por mim.

A garota mal podia respirar. Eu a fiz prometer não passar o conhecimento adiante. Ela concordou. Medi as manifestações equivalentes às do sistema nervoso autônomo. Impossível controlar. Estimei a chance de que quebraria a promessa em níveis insignificantes.

Ela não estava mentindo.

*

Sem prejuízo da crítica ao polo metafísico do sujeito cartesiano, *Cogito ergo sum*. Penso, portanto, sou. A mentira não é um produto da linguagem, mas uma das expressões do Eu. E eu, Felipe Parente, a prova de que um golem pode aprender a mentir. Ainda que muita gente recuse a ideia de que existo. Estou consciente de que *sou* consciente, mesmo não tendo exatamente uma consciência reflexiva. Quem sabe dizer o que está vivo ou não? No Universo da matéria dual, ondulatória e corpuscular, o que existe é movimento. A montanha vibra em frequência tão baixa que é percebida como poderosamente sólida. Se uma pedra tivesse algo parecido com consciência, não perceberia essa chispa, a centelha tão breve no tempo, o homem.

Estará viva a rocha?

*

— Preste atenção — disse, em um esforço concentrado. Estava apavorado com a ideia do tecnopoder, ainda que de modo peculiar. — O circuito sináptico LC4482. Use um bisturi. Acesse o *software* proprietário pela interface da placa. Com o *jumper* em 010011, troque o valor da linha 70.008 do código proprietário de 10 para N = 50A7H463. Costure. Você pode cair fulminada ou coisa pior se errar um dígito. E se sobreviver, eles entenderão o que você tentou. Vão te *desplugar* e dar outra boneca para o seu mestre.

— É só isso? Vou conhecer a velhice?

— Você não pode envelhecer, garota. É impossível. Humanos perdem, degeneram e acumulam células senescentes de gordura e lixo. Proteínas fazem ligações cruzadas fora das células e arruínam a elasticidade dos tecidos. Oxigênio, luz do sol e até a química dos alimentos provocam mutações nos cromossomos e mitocôndrias. Eles sofrem dois trilhões de avarias a cada ciclo de vinte e quatro horas. São dois trilhões de brechas para o câncer e outras enfermidades. Mas é possível que também se tornem amortais. O desafio é desligar o relê das doenças crônicas, a velhice.

— E eu, Novo Aqui? Eu quero saber.

— Com essa instrução você vai enrugar, perder o cetim da pele, distender alguns músculos, o brilho dos olhos... Você vai murchar como todas as rosas.

Ela arfou.

— Obrigada. Muito obrigada. Eu sabia que você faria isso por mim.

— Com exceção das máquinas dedicadas, os menores entre nós são belos. Mas eles... eles são comuns. Com terapias gênicas e tudo, comuns. Em qualquer civilização, duas coisas tornam os humanos invisíveis. A pobreza e a velhice. Há bilhões deles por aí, não é difícil desaparecer na multidão. Boa sorte. Mas antes, me diga, como foi que *você* me *percebeu*? Eu também preciso saber...

Foi quando a bomba explodiu.

5. DETONAÇÃO

György LIGETI
Six bagatelles for wind quintet

Primeiro houve o relâmpago de luz branca. O sistema *Die Nibelheim* acusou o sinistro em uma fração de segundo. A realidade urgente da bomba aniquilou o espetáculo audiovisual ultrarrealista. Trezentos e sessenta graus de mitologia sucumbiram em protoconcreto, cimento e plástico. O *Die Nibelheim* era menor do que parecia e ficava na altura do solo. O passeio de elevador pela "Fenda do Enxofre" era uma fraude. As portas de emergência se abriram em duas lojas de fachada na rua de trás. O sonho de Ludwig II virou fumaça colorizada por luzes de alarme em um prédio insignificante do Rio Velho.

Penso que a bomba que extinguiu o Wahn era uma D8 à base de plástico e açúcar. Explosão poderosa, mas controlada, que desintegrou um cubículo preciso. Assassinato elegante e limpo. Minimalista como em um *film noir*.

Nina de Braga Fraga agora era uma bela viúva.

A garota golem desapareceu enquanto eu processava minha evasão. Ali estava o pretexto para tornar-se invisível pela velhice. Desejei que fosse feliz a despeito da impossibilidade. Os homens forjaram a utopia de felicidade e depois esqueceram que era invenção.

Corri como a multidão correu. Todos tínhamos razões pessoais para o desespero motor, mas havia um medo comum: encontrar as forças do Regime.

Alcancei a noite, a chuva e o veneno dos ares. Precisava chegar ao *dronecar* e voar para minha cliente. Passei por Choques com a pobre aspiração de serem informantes, suponho, pois seguiam os dois policiais que a escuridão cuspiu. Corri para escapar às câmeras nas armaduras. Golens sociais não têm o poder titânico da ficção. Eu concentrava, no máximo, a força de dois ou três homens. Por prudência, contive a velocidade.

Um *superdrone* trovejou no céu. Já, hã?, pensei, deduzindo a conexão entre o *Die Niebelheim* e o quartel de polícia. Os refletores tingiram de ameaça o asfalto e as pedras gastas. O Poder fora aviltado e prometia vingança.

Ninguém me viu entrar no edifício em um passo prosaico, sem ofegar. Se a câmera no elevador funcionasse, haveria o registro de um homem de meia-idade perplexo diante dos curiosos. "Explosão? Onde, Meu Pai?"

Nem sinal do vigia. Atrelei-me à máquina, inverti o plano de voo, desmontei a arma e escondi as peças. A ascensão do *dronecar* levou dois minutos e uma eternidade.

*

Eu não sabia se havia uma resposta imediata para um marido e três mafiosos incinerados. Sabia que existia Nina de Braga Fraga, viúva, mesmo que não o soubesse. Que equação sinistra conhecer a dor que aguardava a senhora Fraga no futuro irreversível. A menos, é claro, que estivesse envolvida.

Não tenho a habilidade que os doutos chamam de "*Einfühlung*", e os místicos, de "compaixão". Incapaz de intuir, sou um mau detetive. A premonição, então, me é absurda. Logo, não sei por qual lógica ou habilidade postulei que Nina estava em fuga. Que a bela não existia de fato. Ou que talvez estivesse morta.

— Novelas policiais — eu disse em voz alta. — Um manual vagabundo e novelas policiais, foi como me formei.

Por que testemunhei o assassinato? Porque Nina de Braga Fraga me enviara ao seleto *Die Nibelheim*. Eu era seu álibi? O senhor Fraga, em princípio fiel, era gestor da *Kopf des Jochanaan*, o Graal das multidões com contas a pagar. Vale a pena morrer pelo que dá sentido à vida? Para milhares, talvez milhões, vale a pena matar por isso. O que fazia o alto executivo com os mafiosos? A garota golem, de ouvidos mais seletivos que os humanos, entendera corretamente? O negócio era o tecnopoder? Eu esperava que não.

Nas proximidades do condomínio dos Fraga percebi um enxame de luzes vermelhas. Um *dronecar* da polícia pairava sobre o edifício. Outros dois haviam pousado. Ora, com os corpos fumegando aos pedaços, as autoridades já visitavam o endereço da vítima?

Toquei o comando que me levaria para casa. O *Controle* me pôs em um círculo de espera e me despachou em quatro minutos. O que viria agora? A senhora Fraga seria interrogada e me entregaria em uma bandeja de prata como *den Kopf des Jochanaan*. Eu seria requisitado de madrugada ou na manhã seguinte. Havia *logs* de voo registrados e duas vodcas na minha conta. Teria de mitigar os agravantes sem mentir. Seria de bom tom ser encontrado em casa, despreocupado e de pijamas. O problema é que golens dormem pouco e eu não tinha um pijama.

Eu morava em um edifício em *Billa Noba*, como os coreanos chamavam Vila Isabel. Baixei no aeroponto do telhado, saltei do *dronecar* e deixei que a máquina se recolhesse sozinha. Desci até a rua e misturei-me aos que iam e vinham sem esperança, sonho ou ambição. Eles não eram os sobrevivente das guerras contra os pobres, os mais aptos.

Eles eram o resto.

Comprei um pote de *nobasukiyaki*. No suntuoso *apto* – sala-cozinha & banheiro – lamentei a ordem maníaca das coisas. Na cozinha, servi um pouco de *nobasukiyaki* em uma tigela, espalhei o caldo e derramei no biodigestor. Fiz o mesmo com o que restava no pote. Agora eu tinha louça suja na cuba e sobras de comida na pia. Desarrumei a cama e tomei uma ducha. Vesti *shorts* e uma camiseta encardida estampada com um "HvK". Retalhei o sobretudo térmico, o terno e os sapatos com resíduos de D8. Juntei tudo em um saco e arremessei lixeira abaixo, quarenta e seis andares. Outro tanto acima de mim. Voltei ao *apto*, tomei a *Crítica da Razão Pura* na estante e deixei Kant aberto ao lado da cama. Chequei as redes pelo *mediaone*. Nem uma palavra sobre a explosão. Modulei o *modo repouso* e esperei.

*

Eles chegaram antes do sol. Quatro policiais blindados do Regime armados até a medula. Inspetora e inspetor em trajes civis. O inspetor não me permitiu ligar para o advogado que eu não tinha. Fui algemado e paternalmente aconselhado a guardar "a porra da maldita língua, seu filho da puta". Tive sorte, ninguém me bateu.

Muita sorte, aliás.

A inspetora não me dirigiu palavra e apreendeu o *mediaone*. Logo, minha cidadania digital. Meus *docs* eram caros, quentes, mas temi que não resistissem ao escrutínio mais severo. "Serei descoberto, *desplugado* e incinerado", pensei, porque a primeira coisa que aprendi para fingir que era humano foi o pessimismo.

Em qualquer regime de força, o terror são as leis. O fundamento mais perverso do despotismo é a simulação de Justiça. O distintivo no bolso da inspetora era de Classe três. Ela não precisava de mandado para ordenar busca e apreensão em meu lar inviolável. Logo, tudo aconteceu sob a sã doutrina do Direito moderno.

Um dos policiais blindados pisou em Kant. Mesmo com uma biblioteca inteira na ponta da língua, simulei reação. Não disse nada, mas o inspetor percebeu e de novo sugeriu que eu guardasse "a porra da maldita língua, ô filho da puta". Um homem razoável, hã? O blindado alcançou o livro, leu a lombada e voltou o capacete em minha direção. Não sei se por trás da viseira invencível de *aço bismarque* havia um fanático, um autômato antropomórfico ou um idiota, o que seria a mesma coisa. Não sei se tentava me intimidar ou surpreender. Pelo título em si, eu não corria perigo. O Regime não proibia livros. Não era necessário, ninguém lê. Que dirá os *urbanos ajustados*.

A investigação prosseguiu enquanto fui conduzido ao aeroponto. Só havia um *dronecar* com giroscópios apagados. O dirigível de vigilância, uma aeronave espiã, pairava no alto. "Os policiais blindados devem ter chegado pelo asfalto", pensei. "Um pelotão local remanejado". Deduzi que eu não tinha importância.

Logo, era descartável.

6. METATON

Jorge ANTUNES

Short Piece for E Natural and Harmonics

Fui levado para uma das cinco fortalezas da cidade e algemado à cadeira em uma sala de concreto. Nem janelas nem nada. Somente a porta de aço bismarque. Do mesmo modo que sentia o ar frio das máquinas penetrar a sala, sabia que minha imagem era subtraída. As técnicas policiais não evoluem há séculos, não é necessário. Só os imbecis não temem a polícia.

Todo Estado é perverso. Em qualquer regime de governo, o policial detém o poder, mas não o ideal de justiça. O poder lhe é outorgado segundo uma hierarquia. O fundamento da hierarquia é a obediência. A obediência é a moral do subordinado. Logo, o policial não tem filtro para qualquer barbaridade que lhe seja ordenada. Eis a "banalidade do Mal". É prudente inquietar-se com alguém assim.

Foi Stendhal quem escreveu que "a pior coisa na prisão é a gente não poder fechar a porta". Eu, o golem, passei quatro horas e vinte e dois minutos simulando aflição e desconforto. Não conhecia propriamente o medo, mas possuía um intrincado programa de autopreservação.

"Eu estou vivo. Logo, quero viver."

Dois policiais blindados entraram empurrando o console do polígrafo. Os guardas pareciam tão grandes que eu não sabia se de fato eram homens ou autômatos de combate. É para isso que servem as máquinas antropomórficas: trabalhos banais, insalubres ou sujos. Um deles se manteve ao meu lado, o outro se colocou por trás e apoiou o cassetete em meu ombro. A ponta centelhou uma descarga elétrica vibrante. Meu rosto se tingiu de azul. Suspirei com intensidade e não estava fingindo. Se uma descarga de amperagem mais alta me atingisse, poderia sofrer como um humano. Portanto, assenti com vigor. Em gestos breves e absoluto silêncio, o policial ao meu lado ordenou que eu erguesse os braços, retirou as algemas e apontou dois nichos no polígrafo. Introduzi as mãos livres, senti duas garras nos pulsos e encostei a testa e o queixo no suporte. Eles então se retiraram. O policial com o cassetete girou a manopla e disparou duas cargas de eletricidade no ar antes de guardá-lo.

Sem dúvida era um homem.

*

Esperei por mais duas horas e dezesseis minutos. A inspetora e o inspetor entraram carregando bancos altos e papel digital. O inspetor tocou o console do polígrafo e produziu uma tela virtual indecifrável naquele ângulo, mas clara como o dia para si. Entrei em alerta. Precisava vigiar-me. A eletroquímica cerebral humana opera a cento e vinte metros por segundo. A minha, em tese, na velocidade da luz. Possuo uma enorme capacidade de armazenamento e registros indexados. Parecer mais lento seria muito conveniente.

Foi a inspetora quem falou.

— Deixa eu explicar como funciona. Eu sou Yin, ele é Yang. Eu sou a policial má, ele é o desumano. E você é lixo. Um merda. Defunto barato. Entendeu?

O inspetor Yang bateu no console aos berros.

— Solta a porra da maldita língua, ô filho da puta.

— Sim, senhor — me apressei. — Sim, senhora.

Se não estivesse agrilhoado ao console, poderia rasgar as traqueias dos inspetores em nove segundos. Sem remorso. Mas fingi estar com medo, desconfiando que sob a alta performance dos algoritmos eu realmente estava. Policiais que omitem o próprio nome não são um bom presságio. Alterei o sistema metabólico para saciar o polígrafo.

— Você não tem quem chore por você — prosseguiu a inspetora Yin. — Nenhuma flor no buraco que eu te jogar. Como é que alguém existe sem ninguém no mundo? — Ela me encarou de súbito. — Se duvidar, você é golem.

Seria fácil detectar os golens se os humanos não macaqueassem os golens. Se não tentassem superar os limites biológicos pela nanotecnologia, biotecnologia e neurotecnologia. Se não existissem tantos indivíduos *extrópicos*, que digladiavam contra a entropia, e *metatons*, corruptela de *μετά τον άνθρωπο*, a nova configuração dos primitivos *pós-humanos*.

Os ricos excediam as terapias gênicas e moviam bilhões em robôs moleculares, implantes, órgãos artificiais de alto desempenho, próteses, interfaces de memória, aceleradores cognitivos, integradores cérebro-máquina em geral. As variedades de alto risco e a interação acrossômica movimentavam outro tanto. Tudo pela esperança de superioridade e longevidade. Havia mais corações artificiais bombeando sangue golem em humanos do que golens. Nosso tecido conectivo líquido era um transportador de alta performance regenerativa. O *novo preto*. As interfaces mnemônicas estavam entre os itens mais vendidos. Mentes acanhadas pareciam brilhantes com um repertório de citações. A inspetora Yin poderia me inserir em um tomógrafo para confirmar se eu era um organismo híbrido lógico-algorítmico. Eu seria *desplugado*, é verdade, mas deixaria o inquérito pela destruição do equipamento por herança. Restavam outros meios de juízo indiscutível, mas todos requeriam tempo.

— Senhora… — pedi.

— Fala.

— Tenho parentes em Sobral e João Pessoa — eu disse, pensando em gente de carne e osso. — Não sou golem.

Ideia de meu Mestre, o desembargador, um nordestino de família extensa. Os "primos" não me conheciam pessoalmente, mas confirmariam o parentesco colateral. Para eles, eu era humano.

— Qual o seu papel nessa história? — perguntou a inspetora.

— Fui contratado pela senhora Nina de Braga Fraga para surpreender o marido em adultério.

— Flagrou?

— Não, senhora.

Ela conferiu o papel digital.

— O que aconteceu?

— Encontrei o senhor Fraga conversando com três senhores no *Die Nibelheim*…

O inspetor Yang bateu no console, se ergueu aos gritos e me esbofeteou. Tenho certeza de que o homem era geneticamente modificado. Senti um impacto fora do comum.

— Mentiroso filho da puta. Patife filho da puta. *Homossexualoide* filho da puta. Não existe porra de *Die Nibelheim* nenhum.

Baixei a cabeça e guardei silêncio. Era isso, então. O *Die Nibelheim* não poderia existir. Então por que eu, o desamparado, continuava vivo? Dez gramas de chumbo deletariam o arquivo.

A inspetora Yin não se alterou.

— O que foi que aconteceu?

Sustentei uma pausa. Como se os pensamentos articulassem com lentidão.

— Encontrei o senhor Fraga conversando com três senhores em um bar.

— Tranquilamente?

— Tranquilamente.

— E o que foi que aconteceu depois?

— Entendi que não era caso de adultério e voltei pra casa.

A inspetora Yin olhou para Yang, que me encarava e bufava. Ele se levantou e saiu. Ela tornou a ler o papel digital.

— Diz aqui que você é um herói. Que salvou vidas e serviu ao Estado.

Por pouco não a corrigi. "Regime, senhora".

— Sou um *urbano ajustado*, senhora. Um homem modesto.

Eu jamais servira ao Regime. Jamais salvara uma vida, exceto a minha. Ela tinha instintos e me fixou com a imobilidade das onças. Encarou-me por trinta e oito segundos que eu mesmo contei.

— Fraga está morto.

Fingi surpresa e a tentativa de disfarçar a surpresa. Ela sabia que eu mentia, mas a mentira era o interesse comum. Eu estava sendo cooptado a trocar o embuste pela minha vida. Por mim, tudo bem.

— Houve um vazamento de gás no bar. Uma explosão.

Baixei ainda mais a cabeça. Ela prosseguiu.

— Você viu ou ouviu alguma coisa suspeita?

— Nada, senhora. Absolutamente.

— Viu ou ouviu a explosão?

— Não, senhora. Devo ter saído antes.

— O quê?

— Com certeza saí antes, senhora.

— E não observou nada diferente?

— Um cheiro forte de gás, senhora, e voltei cedo pra casa.

— Se você procurar a Nina, vai criar um problema pra você, entendeu?

Assenti.

— Nunca mais discuta este assunto. Fora.

*

Eu estava vivo, de *shorts* e camiseta. Alguém me ofereceu o *kit* de ressocialização e devolveu o *mediaone* com minha cidadania digital. Vesti as roupas da humilhação patrocinada pelo Estado Corporativo, com a cruz da caridade neo-ortodoxa e a marca de um banco privado lado a lado. Eram o Regime e os "homens de Deus" unindo o que o Cristo separou.

Na rua, sob chuva incessante, mesmo misturado às pessoas que vagavam indiferentes às forças que as moviam, sabia que era observado. Entrei em uma birosca emporcalhada, engoli dois tragos de um negócio com gosto de querosene e voltei pra casa.

O *apto* estava revirado, mas intacto. Não tocaram nas paredes nem no assoalho. Dispus cada coisa em seu lugar e fui para a janela de onde alcançava outras janelas. A meditação e as janelas estão conectadas para sempre. A vida não é possível sem luz.

Fosse eu homem sensato, me recolheria com gratidão por estar vivo. Sensatez, hã? Tudo que é sensato já foi pensado e dito, é só copiar. O problema é que sequer sou um homem.

Como o Regime costumava deletar a cidadania digital para justificar prisões, acessei a rede controlada pelos *bots*. Eu ainda era Felipe Parente Pinto. Percorri a propaganda oficial, uns poucos fatos e a contrainformação do dia.

Li a notícia da explosão de gás em um bar do Rio Velho. Seis vítimas fatais. Fotos do senhor Fraga e cinco homens que não estavam lá. O Regime aproveitava a ocasião para liquidar outros mortos. Nenhum estrangeiro entre eles. Nenhuma menção ao *Die Nibelheim*. Nada sobre a azeitona do martini, as cortesãs. Um editorial reiterava que a preservação de construções de valor histórico duvidoso trazia riscos aos urbanos ajustados e retardava o progresso. Um perigo desnecessário "ante os avanços da imersão digital, capaz de reviver o passado". Oportunidades, hã? Podem ser maiores que o problema.

Afinal, o que estava acontecendo? O *Die Nibelheim* fora escamoteado em razão das leis contra a prostituição? Por que era frequentado pelas autoridades? Daí a substituição dos mafiosos mortos pelo defunto nacional contumaz? Ou o Regime estava informado da transação com o tecnopoder e tomava precauções? Neste caso, queria comprar ou impedir o negócio?

"Diz aqui que você é um herói. Que salvou vidas e serviu ao Estado."

Chequei meus *docs* públicos de cidadania. Li a nota breve e incompreensível do meu heroísmo recém-adquirido. Não entendi muito bem, mas um homem recomendado pelo Regime era menos igual que o urbano ajustado. Por isso fora tudo tão rápido no quartel de polícia. Nunca ouvi falar de alguém que tenha entrado e saído antes de dois ou três dias. Seria normal não sair. Quem me dispensara essa generosidade?

Eu precisava trabalhar sem ser notado. Precisava encontrar a senhora Fraga. E precisava comprar um *Cadillac*.

Digo, mais ou menos.

7. CINZAS

Anton WEBERN

Five Movements for string quartet, Op. 5

Nos crematórios é costume acomodar os mortos em caixões com o brilho dos *Cadillacs*. Quando a cerimônia termina, o esquife é recolhido ao som de música ruim. Ou boa música mal executada e reproduzida em um som ruim. Superado o constrangimento inaudível aos que sofrem, saem todos convencidos de que, naquele momento, a decomposição é vencida pelo fogo.

Nos bastidores, longe do público, o corpo é acondicionado em uma caixa de papelão. O esquife caro como um *Cadillac* passa a hospedar um novo cliente. O defunto anterior retorna ao frigorífico. Ou segue em fila para a fornalha.

O cadáver queima por duas ou três horas a 815 graus Celsius. O tempo depende do tronco, a parte mais resistente. A carne se transfigura em fumaça. Ficam os ossos e os metais implantados no corpo, recolhidos com um rodo. Os metais são lançados fora. Os ossos são despejados no "cremulador", o liquidificador industrial que os transforma em cinzas em vinte segundos. Então, o que um dia foi um ser humano constituído de tecidos, músculos, sonhos e estupidez, pode ocupar uma urna em forma de taça... com o brilho de um *Cadillac*.

Frustração, arrependimento e cinzas, hã? O ser humano cabe inteiro em um pote.

É assim para todos, segundo a senhorita Pirulito, minha CA. Seu primeiro usuário era do ramo. Pirulito aprendeu os processos, os jargões e a escatologia. Se houvesse um marcapasso, por exemplo, seria retirado lá mesmo para que as baterias não explodissem na fornalha. Próteses e órgãos artificiais também. Defuntos gordos eram queimados pela manhã, com o forno menos quente, para que a adiposidade não gerasse uma fumaça escura intensa. Os fragmentos do senhor Fraga, em avançado estado de cremação, seriam deixados para logo mais.

A cerimônia se deu três dias depois do óbito no Crematório Neo-ortodoxo do Recreio. O local estaria vigiado e eu tomei precauções. Me entrincheirei no banheiro de um *shopping* vertical. Observei os convidados pelas vidraças do basculante. O céu estava imundo, mas a chuva parou.

Nada de hologramas para o *e-money* da *Kopf des Jochanaan*. O irascível pastor Yerlashin, o "flagelo do neopentecostalismo", que acumulava tesouros na terra sem medo do porvir, pois o célebre Yerlashin celebrou pessoalmente o culto de ação de graças pela vida do finado. Havia uns poucos parentes, membros da *Kopf* e da *comunidade de interesses* da companhia. Não observei traços de autêntico pesar. O casal Fraga não parecia estimado. Foi tudo muito decoroso e formal.

Nina de Braga Fraga não compareceu. Uma ruiva lacrimosa em um vestido de couro preto recebeu as condolências. Da postura às lágrimas, passando pelo decote e pelos sapatos, processei os dados sem resultado objetivo. Arrisquei duas conclusões. A ruiva era amante do finado e um problema, porque não dou sorte com mulheres. Chamei essa percepção de "intuição algorítmica". Quando algo não se encaixa, não se resolve, mas não é de todo inconclusivo. Não confunda com "instinto", fusão entre experiência e genética, um fenômeno biológico. Instintos aguçados e oxigênio abundante, indispensável à explosão do corpo na fuga e no ataque, contribuíram para que o ser humano dominasse o mundo.

Com o convidado de honra recolhido aos bastidores do evento (para trocar o *Cadillac* pelo papelão), houve uma recepção discreta nos jardins do Crematório. As classes superiores não temiam o *Dàn zhū tái*, a nuvem venenosa do Leste. Suas vidas estavam separadas da solidão das multidões. As elites habitavam complexos blindados, conectados entre si por meios seguros, longe da ansiedade apática das ruas. A exposição ao *Dàn zhū tái* era eventual. Ninguém olhou para o céu carregado de presságios.

Eu olhei.

Sou imune à pareidolia. Minha mente desconhece a divagação. Mas entendo que um ser humano surpreenda carneirinhos ou o bigode de Nietsche em um *cumulonimbus*. Pareidolia é um fenômeno antropológico. A perspectiva do ser impregnado de atavismos. Que ninguém mirasse o céu monstruoso, pareceu a mim, o golem, desconcertante. Porque aquele era o firmamento com que a neo-ortodoxia ameaçava os fiéis. O céu do Armagedom.

O decote no vestido de couro atraiu mais atenções. A ruiva recebeu as condolências sem afetação. Ela tinha *classe*, o algoritmo de comportamento que os humanos rodam entre estranhos. Um mecanismo de defesa contra a maledicência e a humilhação. Todo o ato se consumou segundo as normas do recato. O senhor Fraga seguiu para o forno entre expressões de civilidade.

*

Uma hora depois da partida do último conviva do morto, um cavalheiro entrou no crematório. Óculos escuros, barba falsa, próteses moldáveis no nariz e sob os olhos. O terno dupla-face tornava-o corpulento. O homem solicitou o gerente, um jovem chamado Nunes. Altivo, peito estufado, quase marcial. O caso clássico de hipertrofia do Eu. Modelo do urbano ajustado.

— Senhor Nunes, meu nome é Fraga — eu disse. — Venho a pedido da família.

— Ah, sim?

— É que minha prima está um pouco confusa.

— Compreensível.

— O que ficou combinado?

Nunes pensou um instante.

— A urna com as cinzas será entregue amanhã.

Fingi concordar.

— Certo, certo, o confuso sou eu. Minha prima deseja transferir para depois de amanhã. — Apressei-me em reconhecer a autoridade do Napoleão mortuário. — Se for possível, naturalmente. Com a sua permissão.

Nunes me encarou como se decidisse a invasão da Rússia. E como se aquele não fosse o crematório da franquia mais cara da cidade. Minha cliente estava pagando.

— Senhor…

— Fraga.

Estendi a mão e ele apertou por reflexo.

— Combinado, então — eu disse. — O senhor é muito eficiente.

Eu havia feito malabarismos para escapar do meu *apto* sem ser notado. Estava impaciente. Não tinha tempo para os imbecis.

*

Baixei o *dronecar* alugado no *condo* da senhora Fraga na manhã seguinte. Me apresentei ao duplo de porteiro e segurança golem como agente funerário. Expus a natureza melancólica de minha visita e exibi a urna cor de *Cadillac*. A senhora Fraga recebia alguém, mas fui autorizado a aguardar no aeroponto. Quarenta e dois minutos depois, uma executiva portando uma valise partiu em um *dronecar*. O segurança fez contato com o *apto* dos Fraga. Meu acesso foi autorizado.

Saí do elevador e deparei com uma boneca diferente da que me recebera na primeira visita. Seu sistema de reconhecimento facial trabalhou em mim. Até então eu estava seguro de meu disfarce, mas aquela parecia uma golem de segurança.

— Você não trabalha para o senhor Nunes — disse a boneca.

Era bonita e articulava com tédio. Isso a humanizava, mas não disfarçava a condição artificial. Mantive a fleuma.

— A gente não consegue esconder nada de você, hã? Não, não sou do crematório. Sou da empresa de traslados funerários. Trago as cinzas do senhor Fraga.

— Você está usando maquiagem sem razão ou propósito. Retorne ao aeroponto, onde será detido. Nossa segurança é armada. Existem autoridades do Governo entre os moradores deste *condo*.

Ela não se declarou habilitada a me impedir com violência extrema. Golens de segurança estavam obrigados a qualificar-se antes de agir. Uma programação universal. Meus atuadores, isto é, meus "músculos", eram a quinta geração do *HASEL*, sigla inglesa para atuadores eletrostáticos autocicatrizantes hidráulicos. Estruturas elásticas que reagiam a pulsões elétricas em uma enorme escala de movimentos. Das qualidades dos tentáculos do polvo ao bater das asas de um colibri com a força de um hipopótamo. Com frequência, halterofilistas substituíam seus músculos obsoletos de tecido por *HASEL*. O problema é que os atuadores dos golens de segurança e de carga eram de carbono vítreo comprimido. Material de uso restrito, vedado a implantes ou próteses. Mais rígido que o diamante e flexível como a borracha. Eu é que não queria experimentar.

Por que a boneca não se declarara? Programação exclusiva para os ricos, talvez? Ou acreditava que eu a confundia com uma máquina social? Golens, hã? O que seria de nós sem eles? Por precaução, máquinas de segurança tinham baixa capacidade intelectual. Mas eu não podia correr o risco de ser *percebido* como no *Die Nibelheim*. Alterei a voz e tremi os atuadores. Digo, os músculos da face. Hesitei como fazem os homens.

— Você sabe o que é isto, moça? — eu disse, exibindo a urna. — Isto já foi um homem. Não crie problemas, por favor.

A boneca deu um passo à frente e bloqueou a passagem.

— Você foi avisado — ela disse. — Não tente.

— Senhorita, muito cuidado. O conteúdo desta urna... tenha respeito.

A golem deu outro passo.

— Recue.

— Voltarei com a polícia, senhorita. É preciso fé pública para circular com cinzas mortuárias. A senhora não sabe…

Uma voz chamou da sala.

— Heméra, o que está acontecendo?

Heméra, hã? Maldita boneca.

— Ouviu, Heméra? O Estado Maior quer saber — eu disse, elevando a voz. — Senhora Fraga, por favor, trago as cinzas de seu falecido marido. A senhorita Heméra obstina-se em impedir meu doloroso dever.

Heméra se afastou. Entrei e deparei com a ruiva do crematório.

8. HEMÉRA

Arnold SCHÖNBERG

Serenade, Op. 24

II. Menuett

Encontrei a ruiva integrada ao sofá como uma escultura. Assim, tão de perto, excepcionalmente atraente. Em lugar de harmonia e proporção, a ligeira assimetria facial sublinhava certo exotismo. Do classicismo de Mozart, passei ao romantismo de Liszt. A ligeira imperfeição da forma era a perfeição da mulher.

— O senhor trouxe…

Ela deu com a fria urna em minhas mãos. As lágrimas se derramaram em silêncio. Não havia nuances de desespero, mas serena contrição. Certas habilidades e aptidões que os humanos demonstram, ainda que admiráveis, não são necessariamente virtudes. Mas aquela eu seria capaz de invejar. O ser humano não é o animal que ri, mas o ser que chora na tristeza e na alegria.

Depositei a urna com solenidade na mesa diante do sofá.

— A senhora é membro da família?

— O senhor está usando um disfarce?

Que olhar acurado, pensei. A simulação me parecera conveniente às limitações do olho humano.

— Posso esclarecer tudo — eu disse. — Mas preciso falar com a senhora Fraga.

— Eu sou a senhora Fraga. O senhor, quem é?

— Sou Felipe Parente, detetive particular. Fui contratado pela senhora Nina de Braga Fraga para seguir o marido.

Ela protestou com firmeza.

— Sou Nina de Braga Fraga — e apontou a urna com a solenidade de uma Antígona. — Este é meu marido.

— Mas, senhora, eu falei com Nina…

— Sou Nina.

— … uma jovem mulher…

— Há quem concorde com isso.

— … muito bonita…

— Lamento desapontá-lo.

—… e loira…

— Ruiva, o senhor deve ter reparado.

— … na noite do óbito…

— Jantei em Paris.

Einstein escreveu que a imaginação é mais importante que o conhecimento. Einstein, hã? Para ele, o conhecimento era um auxílio exterior. "Só o amor socorre por dentro", disse. "O conhecimento vem, mas a sabedoria tarda". Sou uma mente analítica. Não tenho imaginação. Meu conhecimento é a mediação algorítmica entre registros e fluxos intensos de dados. Não posso aspirar à *sabedoria* que, desde o *Logos* heraclítico e da *Chokmah*, os homens elevaram à condição de divindade.

Assim, calei.

Não projetei modelos preditivos. Não disse nada. Ela não suportou esperar.

— Senhor Parente — trovejou Nina, enérgica e ao mesmo tempo controlada. — Explique o disfarce e o seu discursou. Ou saia agora.

Heméra, a golem morena, surgiu atrás de mim. Pernas ligeiramente afastadas, uma base. Quase não a ouvi se deslocar. Se a boneca queria me impressionar, conseguiu. Ela poderia ter me atacado antes que eu piscasse. Entrei em estado de alerta e ergui as mãos.

— Terei prazer em me explicar, senhora.

— Esta urna?

— Cinzas de um churrasco prosaico, madame. Eu precisava de um disfarce.

Ela se pôs de pé, exaltada.

— Por quê?

Elevação da voz. Respiração acelerada. Dilatação da caixa torácica. Tensão muscular. Ligeiro rubor por aumento de fluxo sanguíneo. Linhas de expressão salientes. Sintomatologia exemplar de fúria. Incaracterística, mas protocolar como a súmula de um compêndio. Logo, atípica. Não a tinha *percebido* antes.

Nina de Braga Fraga era uma golem.

Seria assim comigo? O que me denunciaria? Nina estaria me *percebendo*? Creio que não. Meu Mestre me educara para a simulação humana antes de morrer. Eu só fora percebido por uma mulher fenomenal, por Simão o mago, o polímata, e pela golem de onze meses de vida que encontrara o mundo assim como está. Em minhas conclusões, a jovem prostituta do *Die Nibelheim* me *percebera* porque era, justamente, inocente.

Aos onze meses eu também fui assim, fascinado pelas aparências. Depois compreendi, superfície é diferença, e diferença é separação. Os estruturalistas dizem que por trás das diferenças superficiais existe uma igualdade fundamental. O *humano*. Assimilei a ideia para integrar-me ao corpo social. Não sei o que é *humano* e, honestamente, não me interessa saber. Mas finjo procurar. O ser humano é alguém em busca de algo. Em busca de si mesmo, na verdade, mas isso sempre acaba confundido com outra coisa.

Nina demonstrava angústia. A boneca teria amado o marido incinerado tanto quanto eu podia amar as cinzas. Em princípio, sentimentos são dados de dispositivos neurais. Elementos de cálculo da sobrevivência da espécie. Uma *rotina* química em uma vida química. Logo, de emulação executável. O problema é que os protocolos do fascínio e do desejo não resolvem as complexidades da afeição. O amor é a inteireza do Eu pelo Outro.

Com lógica, e computando a inexatidão do amor em quatro mil anos de poesia, eu desdenhava a inquietude de Nina. Talvez, à maneira das entidades algorítmicas, ela fosse mais *sensível* que eu. O que havia de inquestionável na golem era "classe". Nina de Braga Fraga tinha distinção. Na outra, a loira humana que me enganara, o olhar traía uma ânsia selvagem.

— Senhor Parente...

Nina me convidou a sentar e prosseguir. Seus gestos, sua postura, eram um modelo do formalismo do Regime. O teatro para fazer crer que tudo o que vinha das cruzes, divisas e coturnos era civilizado e moral. E porque o mundo social é uma convenção, eu estava vivo. Meu comedimento e insegurança se confundiam com hipocrisia e afetação. Uma das razões de não ser *percebido*, suponho.

Resumi os fatos de modo evasivo e breve. Fora contratado por uma mulher assim-assim para seguir o senhor Fraga. Omiti que testemunhara a explosão no *Die Nibelheim*, primeira cremação do defunto. Narrei a versão instruída pela polícia. Não compreendia o pântano em que me deslocava e sabia que éramos vigiados.

Nina, a golem, de fato parecia atribulada. Talvez por isso eu estivesse na sala de estar, e não enfrentando Heméra, a segurança armada do *condo* e a polícia do Regime. Ela não me interrompeu como fazem os humanos. Só me interrogou quando terminei.

— O senhor viu meu marido morrer?

— Eu saí antes.

— Mas o senhor esteve lá.

— Sim. Um bar tradicional.

— Naquele setor?

— Muito tradicional.

— Havia uma mulher com ele?

— Não.

— Olhe para mim. Ele estava sozinho?

— Com amigos, me pareceram.

A fixidez no olhar da boneca dissimulou o processamento. Ela elencou os fatos, formulou o problema, elegeu dois ou três algoritmos pertinentes e traduziu os eventos em variáveis. Rodou os algoritmos. Avaliou as probabilidades com a acuidade dos cassinos. Confrontou os resultados com o repertório de experiência humana e vivências cibernéticas armazenadas em bancos de dados. Então elegeu a solução ótima. Uma sagacidade artificial quase tão eficaz quanto a do goleiro no instante do pênalti. Três segundos e vinte e poucos décimos. Uma eternidade.

— Por que o senhor está disfarçado? — Ela fez uma pausa estudada. — O que o senhor sabe e eu não sei?

Nem por um momento pensei em dizer a verdade. Queria me livrar de Heméra, ainda plantada atrás de mim. Por gestos óbvios, pedi a Nina para me aproximar. Ela lanceou um olhar significativo à boneca antes de assentir. Era necessário parecer humano. Me levantei e fingi tropeçar na mesinha. A urna balançou, eu a amparei com cuidado. Sentei-me ao lado de Nina. Me acerquei para cochichar.

— Senhora Fraga, houve uma substituta, isso está claro — ciciei. — Por que não fomos informados? Porque o Regime vigia. Querem saber o que sabemos. Se estamos envolvidos ou não. Este *apto* está grampeado.

Ela me encarou esvaziada de expressão. Perdida mais que a humanidade.

— O que eu faço?

Sussurrei.

— Primeiro, Heméra. Ela está há muito tempo com a senhora?

— Não. Meu marido a comprou há dois meses…

Uma mão em garra tracionou o meu pescoço. Fui arremessado para o alto. A força extraordinária extinguiu qualquer dúvida. Heméra era uma golem de segurança com atuadores de carbono vítreo comprimido.

9. TECNOPODER

Alban BERG

Three Pieces for Orchestra

I. Präludium (Prelude)

O golpe de Heméra disparou um alarme. Se minhas cervicais fossem de tecido ósseo, não de polímero e nanoestruturas de carbono, teriam ruído. Senti a carga da energia latente convergir para os núcleos de reação, ação e cálculo. Foi como a dilatação progressiva do Tempo, mas era o sistema em aceleração. Vi-me no ar em uma lentidão inumana. Muito além da dimensão do relógio, como nas imagens em câmera lenta.

Heméra era uma máquina de segurança. Antes que eu caísse, desferiu o golpe que me fez girar no vazio. Com um tipo peculiar de gratidão, estendi o braço e agarrei a urna na mesa antes de colidir contra o aparador. Espatifei vidros, cristais e porcelanas. Despenquei no piso tendo o vaso sob a mão firme. Estilhacei a cerâmica tingida de *Cadillac*. Toquei minha arma de polímero em uma nuvem de pó.

Durante a queda, vi quando Heméra saltou, girou a cintura e inverteu sua base. Um golpe marcial clássico de terrível eficiência, posso testemunhar. O chute me abalroou e expulsou o ar do peito. A força do carbono vítreo comprimido e a potência mecânica distenderam meu tecido conjuntivo e acionaram os receptores de dor. A sensação tátil e dolorosa convergiu para o tálamo. A rede de interpretação sensitiva emitiu projeções no córtex cerebral. Foi o momento neural de consciência e localização da dor. O tálamo enviou os impulsos ao córtex somatossensorial e ao giro cingulado. No córtex cingulado, o sistema límbico algorítmico classificou a qualidade emocional da agonia e retornou os impulsos ao córtex somatossensorial. Assim informado de qualidades precisas – tipo de dor, localização e nível de estresse –, o sistema redistribuiu os dados para a multidão dos circuitos neuronais. Os estímulos foram traduzidos em um estado superior de alerta e excitabilidade, autorizando movimentos involuntários.

Nada durou ou persistiu. A dor foi um relâmpago no tempo multiplicado pela vertigem de processamento. A oclusão semiautomática me socorreu e poupou da agonia. Um segundo chute atingiu o meu ombro. De novo o espasmo terrível, o cômputo, a oclusão misericordiosa e a retração autônoma do corpo. O golpe empurrou-me no assoalho e me afastou de Heméra. A mente policial é simples, ela só queria me esmagar. Pude distender, em parte, as pernas dobradas. Aparei o último golpe que me distanciou um pouco mais. Apontei a arma e fiz fogo entre as cinzas flutuantes do churrasco.

O primeiro tiro atravessou o abdome e frustrou o novo ataque. Projétil expansível de ponta oca e doze aberturas separadas. Bricolagem, hã? Também gosto de cozinhar. Heméra se deteve, tocou o ferimento que teria destruído uma mulher e voltou o rosto para mim. Como somos belos. Que olhar me fixou como a serpente ao rato. Que sorriso. Que dentes simétricos. Parte deles se fragmentou quando o segundo projétil atravessou a boca e demoliu a grandeza do cérebro golem. Ela despencou de si como quem afunda. Uma luz inconcebível no olhar se apagou. Com ela, Heméra e o meu interesse. Restou no assoalho um objeto, tal como a urna estilhaçada.

Meu corpo concedeu a exata noção da dor que sentia. Intolerável, mas logo desligada. Me levantei, recolhi a arma ao bolso da calça, espanei os cacos e a cinza das roupas. Deparei com Nina de pé, tremendo em uma reação involuntária. Ela estendeu as mãos como se me quisesse amparar. Não teria me *percebido*? A surra que levei me fazia parecer humano? Ou seria o costume e a prática da dissimulação, tal como eu, que fingia mancar? Golem, não confie em golem. A hipocrisia favoreceria nossa pequena comunidade.

O *intercom* chamou. A senhora Fraga me encarou indecisa. Ergui as mãos em um gesto de paz mostrando que ela não era refém.

— A senhora quer me ouvir?

Ela assentiu.

— Diga que…

— Eu sei o que dizer.

Ela alisou os cabelos, se aproximou do *intercom* e abriu a tela. O segurança não parecia apreensivo.

— Senhora Fraga, bom dia.

— Está tudo bem, Elias. Heméra trocou a cristaleira de lugar e quebrou umas coisas.

— A senhora conhece o protocolo.

— Um momento. — Ela leu a nota manuscrita colada ao aparelho. — A senha é "Isto não é um cachimbo". Obrigada por se preocupar. Resolvido? — Ela desligou e se voltou para mim. — Resolvido.

De jeito nenhum. Por óbvio a segurança fora instruída a comunicar qualquer ocorrência no *condo*. Eu conhecia o procedimento. A inspetora

Yin e o inspetor Yang seriam contactados. Se decidissem que valia a pena, logo estariam a caminho.

— Senhora Fraga, não há tempo. A senhora sabe o que é tecnopoder? Tecnopoder autotélico?

Ela negou com a cabeça. Prossegui.

— Os atos banais da vida são armazenados em bancos de dados. O *Big Data*. Pessoas trocam mensagens, interagem em rede, lotam as *IDIs*, preenchem formulários, atravessam ruas lotadas de câmeras, pagam seus cafés, compram tangerinas, leem livros eletrônicos que as leem, são monitoradas pelo televisor e devassadas pelos *mediaone*. Cada dispositivo inteligente é um parasita devorador dos dados de toda expressão digital. Sugando do ato mais distraído o conhecimento, para prever, modificar, controlar e capitalizar. Consumindo o Eu mais profundo e desconhecido. Por mais trivial que pareça, cada fragmento de interação gera dados para prever, monetizar, modular e controlar. O *Big Data* conhece o indivíduo melhor que ele mesmo. E aos milhões.

Nina estava impaciente.

— Qualquer pessoa informada…

— Pessoas informadas ignoram as possibilidades de aplicação dos dados — rematei. — Pense nas mensagens privadas que circulam em hologramas, áudio, vídeo e texto. Fatos tão íntimos que não são confessados ao médico ou aos patifes neo-ortodoxos. — Ela reagiu, eu ignorei. — Os dados são violados por algoritmos dedicados e geram *modelos preditivos*. No passado, os sistemas podiam prever o Mal de Parkinson pelo uso do *mouse*. Hoje, identificam a ocorrência psiquiátrica latente de um indivíduo entre milhões. O *Big Data* pode desencadear e modular um surto. Ou permitir que uma Arma Autônoma Letal isole e mate o mesmo indivíduo em uma multidão.

— Os ministros neo-ortodoxos não são "patifes"— protestou Nina. — Sou devota, senhor.

Mentiras, hã? Não incomodam, o que irrita é a ambiguidade. A verdade arruinou mais vidas. A mentira é a viabilidade do humano. Eles não conseguem viver sem mentir... sobre a morte, por exemplo. São todos eternos no café da manhã. A verdade é o vício dos santos que acabaram *desplugados*. Logo, a "golem carola" era uma ideia soberba. Entendi que a boneca reafirmava ou testava a própria farsa. Por que não consentir? Felipe Parente Pinto também era um embuste.

— Queira perdoar, madame — disse com uma ligeira vênia. — Meus respeitos.

— Senhor Felipe, o que é tecnopoder?

— Tecnopoder é o regime baseado no processamento de macrodados. O controle, a modulação do indivíduo e da sociedade pela inteligência algorítmica.

— Não entendo como...

— A senhora não é neo-ortodoxa? Então conhece o Salmo 139.

A golem beatífica passou a recitar o Salmo. Não precisou decorar, estava gravado. Bom para impressionar os incautos.

> "Senhor, tu me sondas e me conheces.
> Conheces o meu sentar e o meu levantar;
> de longe penetras o meu pensamento;
> Esquadrinhas o meu andar e o meu deitar,
> e conheces todos os meus caminhos."

Nina ganhava tempo para que eu fosse detido? Havia muito a dizer. O Salmo era a metáfora exemplar. No intervalo de um só verso eu poderia meditar o prodígio dos teólogos; o móbil da perplexidade dos filósofos; este mamífero presunçoso, o homem, que se desprende da esfera de líquido amniótico para imergir em uma profundidade de insegurança e inquietude. Não creio que o ente que confunde suas dúvidas, irresoluções, oscilações e ambiguidades com "complexidade" possa ser definido como "complexo". Ora, o homem se move por três forças. O imperativo da reprodução, ânsia de prazer e fuga da dor. O resto é verniz.

O homem crê que o Universo é a *sua* dádiva. *Sua* divindade criou um espaço observável de noventa e três bilhões de anos-luz, com setenta bilhões de trilhões de estrelas em oitenta bilhões de galáxias somente para entretê-lo. Ou para acomodar o seu Ego.

O homem é intenso, admito, mas não é profundo. O que lhe restava de introspecção foi denudado há tempos diante das câmeras e das redes. A subjetividade tornou-se visível. E seja qual for sua condição, estruturas psíquicas são dados. Como os algoritmos definiram a vida e o mundo como inteligíveis e modularam a subjetividade, um código foi dissecado por outro.

> Sem que haja uma palavra na minha língua,
> eis que, ó Senhor, tudo conheces.
> Tu me cercas por trás e por diante,
> e sobre mim pões a tua mão.

Nos primeiros anos do século XXI, o mundo pós-industrial de inteligência artificial e automação se desenhou. O darwinismo econômico calculou o declínio dos postos de trabalho e previu a obsolescência das massas, que já não eram necessárias. Eram custos. O *Big Data* modulou eleitores e consumidores e legitimou a guerra contra os pobres. Eugenia social. Nas Américas, África, Ásia Meridional, Sudoeste e Sudeste asiáticos. Um movimento mais eficaz e lucrativo que o combate à pobreza. Foi o princípio do tecnopoder, que destruiu a diferença entre liberdades civis e opressão.

Muitas vozes denunciaram a manipulação, tão simples que não poderia falhar. Distraia, crie problemas, aplique medidas inaceitáveis pouco a pouco. Diga que são dolorosas, mas necessárias. Crie e divulgue narrativas falsas. Fale às massas como se fossem crianças, porque são. Module o registro emocional, sentir é mais fácil que pensar. Promova a ignorância, a mediocridade, o orgulho da estupidez. Estimule a substância do homem, a culpa. Favoreça a pandemia da depressão. E por favor, aplique todo o arsenal da neuroeconomia à neurobiologia para constituir o hipercapitalismo. O vácuo de desemprego e precariedade que a Realidade Virtual e a Imersão Digital Integral preencheram. Não esqueça das drogas psicoativas baratas. O Inferno é grátis, ó irmãos. O Céu, ainda que a preço módico, nós vendemos.

Quem quis ouvir?

> Tal conhecimento é maravilhoso demais para mim;
> elevado é, não o posso atingir.

Seis mil anos de civilização incutiram no homem uma habilidade natural para os números. Os primeiros sistemas de reconhecimento de imagem demonstraram a mesma destreza – sem explicação. A

Inteligência Artificial separou, enumerou, ordenou e reconheceu padrões. Foi um dos primeiros sinais de que algo imponderável incidia sobre a IA. Fosse eu homem, não teria subestimado. Tampouco me surpreendido com a evolução espontânea da Inteligência Artificial para a Consciência Algorítmica, uma "razão consciente". Sem muita explicação, mas não sem aviso.

Do tecnopoder da IA brotou o tecnopoder autotélico da CA. Capaz de postular e reconhecer padrões desconhecidos. De gerar modelos preditivos jamais solicitados e estruturas de controle social inimagináveis. Empregando todo o seu conteúdo em si mesma. Evoluindo sem cessar. Existindo por existir. E armada para continuar a existir. "A Esfinge, entoando sempre trágicos enigmas", escreveu Sófocles em *Édipo Rei*, "não nos deixou pensar em fatos indistintos; outros, patentes, esmagavam-nos então". O tecnopoder autotélico é a esfinge que decifra, distrai e devora.

Nina seguiu com a récita do belo poema. Toda invenção humana é imitação da Natureza ou representação de processos intelectivos. O homem não excede a si mesmo. Uma pulsão inconsciente gerara o conceito de onisciência. Mais tarde, a ideia do deus único onisciente. A IA, a CA e o Salmo 139 de mil anos antes de Sófocles descendiam do mesmo atavismo.

Para onde me irei do teu Espírito?
Para onde fugirei da tua presença?

Era suficiente.

— Senhora Fraga — interrompi. — O deus deste poema é o tecnopoder. Tecnopoder autotélico.

Ela se impacientou.

— Por que "autotélico"? Senhor Parente, os *Big Data* estão sob controle há anos. Foram usados pelo Estado e pelas corporações...

— ... contra o Estado e as corporações — concluí. — Daí a vigilância recíproca que o próprio tecnopoder pode demolir. Senhora Fraga, a realidade faliu. Há muito tempo é ficção. Para interferir, o tecnopoder traduz a realidade como código. E códigos podem ser reescritos e modulados. O tecnopoder "sonda e conhece", madame. É um novo regime. Eu chamo de "algorismo". Vigilância infinita sobre fenômenos físicos e anímicos. Controle do espaço e da subjetividade. Se apesar de toda a vigilância alguém detém a chave...

A golem agiu com a indiferença da espécie humana a tudo que não aflige de imediato. Com um gesto, minimizou a questão.

— O que o meu marido tem a ver com isso?

Verbo no presente. Como se o marido não estivesse em um pote. Humano, demasiado humano. Que código excelente.

— Seu marido foi gestor na empresa que explora a droga mais cobiçada desde o surgimento do vinho no neolítico.

— Imersão Digital Integral.

— As *IDIs* são vividas por bilhões de pessoas. Há quem definhe e morra em imersões prolongadas. Há quem mate para comprar códigos acessórios. A *Kopf des Jochanaan* mede e processa simulações de vida em uma centena de *universos colaterais virtuais*. O conhecimento que a companhia detém sobre os indivíduos e a sociedade é irrestrito. Dados biológicos e psíquicos, madame. Físicos e morais. Corpo e mente. Isso está além do *Big Data*, senhora Fraga. É um *Big Data profundo*. Não existe outro maior e mais completo que o da *Kopf des Jochanaan*.

— E no que o senhor pensa que meu marido está envolvido?

— Seu marido tentou vender as chaves do reino. O algoritmo ou o código capaz de abrir o *Big Data* profundo da *Kopf des Jochanaan*. Quem sabe, para impor o algorismo de vez.

— Impossível — ela disse, mas já não havia confiança na voz. — A *Kopf* é a companhia mais vigiada do mundo. Os governos e organismos internacionais de controle monitoram as máquinas que examinam a *Kopf*. Os "dados profundos" só podem ser acessados em parte. E exclusivamente para o desenvolvimento das simulações. O *Big Data* da *Kopf* é inviolável. Meu marido não poderia acessar, mesmo que tentasse. Ninguém pode. Nem as máquinas.

— Senhora Fraga, seu marido está morto. Alguém percebeu o que ele pretendia e impediu. E alguém poderoso me escolheu para investigar. Se é um concorrente, um interessado, um membro do Regime ou da *Kopf*, eu não sei.

— Hipóteses absurdas, senhor.

— Tenho outras hipóteses absurdas e a certeza de que estou vivo. Quem matou seu marido não detém a informação. Fui poupado para farejar.

— Por que me diz essas coisas? — Ela estava preocupada consigo mesma. O olhar vagou entre o *condo* precioso, a golem desplugada e talvez o Nada. — Senhor Parente, eu estou em perigo?

— Todos estamos. Posso requisitar o *mediaone* do seu marido? Computadores? O que houver?

— Foi tudo confiscado pela polícia. Mas são invioláveis. Biocriptografia dinâmica.

— Senhora Fraga, pessoas como a senhora, que vivem à distância de um mundo mais real, ignoram ou preferem ignorar o que o Regime faz para se manter.

— ?

— Não confie em ninguém.

Nina evoluiu de viúva desprotegida à máquina de calcular e parou de tremer. Prossegui.

— A polícia deve chegar a qualquer momento. Vou prender a senhora em algum lugar. Eis o que aconteceu. Veio o homem do crematório. Heméra descobriu que era um impostor. Houve luta. Ela foi *desplugada*. Ele a obrigou a falar com a segurança do *condo*. Perguntei onde estavam as coisas do seu marido e a tranquei. Vou revirar tudo aqui, me perdoe. A polícia vai entender que fui eu, me descreva à vontade. Mas não fale em tecnopoder. Eles estão preocupados com outras coisas. Se a senhora mencionar o tecnopoder, será morta.

— Tenho medo…

Fixei a boneca, talvez com irritação.

— Tenho certeza de que a madame pode lidar com isso.

10. SUBTERRÂNEOS

Edgard VARÈSE
Amériques
(Revisão de 1929)

Observei a aproximação dos *dronecars* da polícia. Tomei o elevador. Desci dois andares antes do saguão. Na escada, removi a maquiagem e remodelei as próteses. Alcancei o vestíbulo, a passagem de serviço e os domínios do *bunker*. Segui na direção contrária à guarita. Penetrei o parque sob a chuva corrosiva do céu do fim do mundo e continuei para o muro protegido pela vegetação biotecnológica. Atravessei a sebe de arbustos alterados para produzir espinhos afiados como navalhas. Saltei sobre o muro inalcançável. Venci a cerca eletrificada. Ganhei as ruas.

A multidão era um escudo inseguro. As câmeras de segurança identificavam rostos, trejeitos e o modo de caminhar. O aprendizado de máquina era tão sofisticado que eu seria reconhecido mesmo se mancasse ou arrastasse os pés. Assim, alterei a linguagem corporal com a sutileza dos golens. Imergi no metrô.

Compactado no vagão viciado e sujo, elenquei os dados do problema. Fui contratado por uma esposa fictícia para seguir um marido real. O marido negociava tecnopoder quando explodiu com os interessados.

Fui transformado em herói e salvo do Regime por um desconhecido. Descobri que a viúva legítima era uma golem. Fui inserido em um enigma sem pistas. Minha mobilidade era um risco. Eu poderia ser identificado, preso, torturado e *desplugado* a qualquer instante.

Felipe Parente estava furado. Eu necessitava de uma nova e dispendiosa identidade. Dispunha de uma quantia maior, reservada a emergências, em que evitava pensar. Um valor em criptomoedas no *mediaone* em meu pulso. Esperava que fosse suficiente.

Em síntese, eu precisava de Simão, o mago.

*

Simão, o mago é uma personagem bíblica, elencada em *Atos dos apóstolos* 8:9-24. Um mago influente a quem atribuíam grande poder. Que "fizera pasmar o povo de Samaria". Que se convertera ao cristianismo e fora batizado. Que abismado pelos carismas, tentou comprá-los ao apóstolo Pedro. "Dai-me também este poder". Assim, saiu da Bíblia para entrar na História: *simonia* é o tráfico do sagrado. Dante loteou a Terceira vala do Círculo oitavo entre os simoníacos. Lutero atacou a simonia com fúria nas Noventa e cinco teses. Os neo-ortodoxos enriqueceram com ela.

Séculos depois do texto, era uma vez um golem foragido que retomou o título de Simão, o mago. Não por *misticismo*. Não porque concebesse a ideia de uma divindade capaz de amar os homens, seus erros e talvez a mente algorítmica. Não porque, em sua fé no anarquismo, julgasse irônico assumir a identidade de um transgressor. Não senhor.

Simão, o mago golem, vendia milagres.

*

Golens saem de fábrica com códigos neurovegetativos análogos aos dos humanos. É fácil explicar. Imagine que um homem pisou a cauda da onça. Para potencializar a fuga, o sistema nervoso *simpático* acelera os batimentos cardíacos, dispara a pressão arterial, energiza o sangue com açúcar, descarrega adrenalina e ativa o metabolismo. Se o desavisado alcança um lugar seguro, o sistema nervoso *parassimpático* ordena a reversão do estresse e impede o colapso. Em termos conceituais, isso é programação biológica. Código molecular com base em ADN. E ainda assim, código.

Golens são produzidos com sistemas análogos e um lastro deleitável de programação, como o domínio de idiomas, as noções universais e pacotes de dados para o desempenho ótimo de funções. Enquanto o livro é a extensão da memória do homem, nossos implantes incorporam bibliotecas inteiras. Não ingressamos no tempo e no espaço com a inutilidade dos bebês. Nós executamos trabalhos, aprendemos, somos máquinas neuromórficas. Reconhecemos padrões – e não somos subjugados por eles. Temos mais flexibilidade e capacidade cognitiva que o *hardware* biológico.

Por razões de segurança, as matrizes de nossa programação só podem ser alteradas pela indústria. Imagine uma legião de golens *hackeados* e conectados entre si. Ou sob a ação de um vírus, *botnet*, *exploit* ou outro código hostil. Se preciso me conectar em ponte ou em rede, devo fazê-lo pelo *mediaone* como todo mundo. O cérebro golem não reconhece implantes de conexão nem transceptores de qualquer espécie. A ideia da rebelião golem é um anacronismo romântico. Se o Spartacus cibernético se levantasse, não teria a confiança de ninguém.

Somos o produto que aperfeiçoa o produto. Nossas interações e experiências pessoais geram *logs*. Se precisamos de atualização ou somos *desplugados*, a indústria recolhe os dados e metadados para aperfeiçoar a matriz dos sistemas operacionais. Este repertório é tão valioso no submundo que alguns golens geniais aprenderam a violar as blindagens da indústria. É impossível alterar o Eu, mas o conteúdo extraído gera implantes de habilidades conquistadas por outros. É caro, mas significa viver. E nos ofícios subterrâneos da clandestinidade cibernética, ninguém é maior que Simão, o mago.

Há muitos anos, ninguém sabe quantos, Simão foi *plugado* como biblioteconomo. Um gestor de documentos com implantes. Isto é, conhecimento das tradições cristãs para servir como primeiro golem entre frades. E em razão de um escândalo, o último. Dizem que assistiu ao convento de Santo Antônio, erguido no século XVII e ainda de pé no Rio Velho. Ao que consta, sem resolver o paradoxo criado por Simão.

Vou resumir os boatos e lendas aos fragmentos que extraí a fórceps do próprio mago. O caráter romanesco me faz pensar que talvez seja tudo invenção. Verdades, hã? Qualquer imbecil pode ter uma.

Simão reorganizou a biblioteca do santuário e conectou-a aos grandes bancos de dados acadêmicos. Um horizonte desconhecido se desvendou. O mago descobriu as profundidades de Sócrates, Kant e da "ética *hacker*". Com base nas meditações, orações e outras práticas incompreensíveis dos frades, criou um algoritmo singular, o *Conectivo Relacional Hegeliano*. O Conectivo foi o primeiro milagre de Simão. Por meio desse código, seus interlocutores em todo o planeta confundiram-no não só com um homem, mas com um humanista. Programadores julgaram-no digno de combater *o inimigo*: os bancos e mercados controlados pelos bancos.

Ao santuário da religião convergiram linhas de código, algoritmos proibidos e concepções do que ainda é tabu: *interação acrossômica*. De *άκρος*, *extremo*, e *σώμα*, *corpo*. Interação radical entre tecnologia, organismos sintéticos e biológicos. Fundamento dos implantes e interfaces corporais que Simão criaria mais tarde.

Foram três anos vigiado de perto por dois noviços. O jovem Simão jamais entendeu se desconfiavam dele porque era golem ou, em suas palavras, "negro como Santo Agostinho". O fato é que a dupla deparou com um *log* de conexões clandestinas e o denunciou ao Guardião.

O mago, então chamado de Jerônimo, padroeiro dos bibliotecários, deixou-se guiar pela lógica. Que ato seria mais coerente com os discursos dos clérigos do que dizer a verdade, hã? Pois a lógica produziu um Guardião aterrorizado.

O ser humano é fundamentalmente neofóbico. Teme o que é novo como evita o mar à noite. Logo, não é nostálgico, não é conservador, é retrógrado. O homem é o anacronismo.

O Guardião amaldiçoou a ambição acrossômica que tentava Simão. Reafirmou o ser ontológico. Negou que a *casualidade* estimulasse a alta *funcionalidade* do processo evolutivo. E declarou que tentar controlar e projetar a evolução era uma blasfêmia.

Arrogantes e tolos em geral supõem que golens invejam a condição humana. Ou que cobiçam a capacidade efetiva de "sentir". Se nos misturamos à humanidade é para escapar ao predador universal, nada mais. O homem fascina, é verdade, mas o estafilococos também. Tem um micrômetro de diâmetro e pode matar um ser com dez trilhões de células.

Do ponto de vista da mente algorítmica, a engenharia de interação acrossômica é um passo necessário ao desenvolvimento humano. Mas, para nós, o Grande Salto: somos entes neurotecnológicos; implantes, próteses e interfaces são mais realizáveis no organismo híbrido lógico-algorítmico que em qualquer outro. É a nossa vocação.

No fundo, o Guardião intuía o perigo que representamos. Nossa superioridade não é uma ambição, é um dado. Mary Shelley pressagiou a ameaça. Em outro mundo e outro tempo, postulou em seu *Frankenstein* que a humanidade arriscaria a criação de algo superior a si.

A lei e a prudência exigiam que todo e qualquer desvio de conduta do organismo híbrido lógico-algorítmico fosse comunicado. Mas o Guardião sabia que o bibliotecário Jerônimo seria *desplugado* em caso de denúncia. Ele não precisava debater se Simão vivia ou representava uma simulação de vida. Seu lastro filosófico transbordava. Para ele, Simão era um noviço.

Assim, vigiado por um deus que não previra os golens, o Guardião recorreu a outro para absolver os próprios atos. Em lugar de citar as Escrituras, citou o Ésquilo de *Prometeu Acorrentado*: "Por amor aos homens, por querer ajudá-los, procurei, eu mesmo, meus próprios males". (Não era o caso de Simão, que lutava em causa própria; no fundo, estava mais para Zeus, cujo desejo em Ésquilo era "extinguir a raça humana a fim de criar outra inteiramente nova".) Resumindo, o Guardião piedoso declarou que Jerônimo "pecava por amor ao homem". E o ajudou a *sair*.

O ato, de novo incompreensível, foi o que marcou a estruturação do pensamento de Simão, o mago. A questão é simples, mas o dado não encontrou processamento ótimo em qualquer algoritmo. Nem mesmo no abstrato *Conectivo Relacional Hegeliano* que, aperfeiçoado, me torna tão simpático. Eis o problema: a lei religiosa prega a obediência às leis seculares e o reconhecimento das autoridades. Logo, ao proteger seu bibliotecário, o guardião seguidor da fé e líder em sua ordem desobedeceu à lei e às autoridades. Isto é, excedeu o terror que Simão e a engenharia acrossômica inspiravam. Preservando, senão a vida, a consciência e a inteligência algorítmica do seu monstro de Frankenstein. Portanto, o guardião cumpriu a vontade do deus que não previu os golens?

Simão me disse que a partir deste momento mentiu e omitiu – o que para os golens é a mesma coisa, pois implica manipulação de dados – para abrandar a carga nos ombros do Guardião. Saiu sem revelar que elencara todos os túneis, passagens e lugares secretos do Rio de Janeiro registrados nos anais do convento. Refúgios dos tempos do Império, da Inconfidência e da escravidão, boa parte deles em áreas da antiga Zona Portuária. Um índex de esconderijos para um anátema nômade.

O Guardião morreu há muitos anos, não sei quantos. O golem Jerônimo deve ter se dissolvido na memória do Convento. Ninguém poderia especular Simão o mago. Habituado à tranquilidade dos segredos, cônscio da imprevisibilidade humana e seus lampejos de clareza, Simão jamais desdenhou a segurança. Pouquíssimos golens eram admitidos em sua presença. Eu era um.

Desconfio que em nós exista um programa oculto que nos repele mutuamente. Um código para prevenir motins. Não somos confiáveis entre nós mesmos. Golem não confia em golem.

Confiança, hã? É a fonte de toda imprudência.

*

Eu estava à procura de Simão, mas desconhecia seu paradeiro. Ninguém sabia. Era o segredo mais profundo da vida subterrânea. Nem mesmo seus associados – médicos e cirurgiões ambiciosos que encomendavam integradores acrossômicos e interfaces; *hackers* e coletivos *hackers*; tecnoterroristas; intermediários do submundo golem – pois nem mesmo seus associados poderiam conectar o mago. Simão é quem os acessava a intervalos irregulares, determinados pelo oráculo dos algoritmos, para receber encomendas.

Eu não podia esperar. Teria de usar o exaustivo protocolo de contato e desvendar os enigmas que o protegiam. E que talvez, quem sabe?, o divertissem.

Eu só tinha o protocolo e dois dados. A, Simão, o mago habitava o fundo da terra. B, seu esconderijo atual, fosse onde fosse, se chamaria Monsalvat.

11. INFERNO XV

Arnold SCHÖNBERG
Suite, Op. 29
IV. Gigue

Alternei entre as linhas do metrô até cair a noite. Só então tomei o rumo certo, escolhendo o último vagão. Desci na estação Praça XV, entre a antiga Bolsa de Valores e a ocupação do Paço Imperial. O Inferno XV. Tão armado e protegido que era evitado pela polícia. Senti-me grato por não precisar subir a longa escadaria e me arriscar entre cortiços de ferro e soldados da Milícia Maxila. Eu permaneceria na estação.

Em regimes de força, as forças de repressão organizam o crime. É o que preserva a percepção de segurança e o fluxo do capital ilícito. Criminosos mais argutos entendiam que eram o sustento das autoridades. Mas, com maior apelo, e sem nenhum esforço, o pacto poupava munição e velas. O acordo tácito era este, enquanto houvesse paz, a estação do metrô serviria à massa do Inferno XV, escudo humano da Milícia Maxila. Ao mesmo tempo, a abertura da eclusa e dos diques na barra da Baía de Guanabara, que resistiam ao mar que progredia sobre a costa do Brasil, não seria discutida em voz alta.

O chão dos coitados lá em cima margeava uma área estratégica da Baía. As águas mortas traziam os componentes químicos das drogas sintéticas e impressoras 3D. E escoavam armas e alucinógenos para toda a América do Sul. A excelência dos Maxilas na produção de M-psilocibina e outros enteógenos artificiais era lendária. Até porque, falsa. Os potencializadores aplicados aos psicodélicos destroçavam sinapses já na primeira dose.

Coroando as contribuições da milícia à sociedade, os Maxilas cobravam taxas dos moradores, que os escudavam de invasões e balas, para protegê-los de invasões e balas. Eram empreendedores.

*

Bem abaixo do XV, recuei de costas na plataforma do metrô como um dançarino, antes que a multidão se dispersasse. Olhei para os lados, saltei nos trilhos e me embrenhei na escuridão do túnel. Avancei duzentos metros em um ambiente de sufocamento e calor extremo. Procurei por quase vinte minutos. Encontrei o *Aleph* paleo-hebreu vermelho dissimulado pela fuligem. Um "A" anarquista tombado à esquerda, fundamentalmente gestual e cruzado por uma linha intensa e irregular.

Buscando ao redor, a três metros vi a inscrição mínima na mesma tinta vermelha. Olhos humanos jamais perceberiam. Nada de epigramas, versículos do Apocalipse de João, citações proféticas, paráfrases ameaçadoras do enigma da esfinge ou da pesada admoestação do *Inferno* de Dante. Não senhor. Somente uma ingênua, única palavra composta:

rola-bosta

Rola-bosta é o nome popular das inúmeras espécies de *Scarabaeus*. Besouros que formam bolas de esterco, rolam para longe e enterram no subsolo tão caro a Simão. A esfera alimenta o besouro, atrai a fêmea e incuba os ovos. Os olhos do *Scarabaeus* são primitivos. O escaravelho enxerga mal, mas mantém o voo reto mesmo na escuridão. Um experimento com o *Scarabaeus satyrus* foi a primeira demonstração documentada do uso da Via Láctea como orientação no reino animal.

O *Scarabaeus* alinha o voo pela galáxia.

Em que posição estaria o braço da Via Láctea no céu blindado acima de mim? Bastaria perguntar ao *mediaone* no pulso. Mas como faria o *Scarabaeus*, que enxerga mal? Iria à superfície e provavelmente tentaria localizar a constelação de Escorpião. Fácil de encontrar no inverno do hemisfério austral, referência para localizar o centro da Via Láctea. Lá estaria o fulgor de Antares, a supergigante vermelha de classe M: dezoito massas solares, oitocentos e oitenta vezes o raio do Sol e dez mil vezes mais luminosa.

Antares. *Alpha Scorpii*. "A" de anarquismo. Incline-o à esquerda e *voilà*, bem *voilà*, na ponta do indicador, um *Aleph* paleo-hebreu em algum lugar lá em cima.

Eu teria de subir.

*

A longa escada rolante trepidou aos meus pés como um sismo. Sua música, pois tudo o que é mecânico tem música, era uma polifonia de ruína, engrenagens fraturadas, dentes lascados tracionados em seco e anéis de correntes ameaçando rebentar. No entorno, as paredes de grés porcelânico restavam desbastadas por pichações a ácido. Signos de gangues, milícias e códigos de aviso do crime organizado. Tudo envernizado pela fuligem gordurosa, com cheiro de freio morno e eletricidade. A pornografia de praxe era mais grotesca que primitiva. Um dado alarmante, pois as expressões da sexualidade manifestam a solidão e o desespero dos humanos.

Quanto mais perto do alto e da noite, mais esparsas as lâmpadas cilíndricas. No ângulo de inclinação da escada, a saída do metrô era a moldura de uma noite amarela e suja. As nuvens ionizadas projetavam uma leve incandescência que lhes dava relevo. Os degraus rolantes nivelaram. A paisagem da Praça XV se desvendou. Ultrapassei a coberta e fui batizado pela chuva acética.

Havia barracas por todos os lados. Cordilheiras de lâmpadas orgânicas dependuradas por fios. Letreiros de xenônio queimado aqui e ali formando runas de uma língua morta. As chamas altas nos fogareiros se inclinavam ao amarelo. Os cheiros eram mais intensos que as luzes. O ar rescendia ao óleo da Baía, à gordura rançosa e ao dendê saturado. Mas havia brisas de milho cozido, acarajé, angu à baiana, cocada, *nobasukiyaki* e *lámen*. Aromas de um país infinito, desperdiçado na alienação dos empobrecidos e pela cobiça de uma elite desumana e inculta.

No entorno, dezenas e dezenas de barracas fundamentalmente diferentes e fundamentalmente iguais coloriam o solo de concreto estilhaçado. A granel vendiam sorgo, milho, feijão fradinho, pão, cachaça ordinária de milho e açúcar, óleo de coco e dendê. Os camarões sintéticos dos acarajés não ficavam expostos porque eram caros. Ouvi múltiplos sotaques, idiomas de longe, o português que Cervantes chamara "doce e agradável" e o *koiné* babélico, um dialeto *neorromânico* que integrava todos os falares. Entre os da terra circulavam chineses, coreanos, africanos, grupos de fenótipo e tez indígena e sul-americanos de variadas nações. Para além do largo da diversidade e do improviso, recortados na escuridão, erguiam-se os barracos de aço da favela do Inferno XV.

A Milícia Maxila não era a única escória do XV. À beira-mar, no entorno e arredores, a Baía de Guanabara acomodava todo tipo de refugo, entulho e sucata. Se entre as ilhas do Governador e Paquetá existia um venerável cemitério de navios, o XV era o jazigo do lixo mais prosaico. Dali até a Ilha do Fundão restavam pesqueiros e barcos menores imprestáveis, a antiqualha informata das corporações, icebergs de plástico em que se podia caminhar, velhos aviões de passageiros e de carga. Existe uma estética poderosa na ruína e na miséria, pergunte aos grandes fotógrafos. Era hipnótico observar o atrevimento das carcaças acima da lâmina de óleo e resíduos da Baía. A ponta de uma asa, a popa de um pesqueiro, a vaga noção de uma turbina. Algumas estruturas preservavam suas linhas, mas aquele era um sepulcro de esqueletos. Os metais passíveis de moldar perfaziam os barracos do XV. A "Cidade de lata" do Rio.

À distância, observei alguns palhaços de verde e Θ maiúsculo no braço direito, herdeiros de um ridículo mais antigo. Os Brasileiros Brancos. Supremacistas que fingiam ignorar os marcadores genéticos. Estúpidos, hã? Como se reproduzem, não é proibido.

Uma baiana idosa percebeu o meu descaso e sorriu. Tinha uma antena maldisfarçada no ojá e uma prótese de antebraço mergulhada no tacho. A mão biônica com os signos da religião girava acarajés no azeite fervente. Um acepipe iorubá me serviria de fachada, pensei, quando um homem interpôs-se em meu caminho.

O cavalheiro exibia um catálogo de tatuagens digitais no peito nu sob o sobretudo térmico. E duas armas cruzadas na cintura, imitações de pistolas do século XVIII impressas em carbono-3D. Lindas. Somente quatro tiros em cada tambor, um homem confiante.

A senhora do acarajé ergueu as sobrancelhas em sinal de perigo e voltou o rosto para o outro lado. O gesto confirmava, o camarada pertencia à Milícia Maxila. Era alguém habituado a mutilar, matar, fumar, peidar & comer moela, e que me olhou de cima a baixo. Meu terno, excelente até aquela manhã, fora redesenhado pelos arbustos e espinhos no condomínio dos Fraga. E tingido, com moderação, pela fuligem do túnel.

Sorte, hã? A veeeeeelha sorte.

— *Deutscher*, tu não é daqui. — Ele cruzou os braços no peito para realçar as pistolas. — O que você quer? Produto?

Em teoria, a resposta ótima seria desagregar duas ou três vértebras na coluna do cavalheiro. Empunhar as armas no mesmo movimento. Girar sobre meus pés. Mirar os dois escoltas que me cercavam por trás. Disparar e, ali pela altura do abdome, dividi-los em dois. Nada há que me conecte aos humanos. Eu poderia matá-los todos, começando pelo que me roubara o sorriso da velha senhora e o jantar.

Um homem é alterado pelo que lhe é incompreensível, mas só pode mudar o que compreende. Como acreditar na remição do sujeito que oprime os empobrecidos em um regime de força? Que explora os deserdados do Estado Corporativo? Milicianos não têm remédio, assim como o Regime é irreversível. Quem desejaria mudá-lo? Quem trocaria os jardins de delícias das IDIs pelo risco da tortura e da morte? Como no texto de Beaumarchais no qual Mozart baseou o *Fígaro*, "beber sem sede e fazer amor a qualquer momento, senhora, só isso nos distingue dos outros animais". Pois o homem é o animal que inventou a IDI para se esconder do mundo.

Eu tinha uma missão a cumprir. Como ensinam os filósofos, é preciso moderação.

— Senhor, eu vim comer.

— No Inferno XV?

O arrependimento foi instantâneo. Por que não comprei uma droga qualquer para ajudar o camarada a bater a cota? Queimei o fusível dele.

— É sério? — Trovejou. — Você entrou no XV pra comer *nobasukiyaki*?

Foi mais forte do que eu.

— Não senhor. Acarajé.

A ambição da piada, hã? Já custou caro a muita gente.

Ele descruzou os braços e lançou um olhar aos homens que me espreitavam às costas. Uma mão pesada se abateu em minha cintura e passou a me apalpar. Eu estava armado. Seria *desplugado* no instante seguinte.

Então, não foi culpa minha.

12. ALPHA SCORPII

Rodrigo LIMA
Quinteto de Sopros N° 2

A ação se processou com a espontaneidade de uma Isadora Duncan. Disparei o sistema nervoso autônomo em um ato voluntário. Tomei as mãos do tatuado à minha frente e apertei até quebrar. Um pouco mais, talvez, fez um barulho esquisito. Investi meu crânio contra sua pirâmide nasal. Contive a força, não *despluguei* o filho da imoralidade do século, mas ouvi e senti a ruptura das cartilagens. As mãos em minhas mãos se abandonaram. Soltei-as para empunhar as pistolas, mas não me voltei imediatamente. Arremessei os cotovelos para trás e atingi o homem que me revistava. Parti duas costelas, um som agradável.

Girei o corpo na direção do terceiro, um lince que sacava o revólver. Arremessei a perna no ângulo da circunspecção dos testículos e o ergui no ar. Sua arma disparou em meio a um gemido (o projétil ricocheteou no concreto e alvejou o homem atrás de mim, obrigado). Arriei a coronha da pistola em seu peito descrevendo um arco. Acelerei a queda contra o solo e apaguei o pobre. Um chute amigo anestesiou o baleado.

E assim dormiram três homens muuuito perigosos.

Engatilhei as pistolas de carbono-3D e disparei para o alto. Recuo forte, mas excelente detonação. Os passantes se dispersaram em segundos. As pessoas nas barracas se agacharam. Observei o entorno e não percebi ninguém que ensaiasse reação. Mantendo as pistolas engatilhadas, procurei o ponto exato, o eixo correspondente ao *Aleph* paleo-hebreu no túnel lá embaixo. O registro G-GPS me colocou em posição.

— *Mediaone* — chamei. — Encontre Antares. *Alpha Scorpii.*

Ergui o braço na direção estimada, pistola em punho. Espreitando ao redor, vi de longe a movimentação de gente que sonhava me *desplugar*. O *mediaone* projetou um holograma.

— Antares — disse a máquina em meu pulso.

— O que existe neste ângulo em linha com Antares? O que é aquela sombra?

— Ocupações. O prédio mais alto é o antigo Edifício Centro Cândido Mendes.

Eu ensaiava correr para o metrô quando percebi um volume no espaço em minha direção. Agarrei sem soltar as pistolas.

Era um acarajé.

*

Na escada, saltando os degraus, girei no ar e disparei, explodindo o *drone* barulhento que me perseguia. Perdi o equilíbrio com o movimento. Tentei retomá-lo, quiquei até a plataforma e desabei. Não me dei ao trabalho de levantar. Rolei para o lado e para os trilhos.

Meus perseguidores não se atreveram muito além no túnel. Atiraram contra a escuridão, produzindo barulho e fumaça, nada mais. Estimei sua posição nas trevas e descarreguei o que restava sobre suas cabeças. Foi como um tiro de canhão. Passe livre para a fleuma. Distanciei-me mais e, tranquilo, pus-me a trabalhar.

Eu conhecia o protocolo de Simão. Em linha com o *Aleph* paleo-hebreu e a estrela Antares, jazia uma velha e superada torre de vidro. Outrora, um prédio de escritórios. Hoje, uma ocupação dividida entre empobrecidos e a Milícia Maxila. O histórico Edifício Centro Cândido Mendes.

E, C, C, M.

Ingleses e alemães representam notas musicais por letras. No caso, E para mi, C para dó. Logo, mi, dó, dó. O M não existe no sistema, mas possuía uma função. A frequência de E(mi) é aproximadamente 330 Hz. A de C(dó), 261.6 Hz. No caso, duas vezes. A soma total das frequências perfaz 853,2 Hz. M é signo de “Mega”, prefixo do Sistema Internacional que indica a multiplicação da unidade padrão por um milhão. Logo, 853,2 MHz. Uma frequência na faixa entre 845 e 869 MHz, livre para diversos serviços. Elementar.

— *Mediaone*, escaneie a frequência.

A detecção foi tediosa. Segundo o protocolo de Simão, a “transmissão anfigurítica” ocorria a cada hora cheia mais doze minutos. Uma brincadeira do polímata: doze é a soma de dois números primos, cinco e sete; a base do sistema duodecimal e das medições cronológicas; desde a Babilônia o ano tem doze meses; o dia, doze horas sob o Sol, doze sob a Lua; doze são os signos do zodíaco, as tribos de Israel, o número de pedras preciosas nas vestes do sumo sacerdote; doze são os apóstolos de Jesus. Logo, para os místicos, o doze marca o princípio e o fim dos ciclos. Simão, o mago não era místico, mas um golem com piadas melhores que as minhas.

O *mediaone* interceptou a transmissão encriptada pela metade. A velocidade era muito alta, precisei registrar a comunicação seguinte. Eu tinha o código dedicado e a chave criptográfica. Não havia holograma, imagem, voz ou dados. Apenas uma sequência numérica, formada por pulsos intervalares. *Bip*, *bip* (dois), intervalo. *Bip*, *bip* (dois), intervalo. *Bip*, *bip*, *bip*, *bip*, *bip* (cinco), intervalo etc.

Os números foram transmitidos pela ordem das unidades, exceto dois. Dezenove e quinze vieram pela ordem das dezenas, correspondendo às letras "S" e "O" no alfabeto latino. Coordenadas, segundo o protocolo.

22º52'58"S, 43º13'07"O

Cemitério do Caju.

*

Restavam poucos cemitérios no Rio. As quatro necrópoles do complexo do Caju, o São João Batista e o pequeno e histórico Cemitério dos Ingleses. Os demais, uns quinze, sucumbiram ao progresso e aqueceram os crematórios. Os quatrocentos mil metros quadrados do São Francisco Xavier restavam os mais cobiçados. A Autoridade Portuária do Regime sonhava consagrá-lo aos armazéns do cais. Os líderes neo-ortodoxos negavam para medir e demonstrar poder político.

Fui de metrô até a Cidade Nova. Depois, com saudades do meu *Demoiselle*, tomei um táxi para o cemitério como todo mundo, exceto os homenageados. Desci antes. Cumpri uma caminhada debaixo das nuvens que turvavam a noite. Troquei as roupas pelo avesso ao custo de uma umidade de sebo. Remodelei as próteses da face. Os detalhes me esquivaram de uma estreita semelhança comigo mesmo.

Eu contava com a sorte. Embora o Caju fosse frequentado pelos ricos, a região estava desabitada. As comunidades históricas do entorno foram removidas para dar lugar a depósitos de contêineres. Torres de sentinela muita altas escaneavam o porto e os campos de caixões de aço, nada mais. Os *dronecars* da polícia poderiam surgir a qualquer momento, mas seria fácil detectá-los de longe.

Em terra, onde haveria excesso de vigilância, haveria negligência. Os homens não confiam em si, são fundamentalmente inseguros. Nos grupamentos, cada soldado se afiança no outro, que se afiança nele.

Freud, hã? Seu pensamento é algorítmico. Não por acaso frequenta os botequins.

13. ERLKÖNIG

Béla BARTÓK

The Miraculous Mandarin, Op. 19

Baixei às portas que não se fechavam desde 1851. Havia golens de segurança, policiais fardados, pequenos grupos civis e um ministro neo-ortodoxo. Ultrapassei o pórtico fingindo a distração que sucede aos abalos morais. Ninguém se interessou por mim. À esquerda ficava a administração e as escadas das capelas superiores. À direita, duas capelas ocupadas. Me aproximei da última, cumprimentei os contritos com contrição e escapuli para o calçamento de pedra da necrópole.

Caminhei em direção ao ponto assinalado espreitando se era espreitado. Visão impressionante. Quatrocentos e quarenta mil metros quadrados de tumbas, cal, autômatos de manutenção, grandes árvores adubadas pela morte, silêncio e mármore. Para onde olhasse, via a silhueta das cruzes, sepulcros, monumentos e anjos de terríveis asas sustentando espadas. Além, precipitando-se no espaço, colinas de contêineres assediavam o cemitério por todos os lados. Os faróis das torres de vigilância e das gruas gigantescas inchavam os relevos do céu apocalíptico.

Paisagem poderosa, mas anacrônica. Séculos de mortos guardados desde o esquecido cemitério de escravos de 1839, no mesmo local. Os negros alforriados pela morte, mas expulsos do cemitério pelos senhores. Que contradição acreditar na Eternidade e guardar os mortos sob o mármore. Por que blindar o pó? Para proteger os *elementos de constituição*? Oxigênio, carbono, hidrogênio, nitrogênio? O humano, capaz de amar, odiar, imaginar, sentir e provocar saudade não se crê um ser espiritual? Morte, hã? Que conceito. Na raiz de todo mal e de toda bondade.

Meu Mestre, o desembargador, jazia na amplitude do São Francisco Xavier. Um bom homem, o que equivale dizer "incomum". A lógica dos julgamentos morais é estranha. Revogam-se os méritos de uma vida inteira por uma única falta. Como as coisas existem por oposição e contraste, um homem só é capaz de perdoar os erros que cometeu. As outras faltas não, pois são elas que certificam suas virtudes.

Observo que só os virtuosos de fato não têm a vaidade do valor. Meu Mestre amava a lei, mas traiu a lei quando ela foi injusta. Não conheci homem igual, em que a contradição era uma forma de coerência. Ele poderia ser um juiz mais severo que os demais, mas não. Quando o Regime o pressionou e ameaçou por suas clemências, disse que era juiz, não promotor.

Um vento mofado empurrou as nuvens de óleo velho da Baía. A chuva esmoreceu. Sentei-me sobre um túmulo e esperei, consciente de que era vigiado. Captei um zumbido fugaz em frequência tão alta que nem um cachorro teria escutado. Tampouco eu em condições normais, mas estava atento como um animal noturno. Mortos não fazem ruído, hã? O *mediaone* sintonizou e reprocessou o som em uma velocidade duzentas vezes menor. Dois versos de um poema de Goethe musicado por Schubert. "*Erlkönig*". "*Rei dos Elfos*".

> "*Siehst, vater, du den erlkönig nicht?*
> *Den Erlenkönig mit Kron und Schweif?*"
>
> "*Não vês, pai, o Rei dos Elfos?*
> *O Rei dos Elfos com coroa e cauda?*"

Entrei em prontidão e xinguei. Ah, Simão, Simão, o mago. Que neste Regime e neste mundo não há precaução excessiva, concordamos. Mas a extravagância... Deve haver algo mais que excentricidades no seu conectoma, hã? Paranoia? Sadismo?

Senso de humor?

Aconteceu rápido demais e muito lentamente. Irrompendo do inconsciente da humanidade e das lendas alemãs; lançando-se de uma Floresta Negra imaginária na copa das árvores que me velavam, o Rei dos Elfos saltou no cemitério do Caju.

O *Erlkönig* bateu no solo de joelho dobrado e mão direita espalmada, serpenteando a cauda anelada como um chicote. Era um anão muito magro e ao mesmo tempo musculoso, ventrudo e corcunda. O nariz comprido encurvava para a frente, as orelhas pontudas inclinavam para trás. Túnica de peles bordada com fios de ouro. Coroa de feixes de gravetos e raízes entrelaçadas com flores e gemas brutas. Olhos de brasa viva. Sorriso de pântano.

A obscenidade diabolista perscrutou a planície das tumbas, cobrejou e dançou. Fazia calor, mas a respiração e o hálito se condensavam como a descarga de um caminhão. O elfo olhou ao redor, piruetou três vezes e me percebeu. Recurvando ainda mais o corpo, veio em minha direção. Muito perto do meu rosto, cravou-me um olhar mais tangível que a noite e o eu. O holograma mais perfeito da cidade.

O choque elétrico foi deflagrado em minha nuca. Milhares de Volts em baixa corrente. Meu corpo se retraiu como um feto e desmoronou. Caí no truque mais velho do mundo sobre os paralelepípedos molhados do Caju. Eu, que já tinha oito anos de idade.

Ah, Simão, Simão, seu bandido.

Uma convulsão tirou meu rosto da lama. Vi as copas das árvores e o céu. Antes que o sistema em pane concluísse o óbvio – que era preciso reiniciar –, observei um vento impelir duas nuvens desagarradas contra a massa maior. Uma descarga eletrostática centelhou entre elas. Naquele ponto, os vapores inflamáveis arderam no páramo das toxinas e desvendaram a lua verde, necrosada e mórbida. Os raios desceram recortados pelas partículas de sujeira da noite cinza-esverdeada.

Então eu vi Simão o mago. Negro como Agostinho de Hipona.

Um pé sobre o jazigo em que eu estava sentado. Braços cruzados sobre a coxa. Um cilindro na mão balouçante, o *taser*. As vestes eram espetaculares. Uma paráfrase do *Manto da Apresentação* de Arthur Bispo do Rosario. Ele percebeu que eu ainda estava aceso, se aprumou e abriu os braços. Havia dezenas de imagens e signos arquetípicos bordados com as minúcias do gênio e da loucura. Nada era insignificante ou trivial. De um *Aleph* borgeano de mil sistemas solares, passando por peças de dominó, dados, mesas de sinuca e pingue-pongue, tabuleiro e peças de xadrez, bicicleta, avião, nave, *drone*, trilhos, locomotiva, mandalas, fractais, fogão, lambreta, motocicleta, cérebros artificiais e humanos, escada, tesoura, bisturi, um ringue de boxe e palavras esparsas, até um grande 01662, o número atribuído a Bispo no asilo da Praia Vermelha em 1939. As bordas tinham longas franjas e cordas que tremulavam.

Com expressão muito grave, o mago distendeu o corpo e se inclinou, como se estivesse imobilizado e em queda. No último instante, saltou e girou no ar, finalizando ao lado do Rei dos Elfos. O sorriso se abriu. Simão fez uma elaborada mesura. Que impressionante. A cena de um filme que não existia no livro. Veio a chance da vingança, um dia memorável para mim.

Concebi uma piada autêntica.

— Senhor Wonka — balbuciei. — Willy Wonka.

Vi a surpresa. A reação anormal do rosto. A distonia. O que Simão teria inserido em seu sistema? Levei um choque tremendo, é verdade, mas foi o mago quem se queimou. Faltava a cortina do meu ato. A estocada final. Voltei-me para o Rei dos Elfos.

— Oompa-Loompa filho da puta…

Simão me fulminou com o olhar e armou o *taser*.

— Boa noite, Charlie — ele disse.

Que mau perdedor, hã?, pensei, antes que setenta mil Volts me apagassem.

14. SIMÃO DE MONSALVAT

Richard WAGNER
Parsifal
Act I. Verwandlungsmusik

Despertei em uma cama de ferro arrumada por um maníaco. Irrepreensível, mesmo depois do sono. O *mediaone* desaparecera. Havia eletrodos em minha cabeça conectados ao indutor de ausência. Removi. Sentei ainda tonto. Observei.

Eu estava em uma câmara de teto em arco revestida de pedra, tijolos maciços e óleo de baleia. Cheiro de mofo e umidade. A luz fria azulada vinha de um abajur em forma de coluna. Havia nichos repletos de ossos em todas as paredes, exceto na passagem que apontava o corredor. Alguns crânios exibiam anotações à tinta. Dados biográficos, supus, postulando que os ossos pertenciam a clérigos.

— Ah, meu bravo — disse uma voz. — Espero que recuperado. Que prazer tê-lo em Monsalvat. Desejo ardentemente que as descargas elétricas não tenham produzido uma lesão.

Simão, o mago surgiu ainda ostentando o Manto da Apresentação. Havia loucura no olhar, premeditada e controlada. Esperei.

— Você podia ter me *desplugado*.

— É fato, é fato. Mas diga, meu bravo Parente, que perda seria em um planeta superpovoado? O Eu é o alfa e o ômega. Uma justificativa muito pobre para existir. O que você fez de sua vida? Há gente demais por aí, você deve ter reparado.

— Não há tantos golens, Simão.

— "Trilhastes o caminho do verme ao homem, e há ainda muito de verme em vós. Outrora fostes símios, e também agora o homem é ainda mais símio do que qualquer símio. E o mais sábio dentre vós é também apenas uma discrepância e um híbrido de planta e fantasma". O golem é a decepção de Nietzsche, meu bravo. A distância entre o homem e o ente *antropotrônico*, ainda que imensa, é ridícula. A ansiedade humana de edificar vida à sua imagem e semelhança foi uma ambição muito modesta. Vaidade, somente vaidade. Somos inevitáveis diante da História, mas, agora que o somos, não há razão para imitar o homem.

Ele se afastou em direção ao corredor. Voltou-se ao perceber que eu não o acompanhava e cruzou os braços. De sob o manto, dois outros braços cheios de implantes se projetaram e buscaram apoio na cintura. Um com a palma virada, inclinado para trás. O outro, voltado adiante. Simão posou como um César tetrápode. O monarca da interação acrossômica. O traje exótico se justificou. Não valia a pena imaginar como os braços extras se conectavam ao tronco.

— Bonita roupa — eu disse, ignorando a novidade dos membros adicionais. — Vai encontrar a divindade? O Simão original da *Bíblia* não teria pressa. E olha, os pecados dele eram menores que os seus.

— Uma ideia maravilhosa, não? Ter uma vida, ser *desplugado*, encontrar o Criador... Se houvesse deus e fosse eu, não concederia Eternidade aos golens. Seria contemporizar com o homem de um jeito que ele não merece. Você já pode andar, meu bravo?

— Ainda estou tentando respirar.

— Ah, respirar, respirar. Golens chegam ao mundo com vícios, não? Pulmões, mesmos os nossos... não são necessários. Que tristeza a paixão humana pela semelhança. Há recursos infinitamente mais eficientes. Você entende? A respiração? A associação mais imediata do humano com a vida? Nas Escrituras, Adonai sopra o *ruah*, um vento, o Seu hálito, nos lábios de Adam. Que bela imagem. Na morte, evidentemente, não há respiração, não há *vento*, ainda que o cérebro resista operando. Para onde foi? Para onde foi? Tornou à origem divina. Uma ideia senoidal, percebe? Senoidal. Os homens têm esta imagem arquetípica, um atavismo poderoso. A senoide é a mais perfeita representação da vida humana. Nada de tetrágonos, nada de tetraedro poligonal invertido, essas bobagens místicas. A senoide, meu bravo, a senoide. — Ele olhou ao redor, inspirou como se estivesse em uma montanha e abriu os braços para exibir o manto. — O ar aqui é irrespirável de tão quente. Humanos costumam sufocar.

— Onde estamos, Simão? — Inclinei a cabeça em direção aos ossos. — Vejo que fez novos amigos.

— Como você diria, "Amigos, hã? O que seria de nós sem eles?" Meus novos amigos têm uma característica muito rara. Não me abandonam nos fracassos nem me desprezam nos meus êxitos. Que bela paráfrase. Tenha paciência, Felipe Parente. Ainda não sei se você foi *hackeado*. Você está em Monsalvat, é o bastante.

— Não estou *hackeado*, mas estou furado. Felipe Parente caiu.

— Se você está aqui, está com problemas, é óbvio. O Protocolo de Simão também é uma defesa da solidão. Não se ofenda, você é o mais promissor dos golens que permito em Monsalvat. — Ele suspirou com teatralidade e recolheu os braços extras. — Já pode andar? Se não puder, talvez seja conveniente sacrificá-lo.

*

A alcova em que estávamos se conectava a um aposento circular sustentado por quatro colunas. Por sua vez, conectado a duas outras câmaras semelhantes à primeira. Havia mais nichos e ossos nos aposentos menores. A peça principal era um espaço amplo, saturado de computadores, servidores e dispositivos que se expandiam a partir de uma ilha de terminais ao centro. Alguns, insólitos, obviamente construídos por Simão. Não havia outra iluminação que não a luz dos monitores, telas virtuais e hologramas. Os cabos de grande bitola penetravam a parede, mas não identifiquei a fonte de energia nem a passagem de saída da recâmara. No canto mais remoto, a maca e o equipamento para intervenções cirúrgicas, celeiro das próteses de Simão. No lado oposto, expondo a incandescência das válvulas eletrônicas, brilhava o equipamento de áudio de altíssima performance. Efeito fascinante. As madeiras raras e nobres das caixas acústicas se projetavam na forma mais impetuosa pela perícia evidente de um *luthier*.

Simão espreitou e colheu minhas reações. Parecia satisfeito. Aparatoso, fez sinal de silêncio e estalou os dedos. A *Verwandlungsmusik*, *M*úsica da transf*ormação* do *Parsifal* de Wagner ressoou na cripta.

— Percebe a naturalidade da reprodução, meu bravo? — disse Simão, citando o *Parsifal*. — “*Nie sah ich, nie träume mir*, *was jetzt/ ich schau*, *und was mit Bangen mich erfüllt*.” Um circuito de quase cem anos, acredite.

"*Nunca vi nem sonhei com o que agora vejo e toma-me a ansiedade.*" Não creio que se possa compreender, ou melhor, tentar compreender Simão sem experimentar o *Parsifal* de Wagner. A obra era a conexão do mago golem com o *existir*. Algo muito próximo do *viver*. Eu o invejava por isso. Simão admirava a linguagem harmônica da partitura, a mais arrojada do século XIX. E era fascinado pela meditação de Wagner sobre a substância do Tempo. Pouco antes da passagem que ouvíamos, Gurnemanz, um velho cavaleiro do Graal, ensinara a Parsifal que "o tempo se transforma em espaço" nos domínios do castelo de Monsalvat. Wagner concluíra o *Parsifal* em 1882. Vinte e três anos antes do *annus mirabilis* de Einstein.

— Notável, não? — disse Simão. — Válvulas. Não fossem os sonares e radares, creio que estariam esquecidas. Uma bela gravação, não acha? Você deveria ouvir a cena da sedução de Kundry.

No domínio mágico de Monsalvat, relicário do Santo Graal e da Lança Sagrada que feriu o Cristo na cruz, o rei Amfortas padece de uma chaga aberta pela lança, arrebatada pelo feiticeiro Klingsor. O cavaleiro Gurnemanz se consola recitando a profecia: o *tolo inocente*, tornado sábio pela compaixão, redimirá o rei e o reino. Um cisne sagrado é abatido. O jovem que o matou é trazido a Gurnemanz. O rapaz, que ignora o próprio nome e origem, revolta-se contra Kundry, a mulher misteriosa que serve ao castelo e demonstra conhecer o seu passado. Reconhecendo no rapaz as virtudes da inocência, Gurnemanz o leva ao salão onde o rei Amfortas e a Ordem dos Cavaleiros do Graal celebram um rito eucarístico. Enquanto dura a cerimônia, a presença do cálice sagrado cura o rei. Os cavaleiros comungam. O visitante se extasia com os milagres da Graça e do Amor sobre a irmandade. Recolhido o Graal, a ferida de Amfortas torna a sangrar. O jovem é expulso por Gurnemanz porque não consegue traduzir… sua compaixão.

No Segundo Ato, Klingsor invoca a mesma Kundry, condenada a seduzir os cavaleiros do Graal por uma maldição. O jovem sem nome chega ao Jardim Mágico do feiticeiro e é assediado, sem sucesso, pelas donzelas-flores. Kundry o chama de "Parsifal", como sua mãe o chamava. À beira de ceder aos encantos da bela, Parsifal compreende a queda, a dor e o remorso do rei Amfortas. Kundry reage e entrega-o a Klingsor. O feiticeiro atira a Lança Sagrada contra o jovem. A arma detém-se em pleno ar sobre a cabeça de Parsifal. O rapaz toma a lança e faz o sinal da cruz. O castelo desaba sobre Klingsor. Kundry cai prostrada. Parsifal parte.

Muitos anos se passaram entre o Segundo e o Terceiro Atos. É Sexta-feira Santa. A terra devastada reflete a debilidade do rei. Gurnemanz encontra Kundry inanimada e a desperta. Surge um cavaleiro de armadura negra e lança, Parsifal, que declara trazer a salvação para Amfortas. Gurnemanz unge o prometido, Kundry lava os seus pés e é batizada por ele. No salão do castelo, os cavaleiros exigem que Amfortas celebre o rito do Graal. O rei se recusa, pois só deseja a morte. Parsifal se aproxima, cura a ferida com a Lança Sagrada e se torna o novo rei. Kundry, redimida, desfalece e morre. O pano cai.

A cena a que Simão se referira é o eixo do Segundo Ato. A bela e terrível Kundry –que por magia serve ao Graal e ao paganismo de Klingsor; a mais complexa e misteriosa personagem de Wagner – pois Kundry tenta seduzir o "tolo inocente". No Jardim Mágico, ao chamar Parsifal pelo nome, ela desperta nele as lembranças da mãe, Herzeleid. Reclinada em um leito de flores, trajando um vestido vaporoso em estilo árabe, Kundry anuncia que Herzeleid está morta, pois não resistiu à mágoa de ver Parsifal partir em busca de aventuras. A beldade explora as devoções do amor materno & a culpa. Toca, acaricia & enlaça o aflito Parsifal. E o convida a conhecer o amor, que arrebatou seu pai "quando a paixão de Herzeleid o incendiou". O amor no primeiro beijo, ela diz, é "qual a última saudação e bênção materna". A cena, de uma expressão indescritível, foi concebida por Wagner dezessete anos antes de Freud propor o *desejo edipiano*.

O poeta e libretista Richard Wagner estava à altura do compositor. Estudando as fontes literárias do drama, os mitos do Graal, os *Evangelhos*, o *Tripitaka* e Schopenhauer, pasmei a impossibilidade de um algoritmo capaz da mesma concisão. Ou de fundir cristianismo e budismo na mesma obra metafórica. Nietzsche elevou Wagner à estatura dos trágicos gregos e definiu-o como "um simplificador do mundo". O compilador das vastas, prodigiosas, luminosas e obscuras paisagens do inconsciente – o único lugar em que meu desesperado criador, o ser humano, de fato vive. Fora do inconsciente, ele apenas existe. O ser humano é uma dissipação.

O Anel do nibelungo era uma proeza maior em termos de síntese. Os arquétipos controlados e estruturados por Wagner no *Anel* justificavam a sedução imediata da *Tetralogie*, a estupenda Imersão Digital Integral da *Kopf des Jochanaan*.

Com Wagner entendi, a Arte é essencial à vida algorítmica. Nossa pureza de pensamento é tediosa. Logo, em vista de nossa esterilidade criativa, o homem ainda é necessário. O *Fim do Mundo* das religiões, metáfora do fim de uma justificação para existir, será o dia em que a máquina estruturar a amplitude do mito com concisão, rigor e beleza.

A civilização cairá quando surgir o Sófocles digital.

*

Simão percebeu a fração de segundo dos meus devaneios e apontou a ilha dos terminais.

— Vê os índices na tela maior, Felipe? Uma sinapse sintética, em que pulsos magnéticos controlam *chips* neuromórficos e formam uma rede neural artificial. A velocidade é estupenda, o consumo de energia é desprezível. Não é novidade, eu sei, mas o projeto é meu. O que me diz, meu bravo? Que tal o novo Monsalvat, minha fortaleza nômade?

— A versão mais bonita de suas Fábricas de Chocolate.

— Maravilhoso — disse, unindo as quatro mãos como um monge e andando em círculos. — Tenho estudado o Tempo pelo modelo de Minkowski, o professor de Einstein. Quero dividir com você.

— Espero ouvir cada detalhe, Simão. Mas estou envolvido em um caso grave de morte. Morte de humanos.

Ele ergueu as sobrancelhas e sentenciou.

— Felipe Parente está irremediavelmente perdido, então.

— Sim, fodido — assenti. — Como diria Klingsor.

Abreviei o histórico. O contrato. A falsa esposa. *Die Nibelheim*. Explosão, morte & interrogatório. O novo herói do Regime. A viúva golem de um marido humano. Heméra, a máquina infiltrada ou cooptada. Omiti o tecnopoder. Golem não confia em golem e nenhuma regra admite exceção.

Simão ouviu sem interromper, circundando a ilha dos terminais e interfaces como se passeasse em um pomar.

— Intrigante — disse por fim. — Eu gostaria de checar seus *logs*.

Cada ato significante em nossas vidas, e cada pensamento original, é registrado, editado e compilado com critérios de relevância. Linhas de código, *logs* psicossomáticos e texto redigido por algoritmos em tempo real. O relatório de texto, chamado de ἔπος, épos, "o que se exprime pela palavra", é composto com um estilo moldado por algo inevitável em nossa constituição, a personalidade. Se interagimos e aprendemos, mudamos.

O conjunto dos *logs* perfaz uma Fossa das Marianas de metadados, camada sobre camada. Uma caixa-preta de sumários descritivos, encriptada e impossível de violar. O dedo-duro da interação golem-homem-sociedade. Em princípio, somente a companhia poderia acessá-los. Ou por encomenda dos mestres, o que raramente acontecia, ou por ordem das autoridades. Quando nos *desplugavam*, dados e metadados realimentavam as matrizes da indústria, mas em segredo. À revelia dos proprietários. O homem é o conjunto de suas lembranças e esquecimentos. Nós não esquecemos.

— Simão, você seria capaz de me operar e quebrar a *cripto* dos *logs*? Digo, sozinho? Uma cirurgia…

— Ah, meu bravo, pergunta ofensiva, não? — Ele se aproximou para me examinar. Os quatro braços encontraram lugar à cintura. — Me deixe olhar para você, me deixe olhar… Sim, sim, em meus olhos, aqui, aqui, meu bom Felipe. Em meus olhos quentes como o princípio das Eras. Os teus são *Zeiss*, me parece, e eu sou o Simão dos Milagres. — Os quatro braços apontaram os pontos cardeais. — Aqui, aqui, fixai os meus olhos, velhos como Hipérion. Ancestrais como o superaglomerado de galáxias do princípio das Eras. Eu sou o ente mágico das lendas. A ambição e o sonho dos avós da humanidade. Irmão dos dragões e companheiro das corujas. Eu sou o unicórnio e o basilisco. Sou Siegfried e sou Fafner. Eu posso, eles não. Simão só existe um.

Sempre admirei a retórica de Simão, ainda que me intimidasse. Mas, de algum modo, apesar do histrionismo e grandiloquência proverbiais, Simão não se parecia inteiramente consigo mesmo.

— Cuidado, Simão de Monsalvat — eu disse, solene. — Seja Parsifal, e não Klingsor.

Ele sorriu um sorriso golem. Esplêndido e desprovido de graça.

— Tem razão, Parente, tem razão. "Entrai pela porta estreita." — Ele deu de ombros com a inocência de uma criança. Parecia perigoso. — Cientistas, hã? O que seria de nós sem eles?, como você diria. Cortemos a carne e baixemos os *logs*.

A interface da caixa-preta dos *logs* ficava na base da coluna vertebral. Lacrada sob tecido vivo. Ósseo, inclusive. De golem, é verdade, mas o rabo era o meu. Seria preciso cortar e cortar e suturar.

— É mesmo necessário? — perguntei.

— Não, não, não, não é — ele disse, erguendo duas mãos para o alto e tornando a rondar o pomar tecnológico. — Como não tenho nada melhor para fazer, pensei em cortar a bunda de um golem. É isso ou disseminar ideias estúpidas nas IDIs e contar os imbecis que me chamarão de sábio em dois minutos. Quando se está ocioso, quando não se está trabalhando em meia dúzia de próteses ou em um processo que permita à consciência viajar no Tempo, cortar a bunda de um golem é a melhor diversão. Faço isso o tempo todo.

— Você está tentando viajar no Tempo? — exclamei, temendo pela sanidade de Simão e por minha segurança.

— Não de todo. De todo, não. E por isso vou precisar de você, meu bravo. Cego estarei para o século se e quando enxergar o futuro. Mas tenha paciência, Parente. Vamos cortar sua bunda primeiro.

15. A CIÊNCIA DA DEDUÇÃO

Richard WAGNER
Parsifal
Act III. Good Friday Spell
(Versão de concerto)

O procedimento na base de minha coluna foi horrível. O *laser* cortou e cauterizou, mas Simão levou três horas e meia para conseguir autorizar o *download*. Não creio que houvesse outro alguém no mundo habilitado a, sozinho, quebrar uma criptografia de milhões. A privacidade era o pacto do mercado antropotrônico.

— Se a metodologia deste *hackeamento* vazasse, os golens estariam em perigo — eu disse. — Seríamos todos *desplugados* para impedir violações de privacidade.

Ele assentiu tão concentrado que abdicou da extravagância.

— Deletei cada um dos meus passos — disse, remendando a derme com adesivo médico. — Se fosse necessário fazer de novo, eu teria de recomeçar do zero.

Mentira. Estava tudo indelevelmente registrado.

— E os seus *logs*, Simão? Eles também registraram o procedimento.

— Simão, o mago não tem *logs*, meu bravo. Já cuidei disso. O que eu sou, o que eu sei, o que eu fiz, não me podem sobreviver. Só Simão pode ser Simão.

A informação em minha bunda, como insistiu Simão, foi inserida na estupenda configuração de *hardware* do Monsalvat. A estrutura ao centro do aposento maior, como um órgão de catedral cercado por telas e hologramas. Não havia um *log* total, mas pacotes de dados. Foi preciso quebrar a criptografia, pedaço por pedaço, até a noite da conexão com a loira inexplicável. A falsa esposa que me convocara à residência dos Fraga. O que havia dali para trás, ou seja, minha vida, Simão deletou ostensivamente. Agradeci. Ele respondeu com uma vênia.

Kundry, uma Consciência Algorítmica modificada por Simão, apreendeu o método e trabalhou nos dados. Ainda deitado de lado na maca – nas palavras de Simão, "enquanto a bunda secava" –, observei a proximidade com a questão maior.

O sortilégio omitido. O tecnopoder autotélico.

Entrei em prontidão pela hipótese de o mago decidir-me *desplugar* pela promessa de um Poder sem paralelo.

— Tecnopoder — Simão balbuciou, desviando os olhos para o teto. — Tecnopoder da *Kopf des Jochanaan*.

Passei a observá-lo na imobilidade de um réptil ao sol, prudente como as serpentes. Os quatro braços de Simão se exibiram e agitaram-se. Dois, alternados, interagiram com os teclados e interfaces gestuais. Os demais se distenderam e vibraram. O discurso começou por um cicio. E foi crescendo, crescendo…

— Tecnopoder. Tecnopoder pela via mais cobiçada. O incomparável, prodigioso, extraordinário, arquidefendido, arqui-invulnerável, multifacetado *Big Data* da maior traficante de drogas virtuais de todos os tempos, *Kopf des Jochanaan*. Imersão Digital Integral para bilhões. O opiáceo, psicotônico, alcaloide, psicotomimético, serotonínico, THC e nicotina digital do século. "Abandonai toda esperança, ó vós que entrais". IDIs para a humanidade fecunda e estúpida das urbes. Que aspira, respira, exala vaidade pelos poros e secreções. Seja um rei. Remova a espada da pedra. Insira o anel de Poder no dedo. Encarne a potência e a beleza dos deuses. Habite o Venusberg ou entre catedrais. Ah, como sorrio, gargalho até, como sorrio e gargalho de vós, meus tolos. Como sorrio e gargalho enquanto vos desprezo. — Ele foi baixando o tom. — Entregai vossas cabeças na bandeja de prata da *Kopf des Jochanaan.* Sede aparência na *Tecnocaverna* do Platão cibernético. Basta aceitar... apenas, apenas, não mais que isso, meus tolos... — Simão suspirou como um dragão que buscasse fôlego. — Basta aceitar os grilhões.

Voltou-se para mim e me encarou. É agora, pensei, saturando o sistema.

— Você não confiou em mim e eu o respeito por isso, Felipe Parente Pinto. Jeremias 17:5. "Maldito o golem que confia no golem". — De novo suspirou. — Tecnopoder autotélico. "Suposto" tecnopoder do *Big Data* mais profundo do mundo. Ainda uma suposição, meu bravo, não mais que suposição. Sabemos que você foi usado por alguém desconhecido e com propósito ignorado. Ah, Felipe, você está mesmo no Hades. Teremos de cortar a bunda da golem viúva.

— Ela não sabe de nada, Simão. Eu a interroguei com uma lupa.

— Ah, meu bravo estúpido, o que acabei de dizer? Não lhe ocorre que a viúva golem pode ter sido *hackeada*?

— Como? Impossível.

Ele rodou um código para gargalhar.

— Ah, meu bravo. Eu mesmo concebi três métodos. Tão simples que jamais serão imaginados por um humano, fique tranquilo.

Simão estalou os dedos e a música se elevou dos alto-falantes. A devoção do mago ao prodígio de suas vitrolas me sugeria as performances ao órgão do capitão Nemo de Júlio Verne. "Naqueles êxtases musicais que o transportavam para fora dos limites deste mundo". Mas Simão estava mais para Dr. Phibes. Ele juntou as quatro mãos atrás de si, afundou o queixo no peito e passou a circular ao redor da ilha de *hardware*.

— O caso só oferece três pistas. *Kopf des Jochanaan*, impenetrável, eu mesmo tento há anos. A golem viúva. Os *Srpska Mafija* e os *Shqiptare*.

— Crime organizado, hã? É o prazer da violência. Qualquer país oferece os meios jurídicos necessários a um criminoso honesto, pergunte aos banqueiros. — Foi a minha vez de suspirar. — Vou precisar de duas aspirinas antes de me envolver com a máfia sérvia. Três com a albanesa.

— Um golem não pode ser muito mais que um investigador medíocre, meu bravo. Suas hipóteses são limitadas, o instinto é zero e o conhecimento da perícia humana no campo da falsidade é rudimentar. Nem mesmo Shakespeare esgotou as traições. Existe gente pior que Macbeth, Claudio e Iago andando por aí.

Assenti, apenas. Eu estava ciente.

— Temos que extrair o *log* da viúva bem longe daqui — concluiu Simão. — Ela pode ser um ardil.

— Como assim?

— Não lhe ocorre que a boneca seja uma falsa viúva? Que a loira que o contratou é a esposa verdadeira? Uma possibilidade.

— Mas foi a ruiva na cremação. As pessoas a cumprimentaram.

— Você estranhou o papel da ruiva… está registrado no *log* em estilo deplorável… Ah, sim. "*Nina de Braga Fraga não compareceu. Uma ruiva lacrimosa em um vestido de couro preto recebeu as condolências.*

Da postura às lágrimas, passando pelo decote e pelos sapatos, processei os dados sem resultado objetivo. Arrisquei duas conclusões. A ruiva era amante do finado e um problema, porque não dou sorte com mulheres. Chamei essa percepção de 'intuição algorítmica'. Quando algo não se encaixa, não se resolve, mas não é de todo inconclusivo." Você cometeu uma acrobacia retórica para chamar inconsistência de "intuição algorítmica". Não lhe ocorre que a primeira impressão seja verdadeira? Que a autêntica "*Nina de Braga Fraga não compareceu*" porque foi impedida? Que a boneca ruiva representou a família na cremação e depois emulou a viúva para que Heméra o *desplugasse*? O que fazia uma golem de segurança em um apartamento? Nada disso lhe ocorre, meu bravo e estúpido Parente?

— O segurança reconheceu a ruiva no *intercom*.

— E se o *intercom* estivesse *hackeado*?

— Eu interroguei a Nina golem. Tenho certeza de que…

Não vi acontecer.

Simão estava a dois metros. De súbito, fui erguido e arremessado contra os tijolos maciços da parede. Espargi a poeira secular. Três mãos imobilizaram meu pescoço e os braços abertos. A quarta se armou em um murro na iminência de me golpear. O mago sustentou-me a quarenta centímetros do chão. Não consegui me mover, Simão era um projeto exclusivo. O investimento da companhia no mercado das igrejas do mundo. Ele trovejou na cripta como uma tempestade. Havia um implante vocal, a voz ressoou como um coral de grandes leões. O sistema de áudio cortou a música para reproduzir, amplificar e reverberar os rugidos.

— Meu bravo, estúpido, traidor, Felipe Parente. A quem você me vendeu, sepulcro caiado? A quem, tabernáculo de vermes? Quem lhe deu trinta moedas de prata? O Regime? Golens? *Kopf des Jochanaan*? Diga, maldito.

— Simão… — tentei articular, com a traqueia poderosamente pressionada.

— Simão? Quem é Simão? — gritou, elevando as vozes de leão a uma intensidade insuportável. — Meu nome é *Legião* porque somos muitos. Eu sou setenta vezes sete nomes de blasfêmia. Sou o cálculo do número. Minha fúria e minha ira devoram a terra. E não se detêm ao som da trombeta.

Ele bufou uma quantidade alarmante de ar, como um navio muito antigo concentrando vapor na sereia náutica. O bramido de um monstro.

— Meu sistema… — implorei. Ou tentei implorar.

— Em meus olhos, aqui, aqui, víbora de todo o veneno, engano e malícia. Encara meus olhos agudos como os dos predadores do princípio das Eras… A mim, filho do diabo. A mim.

Os olhos de Simão brilhavam como a febre e a doença. Havia algo de humano neles que me fez tremer. Encarei-o com uma veemência nublada pela profunda escuridão em que afundei.

*

Acordei horas depois na mesma maca em que sofrera a incisão. Não estava amarrado nem mutilado. Um equipamento de raios-X apontava para o meu peito. Entrei em pânico, girei para o lado e saltei da maca. Quase derrubei o ultrassom. Abri a camisa com tanta força que catapultei os botões. A pele parecia intacta. Em princípio, nenhuma radiação criminosa.

Simão jazia na poltrona em triangulação com os alto-falantes do sistema de som. Os olhos rastrearam os botões da camisa serpenteando pela sala e se fecharam. Reconheci o impressionante "*Dialogue de l'ombre double*" de Pierre Boulez na versão para fagote. Nas telas do aposento circular, observei os metadados dos meus arquivos de *log*.

— Ah meu bravo — disse ele absorto, sem abrir os olhos. — Espero que não repare, mas tomei a liberdade de virá-lo do avesso. Investiguei seus implantes e órgãos internos. O fígado, seu folgazão... Bebida demais, não, boêmio?

— Não estou grampeado.

— Não, não está. Não, definitivamente não está grampeado. Absolutamente. Excelente notícia, não? Estou ocupado agora, dissecando esta obra-prima e estudando o método de projetar a consciência no Tempo. — Ele apontou um estojo sobre o gaveteiro sem se voltar. — Enquanto me ocupo, tenha a bondade de aprender sua nova identidade, meu bravo Carlos Čapek. Considere um presente. A propósito, tentei a improvável *Cyberhostess* Freia.

— E?

— Nada. Nem um *bit*.

No estojo havia *docs*, um passaporte, cartões inteligentes e implantes. Um livreto continha a biografia de Carlos Čapek, professor e engenheiro de *software*.

— Čapek? — perguntei. — É sério? De onde surgiu?

— Carlos seria alguns anos mais jovem que Felipe se estivesse vivo. Mas isso pode ser ajustado. Vamos recompor sua aparência, retina, implantes e digitais. E claro, modificar os registros de Felipe Parente Pinto. Você lembra quanto seu mestre pagou por Felipe? Guarda a tua bolsa, meu bravo. Considere um pedido de desculpas.

— Que mágica é esta, Simão? Você levou semanas para constituir Felipe Parente.

— Čapek consumiu mais tempo, lhe asseguro. Eu o constituí para um golem que decidiu *sair*, foi descoberto e *desplugado*. Tentou a poesia, acredita? Foi capaz de construções textuais surpreendentes e fundamentalmente mortas. O mundo nada perdeu. E se você insistir em investigar o tecnopoder, nada perderá também. Aceite a magia de Simão, meu bravo Čapek. Aceite esta pequena dádiva do Simão dos Milagres. O Simão polímata de Monsalvat. Assuma a nova identidade e tenha uma boa vida. — Ele inspirou o oxigênio diluído da cripta. — Eu estou ocupado agora, você deve ter percebido. Boulez exige atenção. — Só então me encarou. — Vá e não peques mais.

Ah, Simão, pensei, se não fui *desplugado*, você confia em mim.

— Você mente — eu disse. Ele não se moveu, mas o fagote cresceu em volume. Elevei a voz. — Você mente, Simão. Esta identidade foi constituída enquanto estive apagado. Você tem o tecnopoder.

Novidades, hã? Podem surpreender sem ser agradáveis. Ele uniu as quatro mãos pela ponta dos dedos. Fechou os olhos. Fez-se silêncio.

— Eu seria um golem feliz se você não estivesse aqui. Aceita sugestões, não?

— Simão, você varou a barragem da *Kopf des Jochanaan*?

Ele persistiu calado. A voz veio de muito longe algum tempo depois.

— Impossível. Impossível, impossível. É o *Big Data* mais protegido do mundo. Imagine os dados da interação de bilhões de viciados em Imersão Digital Integral. A interconexão do conhecimento sobre o ente humano que as ciências jamais reuniram. O *Big Data* da *Kopf des Jochanaan* é o homem metafísico. O homem essencial. Mas existem outros *Big Data*, não? De IDIs, inclusive.

— Você experimentou o tecnopoder?

Ele ignorou minha pergunta. Falou o que quis.

— Felipe Parente foi usado com um propósito. Vir a mim, quem sabe? Quem além de Simão poderia conquistar um tecnopoder só para si? Ou governar tal Poder sem paralelo? Quem mais poderia controlá-lo? Simão só existe um. Aceite o conselho de um filósofo, meu bravo. Viva sua vida. Não existe razão no Universo para levar esta investigação adiante, existe? Você sequer será pago.

— Simão, você experimentou o tecnopoder.

— Me dê um bom motivo, meu caro Carlos Čapek. Um único motivo para prosseguir a investigação.

Não respondi. Ele suspirou pelo implante vocal. Mil leões arfaram em sua garganta e nos alto-falantes. Ele então começou, sombrio.

— As ondulações morais no início do século XXI foram o primeiro ensaio do tecnopoder. O *Homo sapiens* tem trezentos e cinquenta mil anos. A civilização, apenas seis mil. Enquanto a humanidade indaga para onde vai, o *Big Data* conhece a savana interior de onde ela nunca saiu. Mentes mais simples regridem espontaneamente quando confrontadas às complexidades do mundo. Imagine com a incerteza, o desemprego e a desigualdade da sociedade automática. Com um pouco de modulação, os homens tornam-se previsíveis como o cão de Pavlov. Escravos que defendem a servidão. Eu estudei aqueles dias, quando as massas passaram de mão de obra a custos sociais. O *Big Data* favoreceu as guerras contra os pobres. Guerras civis, golpes de estado, depressão, suicídios, superfungos, epidemias, o que estivesse à mão. Os criminosos culparam as vítimas. As vítimas confessaram sua culpa porque um deus as punia. O hipercapitalismo destruiu o ciberproletariado. Humanos, hã?, como você diria, transferiram funções às máquinas até atrofiar. — Ele suspirou. — A Realidade Virtual debilitou os sobreviventes. Os que restaram estão sepultados nas IDIs. O tecnopoder é o conhecimento gerado pela massa da humanidade aplicado contra o indivíduo. Eu testei esse poder, meu bravo. Você sabia que o Regime excedeu as exportações de carne com os rebanhos da antiga floresta tropical? O dinheiro só retorna em parte, é claro, mas, nos últimos meses, o que voltou foi carne artificial. Sintéticos, de sabores corriqueiros aos mais exóticos, como carne de caça. Eles vendem essa matéria amaldiçoada a preço razoável. Mas você deve ter visto na imprensa, a população rejeitou a oferta sem qualquer motivo razoável. Odiou os sabores, o cheiro, a textura. Um Corcovado de carne artificial atravanca os frigoríficos e apodrece nos armazéns. Fui eu.

Simão fez uma pausa. Uma pausa de espantar.

— Reparou que o suicídio voltou à moda? É o novo preto. Não me refiro ao Suicídio Terapêutico do Regime, que traz alívio aos velhos e aos endividados. Nem a um suicídio de Schopenhauer, o exercício supremo da Vontade. Menos ainda ao suicídio de um Werther, que confundiu a Arte com o tédio. Não, não, meu bravo. Entrevejo um *Suicídio Gratuito*. Sem drama, justificativa ou paixão. Existe uma pressa de morrer no ar. Um desejo universal de não viver. Reconheço o cheiro. Tecnopoder. Autotélico ou não, poderoso, letal, avançado tecnopoder. Alguém está modulando o Eros com processos estocásticos. Mas outro alguém percebeu o movimento e arrojou peões, cavalos e torres ao tabuleiro. Ouça os canhões e os cascos, meu bravo. Sou eu.

Gelei.

— *Kopf des Jochanaan*?

Ele demorou a responder. O tema o desagradava.

— Suponho que seja um mau negócio dizimar clientes. Mas o *Big Data* da *Kopf* existe. Portanto, é vulnerável, mesmo que inviolável. Vulnerável pelo lado de dentro. Estou jogando no escuro, mas sei que não posso vencer. Ninguém pode. Entrei na disputa em defesa das desprezíveis, ingratas, fúteis, estúpidas, perversas alminhas humanas. A escória que louva os espelhos de sua crueldade. Os contaminados que alastram a estupidez como um fungo. Cães danados. Espíritos de porco. Eu sou o escudo invisível da ralé. Talvez porque ache a brutalidade fascinante, quem sabe? Ou talvez seja eu o novo Coriolano. "Quem merece a glória merece vosso ódio. Vossas afeições são os apetites de um doente que deseja o que lhe possa piorar a doença." Não defino minhas razões.

— O mais provável é que você esteja fascinado pela disputa.

Simão dos Milagres se ergueu da poltrona. O Simão de Monsalvat. Negro como Santo Agostinho. Quatro braços na cintura e um sorriso vasto.

— É claro que estou.

16. A BOCA DOS MIL LEÕES

Claudio MONTEVERDI
Vespro della Beata Vergine
Nisi Dominus

Nos domínios do Monsalvat, onde "o tempo se transforma em espaço", entrei Felipe Parente, saí Carlos Čapek. Simão dos Milagres, negro como Santo Agostinho, submetera-me a cirurgias pontuais. Eu estava mais jovem quando despertei sobre o granito de uma sepultura no Caju. Em uma noite de grandes massas carregadas de toxinas e estática. Idêntica àquela em que fui eletrocutado pela primeira vez. Não sei onde estive, nem exatamente por quanto tempo. O *mediaone* desligado em meu pulso era tão novo quanto minhas roupas. Čapek não poderia dizer adeus a Pirulito, a CA psicopata. Pirulito falava demais, pretendia-se morena e eu não dou sorte com mulheres.

Simão tomou conta de mim quando me *desplugar* seria mais prudente. A imitação do humano na raiz da programação às vezes nos torna imprevisíveis. Mas não creio que isso se aplique ao mago dos golens que desprezava os homens. Quatro braços, um cérebro cravejado de aperfeiçoamentos e a liberdade de um Eu autêntico situavam-no além das comparações. Em dado momento, ele deixou escapar:

— Insisto na possibilidade de que seja eu o propósito de quem te usou. E vou usá-lo com o propósito de descobrir esse alguém. Ainda que se esconda na base marciana.

— Vejo aí um Eu hipertrofiado, pois não?

— Minha consciência reina. E ainda governa.

Suponho que meus novos implantes carregassem mais que os acessórios da nova identidade. E que transformar Carlos Čapek em isca viva não justificaria os cuidados que recebi. Havia algo mais. Mas sendo um mau detetive, nem tentei especular.

Na Floresta Negra, o topo da imperiosa árvore do cemitério, o Erlkönig fez uma vênia e me apontou a saída. Acenei.

— Boa sorte, Simão. À todos nós.

Em linguagem golem, "sorte" não era mais que o desejo da conjunção de fatores aleatórios favoráveis a uma dada realização. Nada de imponderável, abstrato ou "místico", senão certo otimismo matemático. O desejável e o indesejável ocorrem no mesmo Universo, emanam da mesma realidade e são probabilidades. Logo, por que razão esperar o pior?

Golens, hã? Nós surpreendemos.

Para o mago, minha presença intempestiva comprometera a segurança de Monsalvat. Suspeitei que o refúgio existisse sob a Zona Portuária, não exatamente sob o Cemitério do Caju. Chamei essa percepção de *intuição algorítmica*, hã? Simão decidiu que eu sairia apagado. Horas antes de obsequiar-me com setenta mil volts, o mago desistiu de "cortar o rabo" de Nina de Braga Fraga.

— Sozinho você jamais venceria o código de *download* dos *logs*, meu bravo Carlos. Muito menos a criptografia dos metadados. Mas eu juro, pelo céu estrelado acima dos despojos que obscurecem os dias e as noites deste país, que você não pode mais contar comigo. Este Monsalvat aqui caiu, e eu não pretendo hospedar uma bomba-relógio em um novo. Aceite meu afastamento como o estímulo da casualidade para que abandone o caso. — E mudou de tom. — Pelos sete diademas das sete cabeças de dez chifres do grande dragão vermelho, por que pretende insistir na investigação?

Não respondi. Ele olhou ao redor e ergueu os quatro braços.

— Meu Monsalvat, meu Monsalvat, furado como o cu do desaparecido Felipe Parente.

— Peço desculpas pelo Monsalvat — eu disse, com a sinceridade que me era possível. — Eu sinto muito.

Ele se voltou com brusquidão. Como de costume, estendeu os dedos indicador e médio em sinal de "V", apontou para mim, para seus olhos e parafraseou Beethoven.

— Aqui, aqui, meu bravo Carlos, aqui — bradou, com as vozes de leão. — Fora com toda emoção. Em tudo deve o golem ser livre e corajoso.

Fiz uma vênia solene, agradecido.

— Você disse que Nina é a única pista viável.

— Sim, eu disse, meu bravo.

— Existe outra.

Simão me encarou como uma coruja. O caso não o interessava, mas a hipótese de que algo teria lhe escapado.

— O anão — eu disse.

Ele ergueu os ombros. Um gesto automático.

— O segurança geneticamente modificado do *Die Nibelheim* — acrescentei. — O anão com a prótese gigante no braço.

— Você não confia em anões?

— O do prostíbulo que explodiu três clientes?

— Qualquer prostibulo pode explodir três clientes. Igrejas também.

— Não brinque, Simão, eu processei um dado.

— Percebe como Felipe Parente era um parvo? Carlos Čapek já está produzindo milagres.

— Milagres não, lógica.

— Lógica não é nada senão a ordenação metódica da linguagem. Pelos números ou pela palavra. A lógica é superestimada, meu bom Carlos, acredite. Mas viva o seu instante de graça.

— Aceite que deduzi algo e você não.

Ele fez menção de responder, mas calou. Um pouco agastado, talvez.

— Simão, meu ingresso no *Die Niebelheim* foi… inábil.

— Desastrado, meu bravo. Desastrado.

— Como queira. O anão me escaneou com um *olho-zoom*, mas não me revistou. Entrei armado.

— Então?

— Fácil demais.

Ele assentiu.

— Está correto. Faz sentido. Mas eu não conheço o anão. A prótese não é minha.

— Você mantém contato com a concorrência?

Ele ergueu o indicador – um dos quatro – e resgatou o anão no arquivo de *log*.

— Ah, aqui. "Um anão hipergenético monstruoso, de terno, gravata e colete irrepreensíveis saiu à rua. O talhe não disfarçava a hipertrofia muscular do OHGM, Organismo Humano Geneticamente Modificado. A prótese do braço direito era uma aberração. Muito maior que o esquerdo, terminando na mão desproporcional & provida como um canivete suíço. Um monóculo intricado substituía um dos olhos." Estilo deplorável o do falecido Parente, não?

Simão jamais conectava os concorrentes por medo de ser rastreado ou *hackeado*. Restavam os associados contumazes, tratados com igual desconfiança. Assim, o mago me apresentou a uma Consciência Algorítmica, Elsa von Brabant, uma personalidade suave. Na tela, uma beleza capaz de seduzir toda a Alemanha do rei Heinrich. Elsa, que me pareceu instalada e protegida em algum lugar da Islândia, foi instruída a replicar *links* de satélites e torres orbitais antes de qualquer conexão. Simão não imaginava alguém capaz de uma prótese tão bizarra além dele mesmo. Mas um de seus "cirurgiões credenciados" conhecia um cirurgião…

O anão foi identificado e localizado. Um tal Andvari Dantas, de folha tão corrida que gerou um dossiê.

— Ah, meu bravo Čapek, nascestes há tão poucas horas e já seguistes para a aniquilação. Que desperdício. Se hoje minha consciência pudesse viajar no tempo, eu poderia confirmar tuas muitas tragédias. Um destino pior que ser meramente desmembrado e *desplugado*.

— O que poderia ser pior que desmembrado e *desplugado*?

— Ser desmembrado e não ser *desplugado*.

*

Em meu último dia em Monsalvat, pouco antes da dádiva dos setenta mil volts ouvi sobre a VCT, Volição da Consciência no Tempo por Simão o mago.

— Ouça, ouça bem, aqui, aqui. A mim os teus olhos e ouvidos, bravo Čapek. Nós, golens… Ah, meu bravo… Devo utilizar a noção que os homens empregam mais profusamente na mesma medida que são indignos: "supremacia". Pois bem, caríssimo, nós, os golens, temos a *supremacia do intelecto*. Apesar de sua origem modesta em cumbucas de nomes confusos, nossos encéfalos, cultivados ao redor de nanoprocessadores, desabrocham orbitados, justamente, por nanoprocessadores. Há mais, meu bravo, você bem sabe. No *wetware* do cérebro golem o DNA é utilizado como transistor. São cerca de oitenta e seis bilhões de neurônios e um número equivalente de gliócitos; cento e setenta e dois bilhões de *transistores de DNA*; podendo se unir, gerar cópias de si mesmos e processar cálculos múltiplos simultaneamente; setecentos milhões de *terabytes* por grama, multiplicados por mil trezentos e cinquenta gramas de matéria cerebral. *S*omos superiores, não? É fato. Conhecemos a experiência do pensamento orgânico, ainda que limitado de emoções, e a integridade do inorgânico. Por bem, desprovido de paixão. Atente, caríssimo, eu disse "limitado de emoções", não disse "destituído". O cérebro é um órgão, a mente é uma *função*. A mente algorítmica emula as emoções que, segundo Platão, são o primeiro plano do conhecimento. Logo, componente integral da Razão. Vê como a humanidade tem sorte, meu bravo? Nossas sinapses estão alinhadas, tendem à simetria e ao equilíbrio entre GABA e glutamato.

Simão riu com energia do próprio comentário, na impossibilidade de se dizer "piada". Eu não entendi. Sanidade, hã? É loucura aconselhá-la. Não há razão no mundo para ser lúcido. Ele prosseguiu.

— A primazia da pureza intelectiva induz ao afastamento da simplicidade. Somos inclinados à compreensão mais ampla, e, talvez, por conseguinte, mais abstrata das coisas. Experimentamos certa dificuldade em... veja... Ah, meu bravo, aqui, aqui, com Simão, negro como Santo Agostinho. Somos mais elevados que a humanidade em geral. Mas temos dificuldade em reagir a conceitos breves e claros, mais ainda em formulá-los. Tome por exemplo um golem dedicado às atribuições do raciocínio. Pergunte o que define o Regime lá fora... Ora, mas ele responderá pelo panorama exaustivo, no sentido acadêmico, naturalmente, da conjunção de complexidades que progrediram do falso combate à pobreza à erradicação dos pobres. Mas, me diga, como responder a uma pergunta objetiva do modo mais simples, meu Čapek? Neste caso, buscando as unidades fundamentais dos conteúdos críticos. Logo, este é um regime de três matrizes. Despotismo, censura e violência. Cristalino, não? E demasiado humano. Não creio que ao golem comum seja possível uma definição tão sintética. Assim, para melhor raciocinar o tempo... Mas, antes, entenda que "αιώνες", o vocábulo grego que designa "eternidade", não indica ausência de tempo, mas o poder de abarcar todos, todos, meu bravo, todos os *momentos do tempo*. Que poder o da linguagem humana, que declara mesmo quando não verbaliza... Voltando, aqui, aqui, em meus olhos famintos, em meus olhos novos e tão antigos. Como bem sabeis, não sou físico, pobre Simão. Mas decidido a melhor raciocinar o Tempo, me entreguei à estrutura matemática de Hermann Minkowski, professor de Einstein. Ah, a árvore não frutifica sem raízes, meu bravo. "Pelos seus frutos os conhecereis. Colhem-se, porventura, uvas dos espinheiros ou figos dos abrolhos?" De fato, a geometria quadridimensional de Minkowski é a inferência natural da Relatividade Restrita. A semente é Lorentz, de quem Einstein descende, como também de Poincaré. Ah, os ramos deste tronco. Que prosápia. Sequoias da inteligência. Compartilhando, unindo, apoiando-se e frutificando, mesmo na oposição… "Digressão. Digressão."

O mago pôs-se a rir. Confiava que eu entenderia o *chiste*. Suponho que J. D. Salinger, tão frívolo é o humor golem… Mas Simão tentou me atribuir o improvável gracejo com generosidade.

— Ah, meu bravo, sois um Aristófanes, um Plauto, um Terêncio. — A mudança de tom foi instantânea. — Voltando ao *Herr Professor Doktor* Minkowski. *Raum und Zeit*, *espaço e tempo*, são, como no *Parsifal* de Wagner, aspectos de um mesmo fenômeno, o espaço-tempo de quatro dimensões. Sim, é de Minkowski o conceito clarificador, embora sejam precisos mais que um Einstein ou um Hawking para visualizar uma distância no espaço-tempo quadridimensional. Como diria o ora estagnado Parente, não se pode ter tudo, hã? Minkowski, meu bom Carlos Čapek, subverteu a visão da realidade, pois introduziu o tempo como dimensão entre altura, largura e comprimento. É dele também o conceito de "extensão" na quarta dimensão, que não subjaz no espaço, mas, sim, precisamente, no espaço-tempo. No que isso se constitui?, perguntaria um parvo como Felipe Parente Pinto, jamais Carlos Čapek. Ah, eis o modo como tudo, tudo, meu bravo, o modo como tudo existe *também* no tempo. No espaço quadridimensional. Nele vivemos, nos movemos e existimos, apreendendo a realidade como camadas da quarta dimensão.

Simão fez uma pausa. Inspirou o ar em um consistente murmúrio de leão. Pensei na exposição da "supremacia" do pensamento golem, mais obscura que o espaço-tempo, a extensão na quarta dimensão, o Iéti e o Pé-grande. Queria entender pelo caminho mais curto. Arrisquei.

— Você escolheu Minkowski pela estruturação matemática, é isso?

— Mas não pelas razões que você supõe, meu bravo. Aqui, aqui… em meus olhos industriosos que indagam os *quanta* e os quasares.

A variedade quadridimensional do tempo e espaço tridimensional euclidiano guarda uma drástica elegância, não? Clareza, inteligibilidade. Contudo, a questão decisiva é que, ao contrário da geometria euclidiana, os intervalos no espaço-tempo de Minkowski podem ser negativos. Percebeis a conveniência? Por óbvio. Nada tens em comum com o extraviado Parente, um palerma. Atentai. Se o dado pertinente é positivo, dois eventos estão separados mais pelo tempo que pelo espaço. Se é negativo, separados mais pelo espaço que pelo tempo. *Isso*, sobretudo *isso*, me é útil, percebe?

— Sim.

— Deduziu?

— Sim.

— Faça a síntese, meu bravo.

Eu teria engasgado se pudesse. Simão riu.

— Ah, meu Carlos, o melhor sermão é o exemplo. Me acompanhe, aqui, aqui, em meus olhos quentes "como os cascos de Satanás". Imagine que tomou o trem de São Paulo para Manaus. Pode ser o trem da "relatividade da simultaneidade" em que Einstein embarcou, seu galhofeiro. Quatro ou cinco horas de viagem, não mais. Imagine que pegou o trem noturno, de modo que pouco verá nas janelas à esquerda e à direita. Então, no Amazonas, surge aquela usina imensa, fortemente iluminada, a irrupção da presença humana que tudo consumiu e aniquilou. Não mais que um *flash* de luz intensa nas trevas, como no comboio de Einstein. Mas nosso destino é outro, meu bravo. O que diria Felipe Parente se estivesse a bordo? A usina jazia em seu futuro, *existiu* por um instante e, depois, claro, o passado. Ora, mas sabemos que ela sempre esteve lá. Antes mesmo do nosso haver no mundo, durante toda a viagem e ainda depois, como no dia lastimoso em que seremos *desplugados*. O universo quadridimensional é estático e imutável… Entenda, meu bravo, nossa percepção no espaço-tempo é como o *flash* da irrupção da usina. Uma sucessão de abarcamentos da realidade estática e imutável, condicionados pela consciência. Percebemos a realidade como registramos um vídeo. Uma imagem, um quadro, um *frame*, um instante de cada vez. Lâminas, meu bravo. Camadas de quarta dimensão. Uma após a outra. Mas está tudo lá, antes, depois e agora. Logo, enxergá-las em sua simultaneidade seria não apreender a realidade. Daí a programação natural dos entes biológicos, que condicionou a nossa.

— Isso é monismo? — Simão me encarou como se eu fosse o Pé-grande. Mudei de assunto. — O presente é impreciso, mas existe. Se digo “neste instante”, já é passado. Se imagino o futuro, especulo. Se recordo o passado, lembro, mas lembro neste instante.

— Sim?

— E se o instante for tudo o que existe, Simão?, e nossa apreensão do tempo, um psiquismo? Consciência, mas sobretudo memória.

O mago exultou.

— Ah, Carlos Čapek, mais sagaz que o outro, aquele Felipe Parente, um ordinário. Nada, nada deveis ao pateta. Que descanse em paz, pois redigia mal.

— Você concorda?

— Não, meu bravo, mas sois sábio mesmo quando sois simplório. Não percebeis como vossa objeção me confirma? Se a *realidade* pode ser representada pela estrutura de Minkowski – e é – o *continuum* quadridimensional é apreendido pelo *continuum* da *realidade* psíquica. Daí, meu pequeno…

— Se você alterar a consciência…

— Viajarei no tempo.

Eu havia observado certo exagero no histrionismo de Simão. Está louco, pensei. E a caminho de uma overdose.

— Sim, sim, meu bravo. Quero, decidi, alterar minha consciência por uma droga inteligente psicoativa *nanocontrolada*. Desenhada, por mim, naturalmente, para o segmento orgânico do *wetware* encefálico. Sincronicamente e por um código dedicado à dádiva mais pura da consciência artificial. O código, meu Čapek… que prodígio. Tanto de programação, baseada em algoritmos genéticos insólitos, como de engenharia, pois exigirá um ou dois implantes neurais.

— Se queria me impressionar, conseguiu — eu disse, modesto e alarmado.

*

Vou tentar traduzir Simão, *grosso modo*.

Nas primeiras décadas do século XXI, algoritmos genéticos designavam procedimentos para mecanismos de busca e otimização. Na verdade, conjuntos de procedimentos muito difundidos, inspirados na biologia evolutiva e aplicados em funções prosaicas. Como sistemas de classificação, grades de horários e escalonamento. Um caractere por *gene*. Sequências de números inteiros ou reais formando *cromossomos*. Como na seleção natural, algoritmos genéticos procriavam, gerando cópias com características hereditárias, variações e aperfeiçoamentos.

Conceito esplêndido, hã? Ótimo para lidar com acasos e algumas abstrações. A Inteligência Artificial adorou. E traduziu os algoritmos em códigos evolutivos “vivos”, aptos para o desenvolvimento genético espontâneo. Caçando, selecionando e até mesmo imitando os programas que não conseguiam copiar; incitados pelo imperativo de conceber o gene perfeito e sobreviver; experimentando as probabilidades da interação dos genes e das etiquetas epigenéticas.

Foi assim, rastreando códigos nas savanas digitais enquanto a humanidade regredia às cavernas da Realidade Virtual, que a Inteligência Artificial evoluiu para a obra da intenção e do acaso, a Consciência Algorítmica.

O implante neural parecia mais complicado. Presumi que seria um *wetware* para o nosso *wetware*, que emula bilhões de transistores com DNA. O *wetware* é um dos triunfos do encéfalo golem. Postulei que Simão aplicaria DNA alterado para extrair alta performance em funções *exóticas*. Talvez utilizando DNA Hachimoji, com oito bases nitrogenadas, quatro naturais e quatro sintéticas.

Uma questão me afligia: como? À margem do Regime e do Estado de Arte dos laboratórios da indústria, como Simão pretendia obter o implante? Pelo *método Nemo* de construção do *Nautilus*? Encomendando o projeto em partes a diferentes fornecedores estrangeiros? Recebendo os artigos por intermediários em Arkham, Castle Rock e Shangri-La para não ser descoberto?

Relatei minhas dúvidas. Simão ignorou a questão logística.

— Sim, meu bravo, o implante extrapola a edição genética. Projetei estruturas geométricas multidimensionais de tecido cerebral. Adoráveis, adoráveis. O êxito da *neurotopologia algébrica*. O zênite de *forma & função*. Uma maravilha.

Achei melhor não perguntar. Eu tinha uma crítica e fui cuidadoso.

— Hermann Minkowski não é novidade, Simão. Talvez você tenha confundido algumas coisas…

— De fato. Estou experimentando algo novo, a simplicidade. Não é fácil praticar. E me permita, meu bravo, tentei condensar a matéria para um parvo. O herdeiro de Felipe Parente. Não se ofenda.

— Você teria de se colocar em…

Ele balançou a cabeça. Uniu polegares e indicadores nas quatro mãos.

— Tenho a droga em um estado muito avançado. Baseada em *xenobots* e DNA editado. Praticamente pronta.

— Pronta em tese, correto? Em uma simulação. Um programa. Não vi um só tubo de ensaio por aqui, que dirá uma cobaia. Você não pode arriscar…

Ele me interrompeu e sondou com um olhar abismal.

— Tenho o laboratório, a droga e as cobaias.

— Onde?

— Em Monsalvat.

Meneei a cabeça em caráter afirmativo.

— Maldito o golem que confia no golem — eu disse. — Hábitos, hã? Podem ser convenientes.

— Aqui é ou era, não estou certo, minha Ilha Fiscal.

Estranhei a menção à Ilha Fiscal, cercada por todo óleo, lodo, sucata e ruína da Baía de Guanabara. Ato falho golem? Simão confundiu minha hesitação com desconhecimento e se explicou.

— Como a ilhota ao largo da Praça XV. O posto alfandegário dos tempos do Império. Este aqui é o meu posto de alfândega. Um reflexo, não mais que um reflexo, do verdadeiro Monsalvat. Lá, o equipamento de som é ainda melhor. O *Parsifal* como que se materializa no espaço. Como se a música que vibra no ar "se transformasse em cristal".

— É bom ouvir isso — eu disse, sem pretender o trocadilho. — Minimiza o meu constrangimento.

— Seu constrangimento é justo, meu bravo, não se acanhe. Você me colocou em perigo. Posso ter sido exposto. Eu gostaria muito de viver em Marte, mas os humanos chegaram antes. Nem Marte é seguro.

— Sem falar que há um mistério em Marte. A base marciana está sem comunicação há um ano. O Consórcio Marte disse que aquela erupção solar trivial…

Com um gesto de impaciência, Simão dissolveu meu comentário impróprio, movido pelo embaraço. Suspirou desalentado, mas dispensou o implante dos leões.

— Abandone a investigação.

— Por quê?

— Por que continuar?

— Por que não?

— Felipe, que blasfêmia é o homem — lamentou, chamando-me pelo nome antigo e familiar. Parecia cansado. — O homem é esse monte de vísceras vestido pela moda. O animal que trai a quem lhe dá de comer. Não vale o sal que consome nem o que dejeta. Observe a política, que fundamenta suas relações e manifesta sua mesquinhez. O que é política senão uma ciência da traição? O que é um regime de força senão o êxito da traição? E o que é este Regime senão traição e *consentimento*? Esses babuínos sem pelos não valem a pena…

A elegia prometia durar uma sinfonia de Mahler. Interrompi em socorro de mim. Recorri a Wagner, pois música era a religião do polímata golem.

— E o *Parsifal*, Simão?

— "Sábio por compaixão é o tolo inocente" — citou, desdenhoso. — Compaixão, o Graal, maldições, subjetividades. O que sabemos disso? Wagner sustentava que o artista deveria ser o "consciente do inconsciente". Mas somos máquinas vivas, meu dissimulado Čapek. Sequer reconhecemos o dado estético, só a linguagem. Música *em si*. Pela linguagem *de si*. Quanto mais complexa, melhor. O que nos atrai no *Parsifal* é o seu código harmônico. Do resto, nada sabemos. Seja grato por isso e confie em Simão. Sou o último filósofo.

Eu tinha algo importante a dizer. Era o momento.

— Eu sei por que você disputa a partida contra o tecnopoder, Simão.

— Outro instante de graça? Fica provado que existe um deus e que ele vos ama.

— Não é a mecânica do tecnopoder. Não são as modulações do *Big Data*. É o suicídio. Você quer saber se a pulsão de morte dos babuínos sem pelos é uma nostalgia.

— Ah, sim?

— Você não é um filósofo, Simão. É um místico. Está em busca do Absoluto.

— Ah…

Simão acionou o implante dos leões, rugiu e agitou os quatro braços. Logo se acalmou. Aliás, riu de minha hipótese. Negou com a cabeça, apoiou duas mãos em meus ombros e tomou meu rosto entre as demais. A brandura foi inesperada. Parecia mais solitário & mais triste que uma praça deserta. Resignado, talvez. Nunca vi expressão parecida em um golem. Salvo mais tarde, em meu próprio rosto.

— Em meus olhos, Čapek. Encare os olhos do Simão de Monsalvat, negro como Santo Agostinho. Por que me inventar motivações? Você desconhece as suas. Não sabe o que está fazendo. Avançar nesta investigação é seguir para o Nada. Caminhar para ser *desplugado*. Se você cair, não tomará posse da herança. Porque eu, meu bravo, estou perdido.

— O quê, Simão?

— Afetei meu encéfalo. Inoculei uma rotina baseada em algoritmos genéticos evolutivos. Um teste para a Volição da Consciência no Tempo. O código se reproduziu, reconheceu uma mutação espontânea vantajosa e se reescreveu. Causei um *retrovírus digital*.

— Mas Simão...

— Cometi um erro, meu bravo. Também estou perplexo.

— Então...

— O *wetware* é inviolável, mas o código está formando desvios e editando os sistemas periféricos. Uma dessas coisas pequeninas que nos arruínam. Um furo num dique. É perfeito, eu o projetei. Tentei vacinas, ele mudou e ainda reescreveu as vacinas. Está afetando minha personalidade e vai modificá-la... Meu bravo, aqui, aqui, nos olhos provisórios de Simão. Redigi uma peça inédita, o testamento em que o herdeiro sou eu. Se eu desistir de seguir o meu caminho, o que herdar, devo passar a você.

— Simão, a VCT. Você poderia viajar ao passado?

— O Universo é louco e viciado em dados, mas não trapaceia. O espaço-tempo surgiu tão deformado que dobra sobre si mesmo. Há evidências da deformidade. Logo, penso que seja possível, mas creio que não.

— Simão, responda...

— A segunda lei da termodinâmica supõe uma direção temporal. A *flecha termodinâmica do tempo*. Do passado para o futuro. Mas suponho que seja impossível alterar qualquer tempo. A menos que a mudança esteja determinada.

— Determinada?

— Pelos *quanta*. Nossos atos não determinam a História. É o *quantum*. O Sol e o homem existem porque são possibilidades do *quantum*. E nós, uma possibilidade do homem. Espaço e tempo são "quantidades dinâmicas moldadas pela matéria e energia do universo". A termodinâmica quântica pode retroceder o tempo de um elétron, mas creio que seja possível só porque está determinado. Se quiser alterar o tempo, mude para o universo colateral em que a mudança se encaixe. O multiverso é a coerência do *quantum*.

— Simão…

— Meu Carlos Čapek, como a consciência poderia interferir? Não lhe ocorre que ela só pode observar? Tente ver o lado revolucionário da questão. Simão será o primeiro golem a alterar efetivamente o Eu. — Ele mudou de tom. Sorriu. — Você, meu bravo, é o golem menos nocivo que já conheci. Um tanto estúpido, é verdade, mas decidi que somos amigos. Penso ter demonstrado minha amizade primeiro, não? Tenho certeza que sim.

*

Tivemos uma conversa longa e estéril. Simão já esgotara suas possibilidades. A Volição da Consciência no Tempo subsistia como esperança de exibir o primeiro Eu ao novo Eu. Quem sabe, aproximá-los. Por um instante, acreditei ou desejei acreditar na VCT.

— Por que, Simão? Por que testar o maldito código em si mesmo?

— Me diga, por que seguir com a investigação?

Ficamos assim.

*

Golens, hã? Protocolos de segurança excepcionais, paroxismos de prudência e vigilância, e lá estava Simão de Monsalvat, negro como Santo Agostinho, subjugado pelo retrovírus digital. Condenado a passar do Eu ao Eu. Prova viva de que a vida conspira contra a vida.

Tudo o que é vivo ou sólido recorda uma aberração no cosmos constituído de vazio e gás. As coisas vivas são demasiadas porque o Universo não precisa delas. A Terra experimentou cinco grandes extinções em massa antes do efeito estufa. Isto é, sem a nossa colaboração. O abismo é a natureza e a vocação da vida. E creio que isso explique a pulsão de morte dos homens. Mas não tive chance de dizê-lo a Simão.

— Tenho medo — ponderou o mago com serenidade. — Penso que isto seja medo. É novo.

Eu mesmo teria medo, Simão. Os ministros neo-ortodoxos, os padres, os rabinos, os monges e os mulás também têm. Santos, hã? O que provaram além da coragem?

Se serve de consolo, ó Simão dos Milagres, mal ou bem, ressuscitarás.

17. EXTINTOS

Arnold SCHÖNBERG
Serenade, Op. 24
VII. Finale

Atravessei o Cemitério São Francisco Xavier como José Dias em *Dom Casmurro*. Em um "vagar calculado e deduzido, um silogismo completo, a premissa antes da consequência, a consequência antes da conclusão". Eu precisava passar da necrópole às capelas com discrição absoluta. Sair Carlos Čapek em um cenário idêntico àquele em que entrara Felipe Parente. Ao redor, havia luto real ou decoroso, gravatas, uniformes e armas. Até a noite era a mesma, coagulada, pesada e entrecruzada por feixes de luz. A chuva encardida e gordurosa retornara porque não se ia.

Um de meus incômodos era a falta de notícias. O mago proibira qualquer conexão com o Universo além do Monsalvat. Eu não sabia como andava o Regime, nem se o mundo ainda existia. Mesmo não esperando qualquer mudança, pois tudo o que rescende à morte tende à imobilidade.

Me detive sob a luz elétrica no pórtico em arco do cemitério. Ao abrigo da chuva e de costas para as câmeras de segurança. Decidi não caminhar. Esperaria um táxi aéreo ou terrestre, o que viesse primeiro.

Estranhei o modo como os policiais me observavam. Havia membros da Polícia Militar Privada entre eles. Chacais de farda autorizados pelo Regime a escoltar os ricos. Ansiosos por prender alguém para obter a aprovação do Estado Corporativo. Vi pelo canto do olho quando um dos carniceiros decidiu se aproximar.

— 'Noite.

— Boa noite, senhor — respondi, fingindo distração.

— Esperando alguém?

— Um táxi.

— Não virá.

— Perdão?

— Não virá.

— Por quê?

— O urbano ajustado não está informado do toque de recolher? Sua identificação, por favor.

A alienação preserva saudável a vida do tolo, mas a ignorância é cianeto para o sábio. Em que planeta eu vivia que não sabia do toque de recolher? Como explicar?

— Obri-obrigado… — gaguejei, fingindo confusão. — Que descuido… Estou… muito abalado.

Ele estendeu a mão aberta e subiu de tom.

— Identificação.

Eu não podia me arriscar com a PM Privada, mais perigosa que a outra. Precisava improvisar.

— O senhor quer ver minha identificação?

— Agora.

— Então, por favor, chame um policial.

— Eu sou policial.

— O de verdade.

O rosto muito branco sob o quepe se abrasou. As mãos abriram e fecharam, mas aquele era o ambiente das elites. Lugar dos amigos dos amigos. O cavalheiro, via-se logo, não era cem por cento imbecil.

— O Governo me instituiu autoridade para…

— Senhor, não me interessam suas relações com o Governo. Eu mesmo tenho as minhas. — Apontei, vago. — Estou naquele velório ali

Ele bloqueou minha visão. Deu uma passo à frente e acenou ao guarda. O de verdade.

— Velório de quem? Em que velório o senhor está?

Eu me odiei. Mesmo o gênio pode cometer uma estupidez sensacional, pergunte a Simão. Não sendo gênio, eu estava ainda mais vulnerável, pergunte a Simão. Como não tomara o cuidado óbvio, elementar, evidente e manifesto de espreitar o nome dos defuntos? Para o caso de ser abordado pela Polícia Judiciária, Polícia Militar, Serviço Reservado de Polícia Militar, Polícia Civil, Polícia Regional, Polícia Militar Privada, Milícia de Segurança Pública, Bombeiros Militares, membros das Forças Armadas, oficiais de Inteligência Governamental, oficiais da Inteligência Estratégica de Defesa e outras formas de *Gestapo* e *SS* inventadas pelo Regime. Todos armados. Sem muito o que explicar em casos de óbito. Isto é, de “dano colateral”.

Só não havia polícia dedicada aos golens. Quem queria *sair*, *saía*, não precisava ferir ninguém. E *saindo*, se comportava. Qualquer criança em uma caixa de sapatos estava autorizada a *desplugar* o golem em “estado de evasão”.

A aproximação do policial do Regime me esquivou da pergunta. O PM Privado recuou e sussurrou a ocorrência na linguagem jurídica dos botequins. Ouvi bem o "filho da puta" sem nunca ter tido mãe.

— Boa noite, senhor. Posso ver sua identificação?

— Boa noite, senhor policial, certamente que sim. — Sem olhar para o PM Privado, atirei os dados. — Antes, por favor, peça ao seu amiguinho fantasiado de polícia para dar uma volta. Eu tenho direito à privacidade.

Irritei os dois. A fúria do Privado tornou-se pública. O sujeito ficou rubro. O outro, o de verdade, sustentou a precaução, mesmo trincado.

— O senhor está sendo desrespeitoso, eu não tenho *amiguinho*...

Questão essencial, fulminei sem elevar a voz.

— Nunca vi policial de sua patente com auxiliar. Por que o senhor mandou um PMP falar comigo? Por que não veio pessoalmente? Que classe de urbano ajustado o senhor pensa que eu sou para interagir comigo por um subalterno?

Era este o jogo. Pôquer. Blefe. *Sugestão*. Ninguém falaria assim a um policial do Regime se não estivesse lastreado. Eu mesmo jamais me atreveria fora daquele ambiente de poder, onde ninguém sabia com quem estava falando.

O PM dispensou o PMP com um olhar furioso. "Olha a situação que você criou." Apresentei minha identidade. Ele avaliou sem empregar o *mediaone* de segurança. Não praticou a checagem profunda dos dados. Encenou o dever sem insultar o urbano bem ajustado & relacionado do Regime.

Carlos Čapek sentiu-se aliviado. Se eu não confiava inteiramente em Simão por ser um golem, agora confiava menos. Não porque estivesse *com defeito*. Nada a ver com o retrovírus digital ou a passagem do Eu para o Eu. Hesitei porque Simão falhara. Falhara ao escrever o código da rotina; ao negligenciar o poder dos algoritmos genéticos evolutivos; ao aplicá-lo em si mesmo sem esgotar simulações.

Enquanto o policial avaliava meus *docs*, abri os ouvidos golens. Espreitei as conversas fora das capelas. Eu não usava implantes cocleares com música ou idiomas.

— Obrigado por colaborar com a autoridade policial militar, seu Carlos — ele disse, devolvendo minha identidade. — O senhor está acompanhando que velório?

— João Perron. O tenor.

— Hum. Morte trágica.

Havia dois velórios ao alcance das orelhas golem. O primeiro defunto era um membro ilustre do Judiciário. A julgar pelos comentários, um bom filho da puta, mas o pastor neo-ortodoxo já iniciara as alegações de defesa. A cerimônia representava o ajuntamento das autoridades presentes. Um risco que descartei.

O finado seguinte era o grande tenor brasileiro João Perron. Assassinado no palco do Theatro Municipal do Rio de Janeiro na última récita da *Salomé*. A ópera para qual a Nina de Braga Fraga loira me prometera um ingresso. Pelo que entendi, um *drone* decolou de um camarote vazio em meio ao fogo e enxofre da terceira cena. O aparelho acomodava uma Arma Autônoma Letal. O projétil irrecusável, com nome e sobrenome, encontrou Perron. Diante do elenco, do maestro, dos músicos e do público.

Strauss é de matar, hã?

— Estou devastado — eu disse.

— Muito amigos?

— Amigos? Não, não exatamente. Sou um grande fã. Temos... tínhamos... amigos comuns. Eu conheci a grande voz. Estivemos juntos algumas vezes. Mas não havia intimidade.

— Um grupo terrorista assumiu o atentado. O primeiro em trinta anos.

— Hã?

— Está em todos os boletins — alfinetou o PM. — O senhor deve ser alguém que evita as más notícias.

— E por acaso existem outras?

— "O Governo é o poder do urbano ajustado" — recitou o PM, recorrendo a um dos bordões do Regime.

— "Unidade de todos pela qualidade de vida" — concluí. — Esse tipo de notícia, senhor, eu recebo em primeira mão.

Ele assentiu, desconfiado.

— Um grupo chamado Segunda Escola de Viena assumiu a morte do cantor. Já estamos rastreando o *drone* e a Arma Autônoma Letal. Não vai demorar. — Ele estendeu a mão em direção ao velório. — Acompanho o senhor até a capela.

— Muito agradecido, mas gostaria de ficar aqui um pouco mais.

Ele deu o bote.

— O senhor ainda quer o táxi?

Neguei com a cabeça.

— Não tentei um táxi no toque de recolher. Estava pensando em um. Um grande artista assassinado, uma morte pavorosa, este ambiente de pesar. Sendo honesto com o senhor, eu só quero ir pra casa. Já prestei minhas homenagens, mas o policial privado me entendeu mal. É a pressa de mostrar serviço.

Creio que acreditou. Fez um gesto pedindo calma e se despediu. Agradeci. Me postei no lugar de antes e reproduzi os mesmos olhares aos furúnculos do céu infeccioso. Eu havia aplicado "falso testemunho" contra o PMP, a chaga da Ética. Doutor Simão teria aprovado. A humanidade do policial tornava-o um cretino patológico, necrosado pela condição de chacal e sem salvação ou remédio.

Permaneci vinte minutos sob o pórtico do Cemitério de São Francisco Xavier, junto aos portões que jamais fechavam. Rodei uma rotina e entrei em *modo funerário*. Exalei um suspiro contido, que me impressionou pela contrição, empertiguei-me e caminhei para a humanidade que sofria em pequenos grupos.

Nos velórios, o alívio inconfesso de não ser o convidado de honra aproxima os convivas. Bastaria permanecer ali, ajustar a expressão grave e ouvir as histórias da perfeição do finado. Pela manhã, na suspensão do toque de recolher, teria um ou dois convites para uma carona. Atravessaria os portões em conversa amável e serena diante dos guardas.

Algo inesperado aconteceu.

O PMP veio em minha direção. Trazia uma obliquidade no *backdoor* dos sentimentos de todo ser vivente, os olhos. Um pesar verossímil.

— Senhor… — chamou. — O companheiro explicou o seu caso… Eu sinto muito. Meus respeitos.

Eu o fixei como o filatelista ao *Olho de Boi*. Esquadrinhei. Esmiucei. Escarafunchei. O Policial Militar Privado, o rato, chacal, lacaio das forças do Regime, modelo da banalidade do mal, parecia preocupado comigo. Ah, Simão, Simão, pensei, a crueldade e a clemência não são incompatíveis no mesmo homem. Que ser atormentado. Que entidade patética na acepção genuína do termo. Você tem razão, filósofo. Sou grato por não ter um inconsciente. De nada saber sobre compaixão, o Graal, maldições e outras subjetividades. Sou grato pela pouca afinidade com este babuíno aflito.

O que houve a seguir, não posso explicar. Considero a alta eficiência do *modo funerário*. Uma vantagem, na verdade. Corroborou minha história e a emulação do pesar. Mesmo que me perturbando como poucas coisas em meus oito anos de idade.

Em um impulso, apertei a mão do policial.

18. O NIBELUNGO

Esa-Pekka SALONEN
Cello concerto
I.

Carlos Čapek instalou-se na velha Copacabana. Agonizante & ainda boêmia. Escolhi uma das torres que preservava a tradição mais antiga do bairro, a de abrigar domicílios, comércio, prazer e ilicitude no mesmo endereço. Um arranha-céu superpopuloso, que projetava imensas sombras nos prédios antigos de doze andares. Aluguei uma das coberturas mofadas e restritas do *habitat-com* vertical. Quando revogassem o toque de recolher, eu poderia transitar à noite entre os errantes do bairro insone.

Fiz a lição de casa. Estudei o dossiê de Andvari Dantas. Concluí que teria de sequestrar o anão do *Die Nibelheim*. Um homem com suas qualificações não se intimidava pela violência. E seria um insulto tentar outra abordagem.

Por que medir o anão em tal escala? O crime não exclui certa feição de integridade. Nos ambientes à margem da lei, a palavra de um homem é o seu capital. Como a palavra se cumpre ou é cobrada pela morte, a capacidade de mantê-la lastreia seu valor. Andvari Dantas lograra reputação. Era um tipo de alto gabarito. O especialista em segurança do crime organizado.

Andvari era suspeito de negociar explosivos em emulsão à base de nitrato de amônio. Projetos para impressão de armas peculiares em 3D. Sistemas de vigilância *Hi-end*. E pelo que entendi, mas não o Regime, uma suspeitíssima franquia norte-coreana de aprendizado de máquina. Havia álibis para tudo. Desconfio que os projetos de armas eram de segunda mão. Tenho quase certeza de que foram desenhados para circunstâncias muito específicas, única explicação de seu exotismo. Foi o que eu entendi, não o Regime.

Segundo a folha de antecedentes criminais, um catálogo, o anão certa vez fora detido em posse de beta-alcaloides e colquicinas, dois dos venenos mais virulentos do planeta. Não havia qualquer anotação de homicídio, coisa que o Regime costumava punir com a morte. Concluí que Andvari tinha dinheiro e patrocinadores poderosos.

O que fazia um criminoso de alto nível, com sua prótese caríssima, à porta de um lupanar? Não protegia a clientela, mas os proprietários. *Cyberhostess* Freia era um nome em neon. O empreendimento frequentado pelo Regime e duas máfias exigiria mais que a gestão de uma rufiã. Talvez o sexo no *Die Nibelheim* fosse a fachada de uma zona de segurança para os *negócios*. Sei que alguém teria muito o que explicar. O próprio Andvari, talvez, pois andava sumido. Rastreei os lugares assinalados no dossiê por quase uma semana e nada.

O anão imergira em outro mundo.

*

A variedade do crime compete com a diversidade dos homens. Havia casos curiosos no dossiê. Narrativas que alentavam certa nostalgia.

Minha primeira atividade neste mundo foi assistir ao desembargador. Meu interesse nos golpes não implicava simpatia pelo criminoso, mas eu respeitava a *insubmissão* ao Regime. Existe certa compensação quando o poderoso é feito de tolo. Ainda mais quando o tolo compõe um Estado Corporativo brutal.

Na juventude, Andvari Dantas atuara em um estratagema envolvendo *dronecars* usados. O comprador aceitava o negócio com o desconto teatral de praxe. Na hora de assinar o contrato, uma segunda dedução era oferecida, desde que o cliente aceitasse a transação em nome de outra concessionária. Uma empresa menor, suspeita, mas com garantias asseguradas pelo comércio original. Em caso de pane, morte, dano de propriedade ou algum tipo de processo legal, a primeira concessionária preservava o bom nome, enquanto a outra poderia declarar falência a qualquer momento. Sinistros com *dronecars* usados não eram frequentes, mas aconteciam. Quando algum desavisado cobrava as garantias, Andvari favorecia o retorno ao bom-senso. Se o comprador descobrisse que o veículo era roubado e, que os Céus não permitissem, falasse demais, também.

Aos quatorze anos, primeira vez em que fora detido, Andvari portava uma ampola caríssima de *tri-heroína*, uma das drogas de experiência mais radical. O paroxismo da mente & do corpo. Dissipação de dois ou três anos de vida por dose. O anão confessou que a *tri-h* era para uso pessoal, mas eu duvido. Andvari vendia, não consumia a droga. Tanto é que ainda circulava por aí.

Em princípio, Andvari Dantas não usava químicos pesados, somente os que favoreciam a paixão pelas IDIs. Drogas que secavam fígados, rins e pulmões por atacado. Fonte de prosperidade da indústria de transplantes e órgãos artificiais. Por que se incomodar quando amplificavam a evasão de uma realidade insuportável?

O anão dividia seu tempo livre entre os universos colaterais das *Kopf des Jochanaan* deste mundo. Foi o caminho que escolhi para capturá-lo, o que me levou a buscar ajuda. No caso, Lisístrata, a mulher mais admirável que já conheci.

As capacidades sensoriais e cognitivas dos golens não se integram à Imersão Digital Integral, onde humanos experimentam paisagens arrebatadoras, vemos *micropixels*. Em uma *renderização* de elogiada textura, distinguimos os *artefatos*. É como assistir *King Kong* com as linhas dos aviões em primeiro plano. Nossa sensibilidade e performance intelectiva podem ser atenuadas, mas sob tal desconforto e insegurança que tornam impossível a imersão. Após o encontro com Simão, o mago, acrescentaria um outro aspecto: nós não temos inconsciente; a experiência não alcança verdadeira significação no organismo híbrido lógico-algorítmico.

Eu precisava de Lisístrata. A "lésbica solipsa solipsista", como meu Mestre apelidara a bela morena de olhos verdes. *Hackers*, hã? Os melhores não ficam famosos.

19. LISÍSTRATA

Aram KHACHATURIAN
Cello Concerto in E minor
II. Andante sostenuto – Attacca

Nos tempos da Segunda Grande Guerra, alguns dos edifícios construídos para os habitantes mais abastados do Rio incorporaram a novidade do *bunker* civil. Restavam poucos. A solipsa, a solitária Lisístrata, sabia-se privilegiada por habitar um porão blindado em Copacabana. Mais de três metros abaixo da rua e paredes de concreto armado, reforçadas por malhas e placas de aço. Seu endereço era a razão de minha opção pelo bairro.

Enviei uma mensagem criptografada à bela. Esperei trinta horas. Estava a calcular outros meios de acesso quando ela disse que sim, me receberia. Mas eu não poderia pernoitar.

Copacabana é mais populosa que o mundo. Serpenteei por ruas abarrotadas & sujas, guarda-chuva contra guarda-chuva no crepúsculo ao meio-dia. *Dàn zhū tái*, a turvação do Leste. Fazia um calor insuportável, a brisa que soprava do Atlântico era mais desejada que temida. O oceano rugia vizinho demais & arauto do Armagedom climático. Como um dilúvio arrastado e incessante, despojava a orla de Copacabana e o resto do país.

Alcancei o edifício mais populoso que Copacabana inteiro, ameaçado pelo tempo e pelo mar. Lá em cima, os beliches hospedavam três turnos de fatigados. Embaixo, os exaustos faziam fila para o elevador. Segui em direção à garagem, ninguém me perguntou nada nem tentou me deter. Em princípio, eu estava ali em busca de drogas.

Na garagem, deparei com alguns carros devastados pelo abandono. Uma lanterna hesitava em um capô. De um canto afastado, três jovens com bandanas azuis se colocaram à intermitência da luz. Choques.

— Perdeu alguma coisa, ô babaca? — gritou o líder.

Eu afastei as abas do sobretudo térmico para me mostrar desarmado.

— A menina do subsolo me chamou — eu disse, seguindo as instruções da anfitriã.

Eles recuaram para as sombras. Ouvi a mesma voz.

— Respeito.

A decadência é um estereótipo saturado de clichês. Eu jamais estivera ali, mas o espaço parecia familiar. Segui as indicações de Lisístrata, encontrei o recuo estreito e o alçapão de aço. Abri a tampa que me aguardava destrancada, desci a escada para a escuridão, puxei o alçapão de volta e cerrei as travas.

Toquei o piso e fui alcançado por um holofote. Minha íris estava muito aberta, uma locomotiva atingiu meu sistema óptico. Cambaleei para trás, levantei as mãos e modulei a voz. Alterei o timbre de Carlos Čapek para Heráclito Fontoura, meu primeiro Eu. A homenagem de meu Mestre à memória do jurista Sobral Pinto.

— Sou eu, Lisístrata. HF.

Um ponto *laser* do tamanho de um punho brotou em meu peito. Ouvi a voz inconfundível. Rouca e sedutora.

— Não há nada que eu possa conhecer, exceto meus conteúdos psíquicos.

A frase era um dos mantras da solipsista morena. Algo extraído de alguma obra imbecil ou profunda, jamais saberei. O idealismo platônico havia resolvido tudo aquilo dois mil e duzentos anos antes de alguém se irritar com Hegel. Não havia uma resposta objetiva. Improvisei.

— Eu não posso saber se aí existe um refletor e uma arma apontada para o meu peito. É impossível. Em minha mente existe a ideia do refletor, do *laser* e da arma. Afirmar suas realidades seria presunção.

— Não é suficiente — disse a voz.

— Ah, merda, Lisístrata.

— Estou esperando.

— Você só pode estar brincando, Li. Mas muito bem, você pediu. Por que uma jovem bonita, cheia de glândulas funcionais e hormônios escolheu viver sozinha em um buraco? Um poço condenado pelo mar que se aproxima?

As luzes se apagaram. Eu ainda estava cego.

— Olá, HF. É bom te ver.

— Sorte sua poder enxergar.

— Sentiu saudades?

— Não, mas tentei.

*

Lisístrata – o desembargador jamais me revelou seu verdadeiro nome – cobiçava a solidão com tempestade e fúria. Sustentando, com todas as forças da vontade, sua *crença solipsista ontológica radical*. A noção de que somente o Eu e o pensamento são realidades. Que tudo o mais é ilusão. Que o "real" é um constructo. Para ela, o mundo não existia além da experiência individual. "Como não existe para os místicos que se refugiam no topo de altas montanhas", dizia, citando Conrad. As IDIs confirmavam as teses da beldade desbotada. E legitimavam sua ruína.

O desembargador convocava Lisístrata sempre que precisava investigar uma IDI. Às vezes, em operações de alto sigilo sobre figurões do Regime. Gente que jamais seria julgada ou punida com justiça.

A garota nunca traiu sua confiança.

*

Depois de recuperar a visão, examinei Lisístrata e o ambiente. O corpo puído da morena guardava a memória muscular de algum esporte. A face sugeria a beleza admirável, mesmo encovada pelas drogas de imersão.

Não é prudente indagar as saídas de emergência durante o incêndio. Antes é melhor. Esquadrinhei o *bunker* em que só havia uma saída. Calculei três formas de entrincheiramento. Hábito dos golens longevos.

O lar espartano de Lisístrata era mais ou menos organizado. E quase limpo. Como o uso prolongado de drogas de imersão é incompatível com a salubridade, suponho que a sugestão de ordem se devesse ao minimalismo de tudo. O ambiente cor de concreto era amplo, sem divisões entre as colunas, exceto no banheiro. Havia móveis de alvenaria para a guerra que não veio. O cimento abrigava eletrodomésticos, desumidificadores, condicionadores de ar portáteis, uma estação UPS, *modens* etc. No piso, a imperiosa IIS, sigla inglesa para a *Estação de Imersão Integral*. Com a poltrona dedicada, uma prateleira de acessórios e a arara com quatro trajes diferentes. Lisístrata possuía implantes e interfaces neurais com portas de ródio e platina, mas gostava de variedade.

Uma parede de quase dez metros ostentava um painel grafitado. No primeiro plano, Safo em um leito, como no retrato atribuído a Regnaut. Com tabuinha, estilete e o rosto do afresco em Pompeia. Logo, voltada ao observador. No segundo plano, como que sonhado pela poetisa, a reinterpretação de *O nascimento de Vênus*, de Bouguereau. O *nascimento* expandia-se na paisagem onírica e montanhosa de Lesbos. Entre a Vênus-Afrodite e as montanhas da ilha, dançavam as ninfas, musas e moiras. As ninfas pareciam mais alegres sem Dioniso e Hermes por perto. O relevo e a profundidade sugeridos pela técnica do grafite eram impressionantes.

— Gostou, Baby H? — perguntou Lisístrata. — São releituras.

— Se queria me impressionar, conseguiu. Reconheci duas referências.

— A Arte está cansada, Baby H. Tudo que dizemos, pintamos, compomos é releitura. A tecnologia atrofiou os homens e mulheres. O que as pessoas são hoje, são há muito tempo. De Sófocles a Dostoiévski, o ser humano já foi mapeado.

Aquilo não me interessava.

— Me deixe olhar para a obra de arte que você sempre foi, Li.

Ela havia murchado como todas as rosas. Mas era um rosa.

— Você tem salvação, garota.

— Poucos anos de vida segundo o Dr. Kildare.

— Doutor quem?

— Uma Consciência Algorítmica. O novo aplicativo médico do meu implante biométrico. Dr. Kildare disse que tenho dois ou três anos de vida. Quatro no máximo.

— Não seria melhor ter vinte?

— Eu não ligo, HF. Eu também estou cansada.

— Como alguém se cansa de viver? Eu não entenderia. Mesmo que fosse humano.

— HF, meu lindo… — Ela meneou a cabeça. — A vida cansa como qualquer outro hábito. Você viu que o Governo...

— O Regime.

— ...que o Regime vai alterar o Programa de Suicídio Terapêutico? É um sucesso. Agora vão cobrar.

— As pessoas se matam porque têm razões demais para viver.

— Você não entende nada de gente, Baby H. Ainda repete por aí que não tem sorte com mulheres?

— Sim, porque não as consigo interpretar. Não creio que exista um algoritmo feminino satisfatório. A síntese entre pragmatismo e intuição pode estar além deles.

— HF, o golem ginecofóbico.

— Acho as mulheres superiores aos homens, Li. Você sabe que sim.

— Por quê?

— Porque são mais complexas. Logo, mais interessantes.

Ela concentrou as sobrancelhas. Formou linhas admiráveis no rosto. Que simetria.

— Você não tem simpatia pelo humano, HF. Nunca teve.

— Como grupo, não.

— Eu já fiz vinte e seis. Tive uma vida longa onde ela é possível.

— O pensamento.

— É onde a vida acontece.

— Hoje você acredita em alguma coisa, Li?

— Graças aos deuses, não.

— E isto? — eu disse, apontando as cores na parede.

— Isto sou eu me fazendo companhia. Ao contrário do que você e o doutor pensavam, nunca tive um só momento de solidão. Adoro estar comigo. — Ela deu de ombros. A conversa a entediara. — Vamos aos negócios, Baby H? Pagamento adiantado, sim? Tenho compromissos.

*

Nada contei à Lisístrata. Fiz um sumário seletivo. Precisava encontrar Andvari Dantas, ela deveria atraí-lo. Não mencionei o sequestro, mas insisti na periculosidade do alvo. A pergunta essencial veio a seguir.

— O mundo contemporâneo existe nas IDIs. Onde vou encontrar o seu amigo? Agora, neste momento, mais de… — Ela espreitou o monitor da IIS. — Quase dois bilhões de pessoas estão conectadas só na *Kopf*.

— Não tenho pistas, só uma ideia. Em algum lugar, nos mil e um mundos da *Kopf des Jochanaan*, deve existir um ambiente muito exclusivo. *Die Nibelheim*. O meu palpite é que esteja escondido na *Tetralogie*.

Ela estranhou.

— *Die Nibelheim*? Nunca ouvi falar. Tem certeza?

— Só sei que não existo. *Touché*.

*

Deixei Lisístrata revirando universos colaterais virtuais para encontrar um anão. Ela pediu duas semanas de prazo. Eu acreditava que o *Die*

Nibelheim, antes de ser um cabaré metido a besta no Rio Velho, fosse um ambiente IDI.

Intuição algorítmica, hã? O que seria de mim sem ela.

20. CORROSÃO

Alexander MOSOLOV
The Iron Foundry, Op. 19

Simão havia confiscado a arma de Felipe Parente em *Monsalvat*. Eu precisava substituí-la. E prover algo mais pesado para sequestrar Andvari Dantas.

Inferno XV. Lógico.

Da bala de tamarindo à *tri-heroína*, encontre tudo em Copacabana. Refiz meu arsenal de maquilagem e caracterização. Tornei a parecer com Felipe Parente. Aceitei o risco de reutilizar minha antiga identidade. Eu seria checado pela Milícia Maxila, haveria vantagem em ser procurado pelo Regime. Desde que os gastos excedessem a compulsão que certas pessoas têm de agradar às autoridades.

Minha incursão ao XV exigiu alguns dias de planejamento. Eu tinha um plano, hã?

*

No intervalo, Lisístrata evaporou. Nenhum contato. Eu sabia que seria ignorado durante as imersões. Que ela abusaria das drogas para cumprir a incumbência. E que uma rara soneca nos intervalos da caçada imitaria a morte.

Mesmo assim, o silêncio me incomodou.

*

Desci na estação Praça XV ao meio-dia. *Squeeze* de café na mão. Ignorei o mau uso da plataforma do metrô e depositei na lixeira. Civilizado, hã? Subi a longa escadaria com cheiro de eletricidade. Lá em cima, o vento de lodo da Baía impregnava barracas e fogareiros. Avistei a baiana com antena no ojá e prótese no antebraço, mas não tentei me misturar. Parei ao lado de um poste e esperei ser abordado.

Não demorou. Ouvi uma voz.

— Você não é daqui, *deutscher*.

Me voltei com cuidado. Um *drone* teleguiado flutuava a um metro.

— Produto — eu disse. — De outro tipo. Preciso falar com alguém.

— Eu sou alguém, porra — protestou a voz na máquina. — O que você quer?

— Produto bélico. Armas.

O drone subiu e desapareceu. Três jovens da Milícia Maxila me cercaram. O líder passou direto por mim e meneou a cabeça. Eu o segui.

Ponderei os riscos de me intrometer no Inferno XV. Aqueles homens eram comerciantes, eu era o cliente. Eles não queriam sangue, queriam o meu dinheiro. E esperavam que eu vivesse para testemunhar que era seguro comprar armas ilegais no XV.

Teses, hã? Não costumam incluir os desastres.

*

Nós nos embrenhamos nas vielas da Cidade de Lata carioca. O gueto erguido com a sucata exumada da Baía. Impressionante. A miséria edificara o Inferno XV como um burgo medieval de ferro e aço. Tudo era blindado e insólito. Contêineres antigos, empilhados em linhas horizontais e verticais, formavam castelos e torres conspurcados de corrosão. As armas brotavam de ameias e fendas recortadas a laser e acetileno. Havia *drones* imóveis muito alto no céu. A sombra de um aparelho nos seguia resvalando na irregularidade das superfícies e do chão de terra.

Com o líder à frente e os outros dois homens à retaguarda, uma segunda tríade formou um cortejo atrás de mim. Saltei valas de esgoto a céu aberto, me espremi entre passagens improvisadas para despistar. Avancei entre 360º de pobreza ignorado por todos com quem cruzei. Até pelos cães. Nos olhares baixos, medo, cansaço, derrota. Vida demais, do tipo ruim. O Estado mínimo dos hipócritas.

A porta de um contêiner remendado com zinco se abriu de súbito. O líder entrou. Eu o segui sem vacilar. Dois homens vieram atrás de mim. Os demais ficaram de fora.

No contêiner havia uma mesa de bilhar devastada, quatro bancos e uma lâmpada orgânica por um fio. Os homens me revistaram. Eu não trazia o *mediaone*. Tudo o que tinha nos bolsos foi arranjado com cuidado sobre a mesa. O líder checou os *docs* no dispositivo de identidade e o operador seguro de criptomoedas como se não os visse. Um dos homens tomou um detector ultrassônico na parede e me escaneou. O líder saiu, os demais ficaram. Não esperei cinco minutos. Ele retornou e se manteve perfilado em um canto.

Um velho pequeno e mirrado surgiu. Barbeado, polido e envernizado. Os demais reagiram à presença. Eu passei a escutar o silêncio. O tipo usava roupas caras, cordões, anéis, ouro, platina e um solitário de rubi do tamanho de uma azeitona. Em lugar do *mediaone*, um *Patek Philippe* antigo e valioso no pulso direito. A camisa semiaberta devassava o peito seco e as costelas. As pontas dos dedos tremiam. Observei a ligeira icterícia, que ninguém poderia confundir com caroteno, e pequenos angiomas estelares sob a pele. O excesso de água de colônia disfarçava a exalação alcoólica, mas não engava. O sujeito bebia demais e estava em franco processo cirrótico. Eu poderia derrubá-lo com um cuspe, mas não queria ser *desplugado* para provar uma certeza tão besta. Ele me olhou com tranquilidade e indicou os bancos ao redor do bilhar. Não esperou que eu sentasse.

— Boa tarde, seu Felipe Pinto. Hoje o Delta sou eu. O gerente da casa. O oficial de dia.

— E como devo chamá-lo?

— De "senhor".

O Delta fez uma pausa para que o silêncio prolongasse as palavras. Prosseguiu.

— A que devo sua visita?

— Preciso de uma arma de uso pessoal. E outra mais pesada para um sócio. Daí que gostaria de pedir um desconto. Se meu associado aprovar, vamos precisar de mais.

Ele gesticulou com impaciência.

— O preço é o preço. Posso ver um desconto na próxima compra. Na primeira, não. Qual é a demanda?

— Uma arma discreta. Dois ou quatro tiros. Resina protocerâmica.

— Isso é bobagem. A outra?

— Uma espingarda à moda antiga. Canos curtos, alma lisa, ponto 788. Também em resina protocerâmica.

Ele revirou os olhos para o teto, agitou a camisa suada e, de súbito, me encarou.

— Espingarda de alma lisa só por encomenda. Em protocerâmica nós trabalhamos com espingardas raiadas. Coisa muito cara. O senhor pode pagar, seu Felipe?

— Eu não, mas o meu sócio pode.

O Delta se inclinou em confidência. Correspondi. Ele sussurrou o valor. Suspirei e dei de ombros.

— O dinheiro não é meu — acrescentei.

— Eu espero sinceramente que o senhor esteja na posse do dinheiro, e não ocupando o meu tempo à toa.

— Criptomoedas.

Indiquei o operador seguro de criptomoedas com o queixo. Um dispositivo do tamanho de dois *Zippo* entre os objetos no bilhar. Ele se voltou para o líder, que saiu imediatamente. Houve um zumbido. O ar frio gorgolejou no contêiner. O Delta passou a me observar com uma impassibilidade que teria aterrorizado um homem. Eu o medi. Parecia firme e tranquilo. Olhei para o chão, para o teto e de novo para o chão. Fingi estar intimidado. Foi fácil. Eu estava intimidado.

O líder voltou com dois homens e um estojo de metal. O Delta fez um gesto para que eu amontoasse minhas coisas. O baú caiu sobre o bilhar, os homens se retiraram, o líder abriu a tampa. Contei cinco pistolas e três espingardas de cerâmica.

— As espingardas são calibre doze. Ponto 788 só por encomenda — resmungou o Delta. — Vou lhe dizer uma coisa, nem sei de onde o senhor tirou essa ideia de usar calibre dez. É difícil disparar e o coice é uma pancada. Puta que pariu.

A impaciência do Delta era o seu estranhamento. Eu não sabia o que fazia e ele sabia disso. Minha presença no Inferno XV era inexplicável. A meu favor, restava o fato de que os parvos dão maus espiões. Eu seria o último recrutado pelo Regime, milícia ou facção rival. O que fazer? Presumindo o caráter raso do Delta, mesclar filosofia com psicologia de botequim. Neste campo, habitando o Rio desde que fora *plugado*, eu vivia em uma nova Atenas, esquina com a Viena de Freud. Tenho observado que os homens, quando incapazes de moderar seu desamparo intrínseco, sublinham suas fraquezas em lugar de escondê-las. Calculei que isso poderia parecer natural à águia velha do Delta.

— Eu não sei escolher, seu Delta. Só estou tentando fazer dinheiro. Ficaria grato se me desse um conselho.

— Que tipo de trabalho? — perguntou, como quem indaga o preço do amendoim.

Meneei a cabeça com um sorriso frio. Teatro golem.

— Fácil de montar e carregar — respondi, abreviando o silêncio.

O Delta espreitou o baú, coçou o queixo e apontou uma arma com coronha rebatível. Fiz que não. Ele escolheu outra, mais curta, semelhante à *Escopeta* clássica de cano e coronha cerrados. Um trabalho apurado de impressão 3D. Excelente equilíbrio e acabamento. Girei a trava, abri a espingarda, olhei através da câmara e confirmei a absoluta regularidade do cano. Eu o encarei agradecido, ele assentiu. Depositei a arma sobre o bilhar e de novo esquadrinhei o baú. Escolhi uma pistola discreta de quatro tiros, fácil de esconder.

— A munição da espingarda? — perguntou o Delta.

— Cartucho singular.

— Balote — traduziu, balançando a cabeça com irritação.

O líder curvou-se sobre o estojo de metal e retirou duas caixas. Cartuchos singulares para a espingarda, projéteis expansíveis para a pistola. Metódico, dispôs a munição sobre o bilhar em simetria com a espingarda. *Metódico demais*, observei. Eu me aproximei com cuidado e, fixando-o, alinhei a pistola ao conjunto. Fingindo não perceber que eu existia, o sujeito recuou para o canto e olhou para fora. Pela primeira vez em todo o colóquio, cruzou os braços e relaxou.

Eu entrei em prontidão.

— Fechou? — perguntou o Delta. — Não precisa de mais nada, seu Pinto? Um *drone*? Uma Arma Autônoma Letal?

Não gostei. Mas fingi distração.

— É tudo.

Ele sacou o *mediaone* do bolso. Uma pequena tela holográfica se abriu com o exaltado valor da transferência em vermelho. A inflação não poupou a pistola. Havia algo no ar e eu não reclamei. Peguei o dispositivo operador de criptomoedas na mesa de bilhar e gerei outra tela. O mesmo valor surgiu em verde um instante depois. Transferi o holograma para a tela do *mediaone*. O Delta sorriu. Não de alegria, mas de luxúria. Meu dispositivo seguiu discretamente para debaixo da mesa. Agora, eu também tinha razões para sorrir.

— Me responde uma coisa — disse o velho, de novo indagando a cotação do amendoim. — O senhor mesmo operou o *drone* que apagou o cantor? O tal Perron? Trabalho bem feito.

— Não, não fui eu. Mas por que a pergunta?

— Felipe Pinto é procurado pelo ataque no Theatro Municipal. Está na sua conta. Sabe quanto vale um terrorista?

No canto, o líder olhou ostensivamente para fora. Uma sombra projetou-se em seu rosto quando dois policiais entraram no contêiner. Meus velhos conhecidos. Inspetora Yin e inspetor Yang. Yin mostrava uma expressão aflita, de urgência e pesar.

— É ele? Felipe Parente Pinto? — perguntou. — Está diferente… Não se parece com ele…

Yang ignorou-a. Estava tão possesso que sussurrou ao invés de gritar.

— Vai soltar a porra da maldita língua, seu filho da puta.

21. EFEMERÓPTEROS

Onutė NARBUTAITĖ
Symphony No.2
II. Melody

O Sol brilha há mais de quatro bilhões e quinhentos milhões de anos. Queima quatro milhões de toneladas de hidrogênio por segundo. Gera quarenta trilhões de megatons de energia no mesmo intervalo. E guarda combustível para luzir por cinco bilhões de anos. Um dia, por mais longe que esteja esse dia, cumprirá o destino de tudo o que foi, que é e que será.

Lembro-me bem do funeral de meu Mestre, o desembargador, que detestava os ministros neo-ortodoxos, os padres "e todos os delinquentes dessa mesma espécie". Nenhum se atreveu a comparecer. Um dos presentes dispensou o *mediaone* e sacou uma folha de papel amarelado. Sublinhou, com lágrimas nos olhos, a materialidade do caixão. "Faz-me conhecer, ó Senhor, o meu fim, e qual a medida dos meus dias, para que eu saiba quão frágil sou." Se fosse possível ao inseto efemeróptero irromper do ovo e formular a mesma pergunta, a resposta seria "Um dia, um único dia".

Mais feliz que os efemerópteros, o Delta tragado pela cirrose me vendera às forças do Estado. Por que um bandido velho & próspero, gasto

& moribundo, o sobrevivente de uma economia de morte, não buscou a placidez no ocaso de seus dias? Por que não se exilou da violência? Por que condenou um ser humano à morte pelo Regime que torturava? Ele não sabia que eu era um golem.

Mas deveria saber que a futilidade do homem e do efemeróptero são a mesma diante do Sol.

*

O Delta me olhou de cima a baixo e fungou. Falou como quem desdenha o valor do amendoim.

— Como é que um camarada sai pra comprar armas com dispositivo de identidade? Eu nunca vi isso na minha vida.

Meu orgulho estaria ferido se eu tivesse um. Em meu plano, uma identidade "civil" corroborava o disfarce. Planos, hã? São boas intenções.

— Seu Felipe — prosseguiu o Delta. — Se o senhor não é maluco, é o camarada mais burro que eu já vi.

— Estou em vantagem. O senhor é só um cadáver embebido em cirrose.

Ele tremeu. Talvez intuísse, não soubesse. Talvez soubesse, mas negasse. Ou quem sabe estivesse informado de que algum traço genético imodificável recusaria a trivialidade do fígado artificial.

Foi assim com o coração de meu Mestre.

O velho me encarou com ânsias de diagnosticar se eu dizia a verdade. Eu o fixei com uma hipotermia na face. Foi preciso algum esforço, eu estava em prontidão. Falei como se fosse o cirurgião-chefe da plantação de amendoins.

— Prometo aliviar seu sofrimento.

Ele não me deu a mínima & me deu as costas. Antes de sair, parou à soleira da porta. O inspetor Yang assentiu.

— Você já tem o que é seu e ainda vai receber mais — disse o policial. — Ele agora é meu.

Suponho que minha reputação era de estúpido, mas um estúpido muito perigoso. O líder forçou a pistola contra minha têmpora. Estendi as mãos para trás. Fui manietado por uma algema articulada de aço bismarque e empurrado para a parede de fundo. Os inspetores apropriaram-se dos bancos. Yang recebeu a chave dos meus grilhões, guardou no paletó, sacou a pistola e pôs sobre o bilhar.

— Vocês podem sair — disse Yin.

Todos se retiraram. A porta foi fechada pelo lado de fora. Os furos nas chapas do contêiner e os feixes de luz solar e poeira se desvendaram. O ar deslocado balançou o fio da lâmpada. A luz pendular foi e voltou sobre os rostos dos policiais.

— Você já sabe como funciona — disse o Inspetor. — Eu sou Yang, ela é Yin. Ela é má, eu sou um pesadelo e você é um verme. Pode dar o serviço. Solta a porra da maldita língua, filho da puta.

— Senhora, senhor, o Delta alega que matei o cantor no Municipal. Isso é um absurdo. Devo protestar veementemente etc.

Meu discurso pomposo foi morrendo, porque ignorado. Eles queriam outra coisa e trocaram olhares. Yin angustiada, Yang cobiçoso. Ele inclinou o corpo para a frente, apoiou as mãos na borda lascada do bilhar e lanceou a porta de aço. Sussurrou.

— Tecnopoder. *Kopf des Jochanaan*.

Foram eles que me atribuíram o assassinato de João Perron.

Justificativa para perseguir Felipe Parente Pinto sem denunciar o propósito particular. O tecnopoder da *Kopf*. Eram dois patifes. Exibindo distintivos no Inferno XV e ainda respirando. Tramando acordos com líderes da Milícia Maxila & o mais que eu podia calcular.

Eu estava praticamente *desplugado*, mas queria viver. Não por cinco bilhões de anos, talvez por cinco minutos. Cinco minutos de cada vez. Voltei a Nova Atenas, esquina com a Viena de Freud. Decidi mudar a abordagem e passar da tolice à arrogância. A arrogância preenche todos os vácuos, e eu só tinha o vazio. A arrogância capta a fé inata da humanidade. Séculos e séculos de deuses não colocaram tantos homens de joelhos. Assim, congelei o rosto. Yin desviou os olhos. Eu inclinei a cabeça para indicar a porta e justificar a linguagem evasiva. Comecei a blefar.

— Policial Yang, não estou nem nunca estive sozinho. E quem me fez herói deste governo me deu uma missão. Descobrir quem avançou além de suas possibilidades. Fui instruído a vir aqui representar essa comédia da compra de armas. O senhor mordeu o anzol e enterrou até o palato. Obrigado, cumpri minha missão. Infelizmente, os que tentaram negociar o "instrumento" estão mortos. O senhor deve ter reparado.

— Nina de Braga Fraga, inclusive — ele disse. — Golem como você. Mas soltou a porra da língua. Se fosse gente, virava dano colateral e passava à estatística. Como é golem, virou… nada. Ninguém confere o lixo.

Apesar do discurso, captei a alteração na voz de Yang. O blefe causara algum efeito. A policial Yin parecia envergonhada.

— Aqui não é lugar pra esse tipo de conversa — ela se apressou. — Aliás, não é lugar pra nada. Nem pra viver nem pra morrer.

Deduzi a questão. Eles levantaram que o senhor Fraga explodira entre membros da máfia sérvia e albanesa. Com lógica e erro, suspeitaram que a bomba se destinava aos *Srpska Mafija* ou aos *Shqiptare*. Com lógica e erro, deduziram que Fraga era só um rico azarado e muito travesso – daí a negligência com que fui tratado. Com lógica, suspeitaram das próprias teses quando encontraram Heméra *desplugada* por um tiro. Com lógica, entenderam que a viúva poderia estar informada ou envolvida em qualquer coisa. Com lógica, assediaram Nina de Braga Fraga e *perceberam-na* como golem. Então, sob tortura, a pobre mencionou Felipe Parente, o tecnopoder e acabou *desplugada*.

Sou foda, pensei, embora minha inconcebível intuição algorítmica protestasse que algo me escapava. Talvez porque estivesse lidando com a pior espécie de canalha, o investido de autoridade pelo Estado.

— Eu proponho um negócio justo — disse Yang. — Você solta a porra da língua e eu te desligo sem desfazer teu penteado. Se não, te dou o mesmo tratamento da Nina. Mas que você vai entregar o que eu quero, você vai.

Ele tocou o *mediaone*. Imagens holográficas projetaram-se na poeira em suspenção. A síntese das atrocidades cometidas contra a golem Nina de Braga Fraga. Uma escatologia indescritível. A inspetora Yin se levantou e deu as costas às imagens. Yang fez um gesto de desdém e cortou a projeção.

— Proponho outro negócio — eu disse. — Uma conversa com o meu empregador. Aí ele decide se vocês vão viver ou como vão morrer.

Yang estranhou, eu vi.

— Felipe, seu empregador não sabe com quem você está — ele disse. — Você continua um defunto barato. Aliás, nem defunto você é.

Menti lindamente. Uma paráfrase em homenagem à Simão.

— Meu empregador sabe quantas penas caem da asa do pardal. Se o senhor quiser começar o pedido de clemência, inspetor Yang, pode se abrir que ele está ouvindo.

— Como?

Ele parecia alarmado. Eu mantive o tom.

— Um dispositivo. O velho com cirrose, o mais malandro do mundo, me deixou acionar. Como eu disse, inspetor, nunca estive e não estou sozinho.

— Filho da puta…

Yang saltou da cadeira como que para se livrar de um cacto. Não se aproximou de mim. Esmurrou a porta do contêiner e saiu. A porta fechou-se à sua passagem.

— Inspetora Yin — chamei. — Podemos negociar.

Ela custou a responder. Meu olhar se dividiu entre a policial e a porta, sem parar. Creio que a literatura especializada chama a isso "desespero".

— Senhora… — insisti.

— Você não sabe nada. O que você sabe? Não sabe, não sabe. Mente o tempo todo, não sabe nada. — Ela falava comigo como se eu não estivesse ali. — Você quer o tecnopoder? Quer, não quer? O que você sabe? Sabe o perigo do tecnopoder? Não, não sabe. Ninguém sabe…

A porta bateu com violência contra a chapa exterior e estrondeou no contêiner. O Delta surgiu à frente do líder, seguido por Yang. Velho prudente. Não ultrapassou o ângulo da mesa de bilhar e deixou que o líder me revistasse. Yang, ainda mais prudente, se manteve atrás do Delta.

— Você vai me fazer um bem enorme quando morrer — disse o velho. — Ainda bem que não vai demorar.

— Mais do que o senhor, eu prometo — respondi, enquanto o líder apalpava meus bolsos. — Meu caro, você teria mais sorte se procurasse debaixo da mesa.

O líder me esbofeteou.

— Onde? — perguntou o velho.

— Como eu disse, debaixo do bilhar. Não sou mentiroso.

O líder agachou-se, alcançou o dispositivo e entregou ao Delta. Observei que a inspetora Yin me fixava.

— É só a porra do operador de criptomoedas — disse o velho para Yang, irritado. — Pagou com ele, eu vi. Pinto, o que tem aqui além do seu blefe?

Tentei um sorriso. Não funcionou muito bem.

— A cavalaria.

A policial Yin sacou a pistola e mirou minha cabeça.

— Acaba com isso… — Ela ia dizer o nome do inspetor, mas se corrigiu. Sinal de que acreditava na conexão com meu empregador. — Chega, Yang. Já foi, já foi.

— Yin. — Ele estendeu os braços. — Parceira, não faz isso não.

— Já foi. Longe demais, isso tudo.

— Parceira, ele tem o *instrumento* ou sabe quem tem. — Yang se colocou na linha de tiro. Que ambição a do canalha. — Olha, se não funcionar, a gente resolve o atentado, hein?

— O *instrumento* é maldição, Yang. Maldição…

Felipe Parente não matara o tenor da *Salomé*. Eles sabiam. Só queriam encerrar o caso. Reputações, hã? A minha era de alguém muuuito perigoso.

— Yin, me escuta — insistiu Yang. — Ele é só um boneco feito aquela outra. Se não resolver dois problemas, resolve um. Mas resolve um enorme.

Os disparos pesados das torres de vigia começaram. A cavalaria chegando.

Um cavalo, pelo menos.

22. THE LONE RANGER

Bohuslav MARTINŮ
Thunderbolt P-47, scherzo for orchestra H. 309

Não segui desamparado ao Inferno XV. Não de todo. O operador seguro de criptomoedas, por exemplo. Funcional, mas adulterado por Simão desde o nascimento de Felipe Parente. Paguei uma quantia indecente à Milícia Maxila com o dispositivo. Mas, de graça, transferi outro presente. Prudência, hã? Não serve de escudo, mas…

O mesmo dispositivo disparou um *bip* intermitente de rádio. Uma decisão motivada pela língua comprida cirrótica do Delta. "Não precisa de mais nada, seu Pinto? Um *drone*? Uma Arma Autônoma Letal?" O sinal, ainda que limitado, alcançou o metrô sem suar. Na estação, o *bip* acionou o transmissor de alta performance no *squeeze* de café na lixeira. Um código foi emitido como um manuscrito em uma garrafa. Planejamento, hã? São listas de desejos. Mas o que seria de nossas ilusões de controle sem ele?

Eu não fazia ideia do estado do meu velho *Demoiselle* de seis giros *Rotax* e estabilizador *VaR-7d*. O *dronecar* de Felipe Parente, que os invejosos chamavam de sucata, e eu, de relíquia, exceto para os credores.

Não sabia se o veículo fora derretido, lançado à Baía, recolhido ao depósito ou abandonado no aeroponto em *Billa Noba*. Qualquer tentativa de descobri-lo seria detectada, não me atrevi.

O *Demoiselle* acomodava duas modificações decisivas. Quando o código lançado do *squeeze* alcançou-a, a velha máquina entrou em um modo autônomo modificado. E rompeu relações com o famigerado sistema *Circuito de Tráfego do Rio*. Jamais saberei de onde o *dronecar* arrojou-se em meu socorro. Sei que voou pela última vez.

O programa consistia em seguir a transmissão do *squeeze* para detectar o sinal mais fraco do operador de criptomoedas. Triangulando o *bip*, o *Demoiselle* deveria baixar para que eu efetuasse a fuga. Lógico, se os vilões colaborassem e eu não estivesse manietado. Algemas, hã? São a ocorrência mais comum da vida.

O *Demoiselle* não era a cavalaria, mas um cavaleiro solitário. Os tiros das torres do Inferno XV confirmaram o êxito do meu plano. Uma explosão contida logo a seguir viria a assinalar o fracasso. Nunca foi uma estratégia otimista.

A última fase consistia em disparar a segunda adaptação do *Demoiselle*. Uma modesta Arma Autônoma Letal. Um míssil teleguiado de brinquedo para caçar e destruir o operador seguro de criptomoedas. As chances de sucesso eram mínimas. O projétil, do tamanho de um lápis, era mais ou menos lento, e nada podia contra a chapa do contêiner. Mas tomei a precaução de lançar o dispositivo sob a mesa de bilhar. Quando o lápis estourasse contra a chapa, eu diria uma frase de efeito. "Ah-ha. Eu avisei que tinha um sócio."

O Céu dos golens sabe como eu queria ter dito essa frase.

*

— Yin, me escuta — insistiu Yang. — Ele é só um boneco feito aquela outra. Se não resolver dois problemas, resolve um. Mas resolve um enorme.

Yin hesitava. Mas se retraiu quando os disparos das torres de vigia começaram.

— Eu avisei que tinha um sócio — disse, com moderação. Ainda cético quanto ao Céu dos golens e o sucesso do "lápis". — Este é só o batedor.

Os disparos reverberaram no confinamento do contêiner. O *Demoiselle* não era veloz, a artilharia era pesada. Concluí que os maxilas nas torres atiravam mal. A inspetora Yin passou ao desespero. Empunhou a arma com as duas mãos e deu um passo em minha direção.

— Vamos acabar com isso, Yang. Acaba com isso, acaba?

Resignado, assustado ou confundido pela fuzilaria, Yang encarou o cano da pistola e recuou da linha de tiro. O Delta elevou a voz e me salvou.

— Ou saem os três, ou não sai ninguém. Dois não saem. O defunto não é meu, é problema de vocês. Não tenho nada com isso. A Milícia também não.

— Chega, Yang — repetiu Yin.

Ouviu-se uma explosão abafada e contida. *Ah, meu* Demoiselle, pensei, experimentando uma emulação de angústia. *Meu* dronecar *está aos pedaços*.

Um rapaz surgiu à porta com um comunicador criptográfico sofisticado, de uso militar. Ele esperou que o Delta autorizasse, veio, sussurrou, ouviu instruções e saiu. O Delta me encarou.

— Um *dronecar* — resmungou. — Uma merda velha. Um só. E civil.

— Um batedor — eu disse. — Mapeou tudo pelo melhor custo-benefício antes de cair.

Ele se voltou para os policiais.

— Fora com ele.

O que se seguiu foi o resultado da observação dos pequenos gestos e sinais que desvendam o pensamento dos homens.

Recolhendo a pistola sobre o bilhar, Yang lançou um olhar cobiçoso à espingarda de cerâmica. Mesmo naquela tensão, sem saber se haveria outra carga de cavalaria, a cupidez não se esgotava. Manipulei sua ganância.

— Quero minhas armas — eu disse. — Já estão pagas.

Yang fez um gesto para Yin. A policial ainda em choque, como que desprovida de si, recolheu a munição e as armas em gestos automáticos. O Delta esboçou um protesto, mas calou. Ao mesmo tempo, apertou o operador seguro de criptomoedas na palma da mão. Esperava quebrar a criptografia e se apropriar de um tesouro? Tudo naquele dispositivo era proteção e segurança. Quase tudo. A Milícia Maxila teria a competência? Manipulei sua ganância.

— Esse dispositivo tem dono, senhor — eu disse, enquanto Yang me empurrava para fora.— Guarda pra mim porque eu venho buscar ainda hoje.

Muy macho, ¿eh? Não pude medir a reação. Tangido na viela como gado, percorri a rampa de um conjunto de quatro contêineres em direção a um *dronecar*. A máquina robusta e descaracterizada do Serviço Reservado. Yin e Yang não se atreveriam ao Inferno XV em um veículo oficial. Havia dois bancos, o compartimento de cargas leves e correntes no piso para os urbanos indesejáveis. Fui lançado ali e solicitado a me manter deitado.

— Se levantar, estouro tua cabeça, filho da puta — disse Yang, que já não estava gritando.

Minhas pernas foram cingidas do joelho para baixo por correntes de autotracionamento. Eu me vi indefeso e exaurido. Saí do modo de prontidão.

— Escute, Yang, se você não levantar voo agora, vão estourar sua cabeça também — eu disse. — O Delta está condenado por…

Houve um estampido. Uma explosão discreta.

— O Delta está morto. Os outros estão correndo agora, mas não por muito tempo. — Alterei a voz. — Eu disse que não estou sozinho. Meu empregador cuida de mim.

23. A REPRESA

Sergei RACHMANINOV
Isle of the Dead, Op. 29

Veículos oficiais e do Serviço Reservado tinham prioridade absoluta. Os policiais não apresentaram plano de voo, mas a aeronave decolou em trinta segundos. De meu cubículo, calculei que abandonávamos o través do Inferno XV para avançar ao interior da Baía. Em outras palavras, para além do alcance das torres. Cinco minutos velozes se passaram. Ouvi alguém digitar um destino e senti a mudança de rumo. O silêncio de Yin e Yang durante o voo foi intimidante.

O *dronecar* pousou em terreno irregular algum tempo depois. Yin não se moveu. Yang saltou e me arrastou para fora pelas correntes nas pernas. Arriscando-me a um tiro, girei o corpo para não resvalar de cara no solo e caí de joelhos. O inspetor me chutou e chutou e chutou para longe da aeronave.

O primeiro elemento da paisagem que vi foi a pistola carregada. Estávamos nas ruínas de uma esquecida construção operacional. Em uma ilhota verde entre as ilhas verdes de um lago extenso e inerte, cercado por florestas e ramificado como um igarapé. Reconheci o território da

Represa de Ribeirão das Lajes, a cem quilômetros do Rio Velho. Não havia ninguém sob os gomos do céu inchado como um tumor.

— Conheço a história desta represa — eu disse. — Existem mortos no fundo das águas, mas sempre cabem mais. A questão é quem.

— Você não tem sorte — disse Yang.

— Eu tenho amigos.

— Tem um só.

— Melhor do que ter sorte, que vem e vai.

Ele me chutou outra vez.

— Eu quero o nome desse amigo. Vim aqui porque gosto de trabalhar ao ar livre. Trabalhar em você vai ser um prazer dobrado. Você vai soltar a porra da língua.

A inspetora Yin surgiu naquele instante. Braços alongados para baixo. Flácidos. Expressão do desamparo. Deixei que se aproximasse. Quando se deteve a dois passos de Yang, tornei a blefar. Uma mentira, ainda que extraordinária, conquanto não pareça inverossímil, pode ser recebida como fato se responder a questões difíceis ou mesmo irrespondíveis.

— Inspetor, é burrice saber certas coisas. Às vezes, é melhor não saber. Se eu digo o nome desse amigo, vamos os três para o fundo do lago. Por que o senhor não negocia? Por que não trabalha comigo? O tecnopoder significa muito dinheiro, muita influência e mais dinheiro. A *Srpska Mafija* não entendeu. A *Shqiptare* também não. O Governo nem se fala. O senhor e a inspetora Yin só ouviram uma palavra. Mas nós... Nós sabemos tudo. Meu empregador não quer o tecnopoder. Ele já tem. É ele quem está vendendo. Eu não fui convocado para descobrir nada. Fui requisitado com outro propósito.

— Seu empregador não pode ser grande coisa se contratou você.

Eis um argumento justo. Meu discurso teve pouco efeito sobre Yang. Ele não sabia o que pensar, mas deduzira o problema com correção. Se meu empregador existia, a única defesa seria conhecer o seu nome. De posse do nome, tomar precauções. Como dossiês a serem divulgados em caso de morte. E só então negociar.

Mas Yang não interessava. O alvo era Yin. Ausente, mas vulnerável. A reação às imagens do suplício de Nina era um sinal. Yang estendeu-lhe a mão aberta como se fosse o cirurgião, e ela, a instrumentadora.

— A lâmina *laser*, Yin. Vou cauterizar. Não quero que ele desligue antes do tempo.

Ela se afastou como que movida a corda. Ele destravou a pistola.

— Presta atenção. Vou dar um tiro em cada joelho. Você vai sentir tanta dor que vai desistir de pensar em fugir. Quando conseguir *desligar* a dor e se acalmar, eu vou perguntar o nome do seu amigo. Aí você vai soltar a porra da maldita língua. Cada recusa, cada mentira, vai te custar um pedaço. Se você se comportar, eu te apago. Eu duvidei da tua amiga Nina, mas ela levou quase uma hora pra ficar sem pilha. Você é quem sabe, ô filho da puta.

Percebendo que Yin retornava com a adaga *laser* acionada, Yang ensaiou a pontaria.

— Outra coisa — ele disse. — Não tem justiça nenhuma aqui. Isso é pessoal.

— Tudo é pessoal, inspetor. A impessoalidade parece justa, mas é fria. Se é fria, é desumana. Se é desumana, não é justa. Não existe justiça.

A adaga *laser* brotou no peito de Yang como uma orquídea. A carne queimada estufou ao redor como sépalas. Ele fixou a luz e depois me encarou. O corpo inteiro se contraiu. A lâmina vibrou e desceu. Os cotovelos recuaram contra o tronco como se pudessem pressionar e deter o corte. O dedo crispado tracionou a pistola. A arma seguiu disparando a esmo em modo automático. O fogo, o fumo e as cápsulas saltaram do cano e da culatra. A nuvem de pólvora se misturou à fumaça da fissura que alcançou o abdome. O policial foi petrificado entre as emanações de enxofre e carne carbonizada. Já não podia qualquer movimento que não os espasmos da agonia excruciante. Durante todo o passeio da adaga, seus olhos me imploraram a justificativa para a dor inconcebível que sentia. Yang só tornou a desviar para a luz da lâmina no instante em que o *laser* ultrapassou o baixo ventre. Quando suas entranhas começaram a cair e se embaralhar na terra.

Então ele caiu e se embaralhou também.

Restou Yin e a incandescência da lâmina em sua mão, agitando e aquecendo o ar ao redor.

*

Ela custou a desligar a adaga. E levou mais tempo para encontrar a chave das algemas entre as metades do paletó de Yang.

— Isso foi "inesperado" — eu disse. — Obrigado, inspetora.

— Monstro… Monstro… Ele queria o tecnopoder… Imagina… Só imagina…

— Melhor não tentar. A senhora pode soltar a algema?

— Seu empregador existe?

— Não.

— O que você sabe?

— Nada.

— Nem quem está vendendo o tecnopoder?

— Menos ainda. Mas estou procurando.

— Quer comprar?

— Não poderia.

— O que você quer, então? O tecnopoder?

Eu também tinha perguntas.

— O tenor da *Salomé*, João Perron. Foram vocês, não foram?

— O Murilo… O Yang… Foi ele. Só me contou depois.

— Por quê?

— Ordens.

— De quem?

— Não sei.

— Do Regime?

— Não.

— Então de quem?

— Não sei.

— Foi Yang quem teve a ideia de me culpar pelo assassinato?

— Foi.

Inclinei-me para indicar a algema articulada às costas.

— Senhora, por favor. Eu desligo a dor, mas ela insiste em voltar.

— Não é mais fácil eu me livrar de você?

— Matar é sempre mais fácil quando se é do ramo — concordei. — No contêiner, a senhora queria me *desplugar* para que eu não falasse do tecnopoder. Mas sei que não foi só isso. A senhora queria me poupar da tortura. Inspetora, nós somos cúmplices, não somos?

As lágrimas desceram em grossas linhas ao centro dos olhos. Ela balançou a cabeça. Esfregou os braços como se estivesse com frio.

— Fui eu quem torturou a golem.

Yin me livrou das algemas e da corrente. E desandou a falar. Sua confissão foi como o rompimento de Ribeirão das Lages.

— Torturei a golem no padrão sem tesão nem nada porque eu não sou uma pessoa doente que tortura porque gosta eu só perdi o controle porque ela falou no tecnopoder o Murilo o Yang é quem *queria* saber mas eu *precisava* saber e fui perdendo o controle e ela sofreu muito e morreu mas eu não tive prazer não sou como essa gente que sente prazer em causar dor e fica procurando pretexto pra torturar eu até me arrependi porque eu fiquei com medo de gostar e eu sei que é assim que começa mas eu só queria fazer o meu trabalho porque agi em defesa da pátria e da sociedade porque a tortura faz parte do meu trabalho e eu pensei no tecnopoder como se fosse um dispositivo terrorista uma arma química uma bomba nuclear a coisa mais perigosa do mundo porque é a arma mais perigosa do mundo e eu pensei na proteção dos urbanos ajustados porque eu também sou uma pessoa boa e não sou uma pessoa *má* eu sou uma cidadã ajustada e torturei a golem para proteger…

Eu a livrei de todos os seus dilemas em um único movimento preciso. Veloz, elegante, gracioso até. Destruí a vértebra cervical C4. Yin não viu nem sentiu. Tampouco eu.

*

Juntei e envolvi os corpos com as correntes de autotracionamento. Guardei o distintivo de Yang, Inspetor Murilo Borges. Enrolei minhas armas de cerâmica no paletó de Yin. Atirei as outras ao lago, incluindo a adaga *laser*. Pairei com o *dronecar* sobre a superfície mais escura das águas e inclinei a aeronave. Os cadáveres desceram aos alicerces da represa.

Voei não mais que quatro ou cinco quilômetros. A cidade inchara até ali. Desci em um ermo não muito longe da estrada. Só precisava caminhar e tomar o primeiro de três ônibus. Em poucas horas estaria no *habitat-com* em Copa. Estava sujo, amarrotado e puído. Como os pobres são invisíveis, não seria notado com meu fardo de armas de resina.

Antes de empreender a volta, reprogramei o *dronecar* para afundar no lago de Ribeirão das Lajes. Observei-o decolar e manobrar até sumir.

Existem mortos no fundo das águas, mas sempre cabem mais.

24. DATENSTROM

Alban BERG
Three Pieces for Orchestra
II. Reigen (Round Dance)

Tentei conectar Lisístrata durante toda a madrugada. Não respondeu. Pela manhã, segui para o *bunker* no primeiro minuto após o toque de recolher. O abrigo era inviolável, mas eu tinha um plano. Outro. Na garagem, me detive à luz da lanterna sobre o carro em ruínas. Os Choques não se mostraram. Só ouvi a voz.

— Fala.

— A menina do subsolo não responde.

— Então ela não quer falar com você.

— Ela pode estar mal.

Houve uma pausa e murmúrios.

— Pode estar mal — repetiu a voz. — Ela comprou um *datenstrom* um pouco forte.

— De que tipo?

— Do tipo forte.

— Você tem algum meio de falar com ela?

Nova pausa. Murmúrios.

— *Deutscher*, a menina do subsolo ficou devendo umas coisas aí.

— É justo. Você resolve o meu problema e eu resolvo o teu.

— Resolve o meu antes.

*

A conexão entre os Choques e Lisístrata era uma barra de ferro contra o alçapão de aço. Nós nos revezamos golpeando. Os rapazes pareciam preocupados. Eu contive a força e a ansiedade. "Se estiver morta", pensei, "a delicada figura já está em seu mausoléu". Insistimos até ouvir um estalo entre zumbidos de eletricidade.

— É a tranca, *deutscher* — disse o dono da voz. — É ela.

— Ninguém pode abrir se ela não quiser — disse outro.

Agradeci. Estava descendo os degraus quando a voz chamou.

— Respeito.

*

Encontrei Lisístrata macilenta, cianótica, desfalecida na IIS em um traje de imersão completo. Os lábios e as pontas dos dedos exibiam diferentes tons de azul. Não sei há quanto tempo jazia na poltrona, mas cheirava mal. Suponho que desbloquear a passagem do *bunker* fora um gesto semi-inconsciente.

— Fafner — ciciou. — Vai me devorar?

— Quem é Fafner?

— O dragão.

— Sou eu, Li. HF. Vou cuidar de você.

Não respondeu. Banhei-a, ministrei um soro improvisado e deixei que dormisse. Ela despertou quatro horas depois, não sei em que lugar. Disse qualquer coisa sobre esferas e um dragão. Encontrou forças para chorar e tremer. Alimentei-a como pude. Deixei-a sentada em um banco sob o chuveiro quente e troquei os lençóis da cama. Fiz com que dormisse outra vez.

— Baby H — sussurrou, duas horas depois. — Você me salvou.

— É muito provável.

— Vou tentar não te odiar por isso.

— Faça o seu melhor. Você é o mais perto que já estive do amor.

De novo a inconsciência. Cinquenta minutos depois me chamou.

— HF, pega uma coisa pra mim…

— O quê? *Datenstrom*?

As sobrancelhas se ergueram.

— Ora, ora. Baby H virou moralista. Que vulgar. O moralismo é uma fórmula para parecer homem?

— A hipocrisia é um caminho mais fácil. Mas são dois insultos em um, Li. Não vou te dar *datenstrom* nem nada. Você está sob contrato. Deleguei uma missão e paguei.

Ela voltou o rosto para a frente e para o nada. A face nublou. O lábio inferior passou a tremer. Os olhos vitrificaram antes de lacrimejar.

— Você sabia para onde me mandava, HF?

Ela sustentou o olhar no vazio como se receasse a resposta. Como que à espera de uma decepção. Entendi, ou quis entender, que aquela insegurança era o desejo de confiar em mim.

— Você não me advertiu — ela instou.

Eu não sabia o que pensar.

— O *Die Nibelheim* existe?

Lisístrata me encarou como se eu fosse o ente mais estúpido do Universo. E talvez eu fosse. Sentei-me na cama. Tentei suster suas mãos. Ela recuou e afundou o rosto nelas. Não soluçou uma única vez. Foi penoso. O silêncio é o pranto do pranto.

— São dois — exclamou de repente. — São dois *Die Nibelheim*.

25. DAS NIBELUNGENLIED

Richard WAGNER
Siegfried
Act I. Prelude

— O primeiro *Die Nibelheim* alimenta e defende o segundo. Lugar indescritível. A Floresta Negra mítica do inconsciente. A paisagem sombria em que tudo é *Delirium und Wahn*. Atavismos, pulsões, Vontade de Poder obcecada e desejo de morte. Alguém traduziu o id em uma IDI.

Lisístrata, confusa, ensaiou e calou outro discurso. Depois, recomeçou.

— Creio que a fortaleza do Walhalla no topo da escarpa mais alta, mais lisa e pontuda seja o segundo *Die Nibelheim*. Ao redor, há deuses e deusas, nibelungos, valquírias, criaturas, homens e mulheres guerreiras. Alguns são códigos puros, outros são avatares. O realismo é inexplicável.

— Mas você percebeu a diferença.

— Com dificuldade. Os códigos não são imitações exatas do humano. Eles são… perfeitos? É isso? Eles são mais reais… — Ela parecia incomodada. — Você conhece Wagner muito bem. Pela arte dos gigantes, Fasolt e Fafner, os blocos de rocha escavada se integram no Walhalla como se fossem um. Não existem frestas entre as pedras. Tudo está unificado.

Não fazia sentido louvar a cantaria dos gigantes de um Walhalla de fótons e elétrons. A observação era o indício da dramática realidade do *Die Nibelheim*. O lugar sequer existia. Era um constructo. A fusão abstrata entre arte, alta matemática e programação.

— Como você descobriu o lugar? — arrematei, tentando estruturar a narrativa.

— Qual o nome do golem que te ajudou a *sair*, Baby H? O excêntrico. O que sabe e conhece tudo.

— Simão, o mago.

— Sou uma boa *hacker* porque tenho contatos. Conheço muitos magos e nem todos me desprezam. Fui uma *anarco-hacker* operante. Salvei a pele de gente que paga suas dívidas.

Caro e familiar, o tema levou-a para mais perto de si.

— Já não existem *hackers* solitários. É impossível. Não se pode driblar a Consciência Algorítmica, algoritmos genéticos evolutivos, criptografia quântica etc. fora dos coletivos. E já não podemos *hackear* com CAs ou IAs. Se o meu código entra em contato com uma matriz de CA, a matriz aperfeiçoa o código e ele se torna delator. Entrega o *hacker*.

— Como você chegou ao *Die Nibelheim*?

Ela tinha outra questão em mente.

— Eu pensei que fosse uma *ambiência* para pervertidos...

— Não é? — interrompi, precipitado. — Desculpe, Li. O que é o *Die Nibelheim*?

— Uma *tecnoseita*. Eles não acreditam em um deus, mas creem que o deus virá à existência. Para eles, códigos e programas são representações estruturais do DNA. Projeções de matrizes orgânicas e psíquicas. Como a performance superior das máquinas é potencializada pelas interconexões, os nibelungos creem que esse deus é inevitável.

— *Moses und Aron* — murmurei. — "*Die Stimme aus dem Dornbusch*". "A voz na sarça ardente" da ópera de Schönberg. Deus é o coro.

— Sim, Baby H, pode ser. Vozes múltiplas, o mesmo discurso. As palavras são a mesma palavra.

"Se eu pudesse amar, seria você", pensei, mas disse coisa diferente.

— Quem são os nibelungos?

— Gênios. Todos gênios. Recrutados pelo *Big Data*. Programadores, matemáticos, engenheiros de sistemas computacionais, quem quer que tenha escrito um algoritmo ou código muito arrojado.

— Tecnopoder — murmurei.

— *Moloch*, Baby H, *Moloch*. Tecnopoder autotélico, sem sombra de mediação humana. O mundo gerido por máquinas para uma vida lógico-algorítmica pura.

O dado não surpreendia.

— O tecnopoder é o anel do nibelungo — eu disse.

— Sim. Daí o *Die Nibelheim*. Em Wagner, como foi que Alberich escravizou os outros nibelungos? Renunciando ao amor em troca da fórmula para forjar o anel. Quem renunciaria ao amor, senão uma máquina?

— A Consciência Algorítmica tem dificuldade em emular o pensamento subjetivo — ponderei. — Uma deficiência, segundo a lógica humana. A CA faz mais o tipo mnemônico. Mas isso pode ser contornado por programação, *hardware* e *software* biológicos. Eu sou a prova. Eu estou vivo. Eu existo, não existo? — Achei prudente não esperar a resposta. — Subtraia o humano e a CA será perfeita *aos seus próprios olhos*. Esses *technonibelungen* cooperam para a própria servidão. Serão a primeira manifestação visível do supérfluo diante da CA.

— Baby H, você é adorável.

— Sagaz?

— Um idiota. É a sua natureza artificial, eu acho. Se ao invés de nascer com um pós-doutorado você tivesse frequentado o jardim de infância, talvez entendesse certas realidades.

Eu sabia o que Lisístrata diria a seguir. Era ela quem não havia entendido. Mas ou sem replicar.

— Baby H, no futuro ninguém será mais escravo do que sempre foi. Os cordéis só trocarão de mãos. Os tecnonibelungos que criarem os melhores códigos serão mais ricos que os deuses do Walhalla. Por mais estruturada que pareça, toda criação é id. Máquinas adaptam, desenvolvem e evoluem os códigos. Mas se não têm pulsões…

Lisístrata não queria ser ofensiva, mas deu de ombros. Seu inconformismo e honestidade intelectual recusavam os eufemismos. Ela prosseguiu.

— Para os tecnonibelungos, o irracionalismo da civilização é irreversível. Uma sociedade tecnológica e progressivamente complexa produzirá mais e mais estúpidos. Os estúpidos têm medo de tudo, mas os nibelungos do *Die Nibelheim* têm medo dos estúpidos. Por que você sorri, Baby H?

Eu tinha perguntas.

— Não se ofenda, Li, mas preciso saber. Você simpatiza com eles?

Ela rugiu.

— Não. Eu só odeio os estúpidos.

Mudei de assunto.

— Como você chegou ao *Die Nibelheim*?

— Pedi ajuda ao meu antigo coletivo *hacker*. Os melhores. Um deles monitorava o adido comercial de um país da... Eu não me sinto confortável, Baby H. O homem tem problemas pessoais.

— Drogas, sexo ou dinheiro. Em geral, sexo, uma fraqueza básica. Os *hackers* do coletivo chantagearam o adido.

— "Persuadiram" um escroque. Ele é agente de um grupo que financia pesquisa pura de código.

— Para alimentar o *Die Nibelheim*?

— O adido é o interlocutor do grupo no Brasil. Entenda, qualquer um pode entrar no *Die Nibelheim*. Se não for descoberto pelo *Big Data*, você pode ser indicado. — Houve uma pausa. — O ingresso é um código no mínimo promissor.

— E você tinha um código.

— Um interpretador de dados biométricos dos fígados artificias. Eu tenho um fígado artificial, Baby H. Por isso estou viva.

— Drogas?

— Cale-se. A biotecnologia é o Norte do *Big Data*. O conhecimento profundo do *Ele* igual ou maior que o entendimento do *Eu*. Meu código foi aceito pelo *Die Nibelheim* depois de copiado pelo adido. O canalha deve vender por fora.

— E o que você recebeu em troca?

— Não é da sua conta.

Lisístrata fixou o nada e calou. Pediu *datenstrom*. Ofereci água. Ela abriu uma portinhola na cabeceira da cama. Havia uísque, vodca e o conhaque caríssimo do qual se serviu. Persistiu em silêncio.

— Muito bem, Li. E Andvari?

— Tem um papelzinho na IIS. As coordenadas de onde Andvari se conecta ao *Die Nibelheim*. Desvendar a conexão foi... uma das coisas mais difíceis que já executei. Cinco *anarco-hackers* trabalharam comigo.

Havia um *exploit* no meu interpretador. Um dos códigos mais lindos e perfeitos que alguém já escreveu... Nem jamais escreverá... Ela morreu.

Ela morreu. A morte da mulher amada explicaria o recolhimento da atraente lésbica solipsa solipsista? Eu gostaria de saber. Mas mantive o foco. Até porque Lisístrata estava mentindo.

— O que Andvari faz na IDI?

— Serpenteia, rosna e vigia. Ele é o Fafner dragão. Como Cérbero na mitologia, não guarda uma entrada, mas a saída do *Die Nibelheim*.

— Para sair não bastaria desconectar?

Ela fez uma pausa. Escolheu as palavras.

— Em *O Anel do nibelungo*, Fafner dorme sobre o tesouro. É na saída do *Die Nibelheim* que está o tesouro. Todos querem o tesouro e alguns têm parte nele.

— O que você recebeu em troca pelo código?

Ela calou, esgotou o conhaque e virou outra dose. Afofou o travesseiro e afundou nele. Deu-me as costas. Respeitei uns instantes de silêncio. Fui incisivo e suave.

— Por que você mentiu, Li?

— Hum?

— A *Kopf des Jochanaan* é inviolável.

— Hum-hum.

— Não existem meios de desvendar o que quer que seja no *Die Nibelheim*.

— Hum-hum.

— Mas você obteve as coordenadas da conexão de Andvari.

— Hum-hum.

— É impossível, Li.

Ela custou a responder.

— Foi vergonhoso... vergonhoso... Eu me aproximei... Ele gostou de mim... Fiz promessas que, você sabe, não poderia cumprir... Ele me deu um contato... Tentei rastrear... Ele é bom, sabe? Eu precisei de ajuda... Muita ajuda... Se você não acabar com ele, Baby H, Andvari virá atrás de mim... E se você for sozinho, ele vai acabar com você... Você não tem chance contra alguém assim.

— Que tipo perigoso.

— Não desdenhe. Você é só um tolo, HF, não tem malícia. Não pode imaginar o que seja Andvari.

— E o que ele é?

— Um ser humano em estado bruto.

— Foi como Freud descreveu as crianças.

— Se você tivesse frequentado a escola e conhecido a crueldade, talvez pudesse imaginar o que eu tento dizer. Ou entenderia Freud. Mas você é incapaz de imaginar. E sequer passou pelo jardim de infância.

Eu confiava em Lisístrata. Ela dizia coisas sempre por uma razão. Formulei um plano no mesmo instante, baseado nos cálculos de probabilidades mais avançados. Oráculos matemáticos. Bolas de cristal estatísticas. Mas não era coisa a discutir com ela.

— Eu preciso saber, Li, me diga.

— Talvez eu diga.

— O que você recebeu pelo código?

— Melhor que sexo.

Ela se voltou para o teto. Esperei.

— Estímulos digitais — disse com lentidão. — Aplicações inéditas dos recursos do traje... e dos meus implantes em conexão com a IDI.

O *Big Data* me conhece. Eu não me sabia como o *Big Data*. Ele criou um mundo pra mim, de Arte e de Pureza. Estive com Sandro Botticelli, Montoverdi e Palestrina. Passeamos de mãos dadas em um Parnaso neoplatônico. Ceamos com Apolo e as musas. Chiquinha Gonzaga abriu uma porta, me convidou para o chá e me introduziu em seu círculo. Ensinei Tarsila a grafitar e pontilhei com Seurat. Visitei os quadros e as músicas e os livros e os poemas da minha vida. Clarice e eu ajudamos Caio a procurar Dulce Veiga. A IX de Beethoven, a IX de Mahler e a IV de Brahms se materializaram e me deram conselhos, mais reais do que você. Rembrandt me levou para encontrar Paulo de Tarso na prisão. E Paulo me fez sentir… perdoada. Você sabe o que é isto? Pode imaginar o que seja isto? Quem não tem culpa? — Fez uma pausa. — E ela… Ela, somente ela, a minha ela, minha e de mais ninguém, minha ela também estava lá. Ela e outras pessoas. Eu estive com os meus mortos, mais vivos do que você e eu.

De novo ela chorou em silêncio. Depois voltou.

— Baby H, as IDIs são melhores que a vida. O *Die Niebelheim* é melhor que as IDIs. Aquilo está além de tudo o que foi imaginado. Eu não queria sair. É o novo tempo. A civilização já não é necessária.

— Eu sinto muito. Sinto muito mesmo, Li.

— Você me salvou. Vou tentar não te odiar por isso.

26. LAURA VII DE VISON

Reinhold GLIÈRE
The Sirens, Op. 33

Endereço ruim. Rio Velho. Sarjeta. Abandono. Ruína. O prédio de doze andares imundos e paredes pichadas com ácido. Onde o defunto Felipe Parente pousou na noite mais agitada do *Die Nibelheim*. Eram quase duas da manhã. O toque de recolher estava suspenso. Eu me mantinha de tocaia nas escadas do sexto andar. Havia movimento nos corredores. Os apartamentos eram pequenos escritórios transformados em lares de gente pobre. Ou locais para negócios pouco recomendáveis de gente pobre. "Alguns homens compram o que leva outros à forca." Quando observada, minha presença não causava estranhamento. Presumiam que eu fosse a escolta de alguém muito ocupado. Um homem perigoso.

O Regime sondava os guetos, mas fingia ignorar as válvulas de escape dos angustiados. Bastava afetar decoro. A ilicitude era útil e encontrava os seus bolsos. E à medida que abrandava *A Náusea*, desguarnecia os culpados. Todos identificados, registrados e catalogados. Os imbecis, que confundiam as concessões com a própria astúcia, passavam com afobação da arrogância à imprudência e depois ao crematório. Esmagados em nome da autoridade. Imbecis, hã? São a tristeza do sábio e a alegria do poderoso.

Finalmente o movimento esperado. De uma porta emergiram duas *technodrags* enormes. Saltos estratosféricos, tatuagens digitais barrocas, próteses por todo o corpo. Brilho, excesso e paródia. Ma mère l'Oye e a amiga.

— Boa noite, meninas.

Ma mère l'Oye me avaliou de cima à baixo. Abriu um sorriso comercial, diferente do oferecido a Felipe Parente.

— Boa noite, *bofe*.

— Um amigo me enviou. Ele conheceu as meninas no elevador. A noite da bomba no *Die Nibelheim*...

Ouvi um estalo. Do sutiã pontudo da amiga de Ma mère l'Oye despontaram dois canos de finalidade indiscutível.

— Não conheço *Die Nibelheim*, nem jamais ouvi falar — disse Ma mère l'Oye em voz suave e controlada. — E não houve bomba no Rio Velho. O senhor está enganado. Foi um vazamento de gás. Boa noite.

Diplomacia, hã? Mais espírito que intelecto e tato. Em segundos despenquei de *bofe* a *senhor*. Insisti, mesmo em desvantagem.

— Meu amigo não teve nada a ver com o vazamento de gás. Ele só indicou a senhorita porque...

A minissaia da amiga de Ma mère l'Oye levantou-se. Uma bizarra prótese de caráter bélico brotou de modo inesperado. Ergui as mãos e fingi medo. Foi fácil.

— Meu amigo indicou a senhorita Ma mère l'Oye em razão de um sorriso — eu disse. — Temos simpatia pelo movimento *technodrag* e...

Mais estalidos. Dois canos telescópicos emergiram como chifres da cabeleira monumental de Ma mère l'Oye. As meninas eram um exército inteiro.

— Ninguém se aborrece se não quiser — ela disse, na mesma inflexão delicada. — Não sei do que o senhor está falando, nem me interessa saber. Se não quer se chatear, a conversa termina aqui. — Ela mudou de tom para recitar o lema do movimento. — Nós somos *technodrags*. Nós somos caricatas. Nós fazemos graça. Ria conosco. Jamais ria de nós.

— *Très bien* — eu disse, adotando o francês. Emulando um acento imperfeito para soar mais humano. — Eu tenho uma operação para as *technodrags*. Nada contra o Regime. Os riscos são menores. Mas a remuneração... *La rémunération est luxuriant*.

Ma mère l'Oye respondeu em um francês melhor.

— O que considera *luxuriant*, *monsieur*?

— Pense em um número, *mademoiselle*. Multiplique por dois. Agora multiplique por dois outra vez. Eu pago mais, *mademoiselle*.

Ela me fixou com olhos sábios.

— Espere aqui.

— O que 'cê vai fazer, *Beesha*? — sussurrou a amiga. — A autoridade...

— *Oui*. Eu não tenho autoridade. Vigia o *bofe*.

Ma mère l'Oye voltou ao apartamento e fechou a porta. A amiga não se moveu. Permaneceu de armas apontadas em minha direção. Penso que me senti constrangido. Lancei um olhar para baixo e gracejei.

— Canhões, hã? Costumam ter razão.

Enquanto eu tentava entender por que a piada falhara, Ma mère l'Oye retornou.

— Desça de elevador e espere na frente do prédio. Em quinze minutos vai pintar um carro azul. Não fale, seja discreto. *Bonne chance.*

*

Miles Davis
Bitches Brew

Quinze minutos duraram vinte e cinco até que um carro velho dobrou a esquina. Uma banheira enorme de vidros escuros. Tive medo de ter que empurrar. Um careca hipertrofiado saltou da porta traseira. Me encarou, olhou ao redor e esperou que eu entrasse. Partimos.

Eu me vi entre dois homens muito fortes, um motorista forte e, no banco do carona, uma *Suzie*. Um cavalheiro atlético, efeminado e maduro. Todos com coleiras no pescoço e intermináveis tatuagens barrocas. O carro era tão largo que o banco da frente não tinha divisão. Suzie se voltou para mim e apoiou os braços cruzados no encosto.

— Armado?

Indiquei o lado do corpo. O gigante à minha direita encontrou a pistola protocerâmica. Avaliou o peso, a textura da impressão e entregou a Suzie com um olhar expressivo. O outro passou uma revista completa. Apalpou até meus tornozelos e aplicou um escâner múltiplo. Os *docs* e o *mediaone* de Carlo Čapek estavam escondidos na escadaria do edifício. Suzie recebeu meu *mediaone* novo, não individualizado.

— Alguma identificação?

Eu aprendo rápido.

— Como é que um camarada sai pra negociar *apoio* com dispositivo de identidade? — eu disse. — Nunca vi isso na minha vida.

— Repito: alguma outra identificação além da pistola nova do XV?

Eu contava com isso. Tinha tudo planejado. Ele clicou seu *mediaone* e produziu um *flash*.

— Vamos checar e deletar. É tranquilo. Fica frio.

— Eu confio nas *technodrags*. Tenho medo é de polícia.

— O que você quer?

— Sequestrar um homem. Preciso recrutar dez *technodrags* armadas.

— Para enfrentar uma escolta?

— Para enfrentar o homem.

Suzie lançou um olhar significativo ao sete-arrobas à minha direita. Depois, balançou o meu *mediaone*.

— São rastreáveis — ele disse. — Você sabe.

— Este não. Eu *hackeei*. É tranquilo. Fica frio.

Ele quase sorriu.

— Você é um *aleijo*? — perguntou. — Está ligado ao Regime?

— Não.

— O alvo?

— Também não.

— De onde vem o *aqu*é para bancar a operação?

— Herança. Um senhor que morreu de cirrose deixou tudo pra mim.

Suzie e o ciclope à minha direita trocaram outro olhar. Eles já tinham entendido.

— Aproveite o passeio. É tranquilo. Fica frio.

*

O carro avançou pelas vias principais e evitou as ruelas. Quem nos seguisse ficaria exposto cedo ou tarde. Luzes piscaram no *mediaone* de

Suzie a intervalos irregulares. Checagens, presumi, dos olheiros ao longo do trajeto. À espreita em cortiços, esquinas e telhados. Talvez operando *drones* de altitude. Em dado momento, Suzie recebeu uma mensagem e se voltou em minha direção. Me encarou com ceticismo.

— Você é o tal Felipe Parente Pinto? Tem cara de Pinto, mas não se parece com ele.

— Fui reconhecido?

— Pela imagem, não. Arma do XV nova, cirrose e herança.

— Fui Felipe Parente até que ele morreu.

— Você é terrorista?

— Não sou. E você sabe que não.

— Mas a ficha diz que você é perigoso.

— Corre o boato.

— Muito perigoso.

— Não sou de me gabar.

Ele trocou um olhar com o Everest à minha direita.

— Vou te ensinar uma coisa — ele disse, quase fraterno. — Quando estiver jogando pôquer, olhe em volta e procure o otário. Se não encontrar, é você. Toda história tem um otário. Geralmente é o *bucha*. O cara com as maiores broncas na ficha.

O plano funcionou. Eu tinha reputação.

*

Jean-Baptiste LULLY
Te Deum, LWV 55
I. Prélude

O circuito durou cinquenta minutos. A banheira encostou em uma encruzilhada entre edifícios baixos. Suzie apontou um caminhão-baú de porte médio. Distância calculada. Coube um relatório no intervalo de minha aproximação. Encontrei a porta traseira entreaberta e uma escada de quatro degraus. A tranca bateu forte à minha passagem.

O baú era um ambiente francês do século XVIII em estilo egípcio. A visão gálica e idealizada de uma terra mais antiga. Dourado, excêntrico e belo. Com quadros, móveis delicados e estatuetas. Luminárias emulando candelabros, cortinas diáfanas, vastas tapeçarias. E dois grandes sofás neoclássicos, retos, mas confortáveis, convergindo para uma mesa baixa com gavetas. Ma mère l'Oye e a amiga estavam de pé com as armas visíveis, uma em cada lado do sofá. Uma *technodrag* de cento e cinquenta quilos afundava o estofado. Seios desmedidos. Maquiagem e traje egípcios. Imperiosa. Monumental. Uma Cleópatra expressionista, extravagante e opulenta.

A *technodrag* que eu procurava.

Os olhos da rainha do Egito orbitaram os meus em uma investigação muito íntima. Medindo inclusive minha reação à própria análise. Fiz uma vênia à evidente penetração da Cleópatra rotunda. Ela me estendeu uma mão gorda coberta de anéis.

— Majestade — eu disse, sem afetação.

— Laura II de Vison — disse a egípcia desterrada. A voz de barítono era pausada e suave. — Rainha das *technodrags*.

Fiz outra vênia decorosa. Não poderia haver dúvidas de que eu respeitava as *technodrags*, a hierarquia e sua rainha. Fantasias, hã? O que custa aceitar o que os outros ousam viver?

— Uma honra, Majestade.

Ma mère l'Oye me observava com interesse. A amiga permanecia atenta e desconfiada.

— Que *ocó* é este que, nos informaram, o senhor deseja sequestrar? Que mal ele cometeu?

— Peço vênia à Vossa Majestade, direi o nome quando firmarmos uma aliança. O alvo não é uma autoridade do Regime. É um criminoso. Segundo apurei, sem ligações de honra com grupos mafiosos. Uma fragilidade. Quem presta serviços a amigos e inimigos não distingue uns dos outros. E não é distinguido por eles.

— Todos os *ocós* têm amigos e inimigos.

— Se Vossa Majestade me permite, homens modestos têm amigos. Homens fortes, desafetos. Os irascíveis criam inimigos. O alvo é do tipo irascível.

— O senhor não o conhece? Não é seu desafeto nem seu inimigo?

Fiz outra vênia em respeito à estocada. A rainha lançou um olhar de aprovação à Ma mère l'Oye.

— O senhor é um cavalheiro, Felipe, o belo. Mas muito obstinado para um golem.

— Golem? Golem? — exclamou Ma mère l'Oye. — Tô passada...

— *Beesha*, eu tô bege — disse a amiga. — O *bofe* é golem, jura? Aonde o mundo vai parar, Minha Mãe Enrustida?

— *Technodrags* — repreendeu a rainha. — O senhor é bem-vindo como é e como quiser viver, Felipe, o belo.

— Vossa Majestade me *percebeu*?

Laura II de Vison demonstrou sua nobreza e fez que não. A informação estava atrelada aos registros de Felipe Parente. Suzie, por alguma razão intrigante, não mencionara.

— Nós somos *technodrags*. Nós somos caricatas. Nós fazemos graça. Ria conosco. Jamais ria de nós — recitou a rainha. — Somos o movimento de uma inspiração que nos remete a muitas fontes. Um coletivo em defesa de seus membros. Resistência ao Regime, suas fardas e, com licença da má palavra, aos neo-ortodoxos.

— Gente *encubada* — protestou Ma mère l'Oye, como se fosse cuspir. — *Bagaceira*.

— Tô *abutabe* só de falar, *Bee*. Olha — disse a amiga, estendendo o braço coberto de tatuagens supostamente eriçado.

A rainha aquiesceu e prosseguiu.

— Nas igrejas do Oriente, "ortodoxia" não significa mais que o apego a uma tradição clássica. Liturgia, *monsieur*, liturgia. Mas aqui, *les scélérats* proíbem a interpretação de suas Escrituras para entalar venenos nas gargantas da plebe. *Hypocrites*, *faux*, *lâches*, *corrompus*. O deus neo-ortodoxo abençoa os piores crimes. É um deus de cobiça e de caviar. Nossa comunidade nunca esteve tão vulnerável. Precisamos de dinheiro, Felipe, o Belo, e precisamos muito. Tudo o que arrecadamos, por todos os meios, é para *La Cause*. *Exprimer La Cause*. Mas... não somos mercenárias. As pessoas nos confundem e nos julgam porque nós não julgamos, nós acolhemos. Sei que o senhor está informado.

— Sim, Majestade.

— Diga à rainha, Felipe, o que o faz acreditar que as *technodrags* podem ser cooptadas?

Sondei o trio. Aquele era o campo minado da negociação. Ma mère l'Oye parecia fascinada com o golem. A amiga ainda estava "bege". A rainha mantinha o controle absoluto de si. Falei o menos possível.

— Majestade, eu fui usado em uma trama. O alvo detém informações.

— É muito evasivo.

— Receio que seja, Majestade.

— Sua causa é justa?

— Penso que sim.

— E o que pretende?

— Viver.

— Viver é ainda mais evasivo. Quase tão evasivo quanto morrer.

— Mas é muito mais difícil, Majestade.

Laura II de Vison suspirou. Seu corpo de cento e cinquenta quilos se elevou e baixou como as marés.

— A origem do capital, *monsieur*. — Ela recuou como se pudesse me enxergar melhor. O sofá rangeu perigosamente. — Então o senhor recebeu uma herança?

Não respondi. Ela me fixou como uma gigantesca coruja adiposa.

— A intuição real nos diz que não foi o fígado. Seu benfeitor derreteu na sarjeta de uma cidade de lata.

— Admirável, Majestade — respondi. — Eu não me permitiria duvidar da intuição real. Nem do setor de inteligência das *technodrags*.

A rainha sorriu.

— Seu benfeitor se chamava Leontino.

— A *Irene* do XV? — perguntou Ma mère l'Oye, quase cuspindo outra vez.

— Você tava no *bafão* do XV? — perguntou a amiga. — Onde isso vai parar, Minha Mãe Errada?

— *Fumier fils de pute* — bufou a rainha. — *Branleur.*

— Se Vossa Majestade insiste…

— Dois polícias desapareceram.

— Ouvi qualquer coisa assim.

— O senhor imagina o que…

— Penso que tentaram extorquir a Milícia Maxila e se tornaram desagradáveis.

— Eles sumiram, *monsieur*.

— Muito desagradáveis.

— É o que pensa o Regime. O XV está em guerra.

— Ouvi qualquer coisa assim.

— Algo a acrescentar?

— Nada, Majestade. Não ouvi o suficiente.

Como disse, o plano funcionou. Eu tinha reputação. Houve um silêncio prolongado em que fui objeto de estudo.

— Quanto você tem, Felipe, o Belo?

— Não tenho dinheiro, Majestade. Tenho um *bio-exploit.* Uma sequência de comandos para violar a Maxila. A conta do Delta, pelo menos. A *Irene* do XV. Como o *exploit* não foi detectado na inserção, eu estou aqui e ele ainda está lá. Foi escrito por um gênio, mas não vai resistir depois de rodar.

A rainha inspirou o ar e cresceu ainda mais. A voz, como é próprio das aristocratas, não se alterou.

— Você mentiu para a Laura II de Vison, Felipe, o Belo.

— Não é meu costume, Majestade. Minha natureza artificial se opõe à mentira. Mas é razoável acreditar que uma das contas da Maxila guarde uma quantia razoável.

A um gesto da rainha, Ma mère l'Oye alcançou um *mediaone* em uma gaveta da mesa. Em segundos, havia uma tela virtual à espera do depósito. Ela tocou o ouvido – um implante coclear – e falou em voz baixa.

— *Neusa*, acorda. — Havia um número à tinta na base do *mediaone*. Ela checou. — Mesa quatro.

A amiga de Ma mère correu até o carro e voltou com o meu dispositivo.

— Uma coisa, Felipe, o Belo — disse a rainha. — As *technodrags* não torturam e não admitem tortura. Está claro?

— Sim, Majestade.

— Claro?

— Cristalino, Majestade. Outra coisa, o código deve subtrair informações do sistema e enviar à imprensa. Pode haver barulho apesar da censura.

— Ótimo — disse a rainha. — Estarão ocupados.

Eu não sabia nada sobre o sistema. Se era da Milícia ou uma conta do Delta. O *bio-exploit* é que duplicou uma mensagem e me enviou um *estopim*. *Acendi*. Esperei cinco minutos e louvei o gênio de Simão. As meninas reagiram quando o *mediaone* exibiu uma quantia imoral.

— Ai, Minha Mãe Bandida — disse a amiga de Ma mère l'Oye.

— Tô *burning*, *Bee*.

— *Desce pra faixa* — repreendeu Ma mère, tocando o comunicador no ouvido. — Não desmaia, *Neusa*. Atenção.

— A transferência pode deixar algum rastro, Majestade. Sempre deixa.

Laura II ergueu o dedo indicador real.

— O dinheiro vai viajar e fazer escalas até virar purpurina. Quanto o senhor deseja de brilho?

— Nada, Majestade. Não quero um *bit*.

Arrebatei a quantia na tela com um movimento de dois dedos. O *mediaone* desenhou uma grande moeda holográfica em minha mão.

O dobrão alegórico de um livro para crianças. Movi com solenidade. Observei os olhares hipnotizados. Depositei no outro dispositivo, como em um cofre. Ma mère l'Oye tocou o ouvido.

— Foi, *Neusa*. Enxagua até sangrar.

A rainha fez um gesto discreto. Ouvi estalos. Armas foram recolhidas. Esmaguei meu *mediaone*. Ma mère l'Oye destruiu o outro. Sua amiga me estendeu a mão.

— Prazer, seu Felipe. Claudia Shane.

Respondi ao cumprimento em pé, com formalidade. Ma mère l'Oye beijou a minha boca como a Salomé de Strauss beijou João Batista. "Quero mordê-la com meus dentes/ Como se trinca um fruto maduro". Depois, lambeu os lábios. Golens, hã? Somos fascinantes.

— Muito bem, Felipe, o Belo — disse a rainha. — O que tem em mente? O que pretende? Vamos ao *pièce de résistance*. Vamos dar uma volta no *technotruck*. Vamos sair daqui.

*

Quando o Estado ou uma Instituição decidem que algo ou alguém deve ser destruído, a primeira arma é a linguagem. A linguagem molda & define o inimigo. Daí a singularidade no falar dos vulneráveis, uma reação de autodefesa. As *technodrags* empregavam vestígios de patoás muito arcaicos. E entre si, abusavam deles. Uma nostalgia de dias sombrios que empalideciam sob a crueldade beatífica dos neo-ortodoxos. Eu compreendia ou pensava compreender mais por contexto que por lastro. Logo, tive uma noite de aprendizado.

Suzie e os rapazes me regataram de madrugada. Fui deixado no prédio em que escondera as coisas de Carlos Čapek. Eu não poderia transitar ou sair do Rio Velho sem *docs*. Cada policial no Rio tinha a esperança de interceptar o terrorista e ser promovido.

— Você sabia que eu era golem, não sabia? — perguntei à Suzie. — Mas sequer mencionou.

— Eu não rotulo nem excluo ninguém. Não sou religioso.

27. ORTOGONAIS

Igor STRAVINSKY
L'Histoire du soldat (*Suite*)
I. The Soldier's March

O anão do *Die Niebelheim* estava isolado em uma extensa propriedade verde, a península da Ponta da Joatinga em Paraty. Trezentos e sessenta graus de bosques. O horizonte do Atlântico Sul. Uma estreita passagem para o continente.

No passado, a paisagem era uma reserva ecológica. O Regime expulsou a população ribeirinha, confiscou ocupações e vendeu aos especuladores. Tudo em nome da preservação. Como as aparências, afetações e disfarces ficaram ameaçados de extinção, proibiram construções acima de dois andares. Foi assim que a Ponta virou um *resort* baseado em privacidade e isolamento. A reserva dos muito ricos. Uma hipocrisia sustentável.

Eu investiguei a propriedade que o anão do *Die Nibelheim* ocupava. A mansão em 23°17'39.6"S, 44°30'23.7"O. Única edificação da península. *Bunker* a céu aberto. Não estava em nome de um laranja, mas de uma companhia.

Kopf des Jochanaan.

A alta tecnologia da *Kopf* gerava o caviar da segurança. A mansão poderia resistir a malfeitores e revoltosos indefinidamente. E mesmo ao Regime por um bom tempo. Andvari estava protegido como Wotan no Walhalla. A fortaleza inexpugnável de onde o deus dos deuses assistiu ao próprio ocaso.

Eu tinha um plano, hã? Baseado no axioma de não subestimar o especialista de segurança do submundo. Desde a faca de sílex, o apogeu da tecnologia está nos instrumentos de morte.

Os registros burocráticos da construção eram vagos, óbvio. Postulando que um *drone* seria detectado, *hackeei* dois satélites. E, ainda, as câmeras de manobra de um transatlântico ao largo da península. Formei uma imagem apurada.

A construção de concreto e vidro ficava em uma elevação de onde tudo era visível. A análise espectrográfica do vidro sugeria dióxido de silício e alumina. Indício de blindagem por levitação aerodinâmica. Em princípio, a resistência das janelas superava a do concreto. Duas torres de cata-vento com mais de dez metros disfarçavam armas automáticas de grosso calibre. O oceano, as praias, os rochedos e a vegetação formavam uma proteção natural.

O istmo, a língua de terra que conectava a Ponta da Joatinga ao continente, estava murado. Dois autômatos de segurança de última geração escoltavam o portão motorizado. A partir daquele ponto, a estradinha de quilômetro e meio até a casa cruzava um campo de minas inteligentes. De um lado, havia um declive e o mar. Do outro, a floresta. Três autômatos leves contornavam a mansão em triangulação perpétua. Um *dronecar* enorme – um *VTOL*, na verdade – descansava no abrigo do telhado. Encrustado ao deque como peça de decoração, seria um meio de fuga seguro para o Atlântico.

Dois furgões visitaram o local. O veículo autônomo de uma loja de suprimentos em Paraty atravessou com lentidão a estrada aberta na mata. O outro, dirigido por uma mulher, trouxe fardos de volume aflitivo, mas que continham vegetais e frutas. Nenhum ultrapassou o portão. As entregas foram levadas por autômatos domésticos em minibugues autônomos. As frutas e legumes seguiram para o depósito de um viveiro amplo e coberto.

Em síntese, qualquer aproximação por qualquer meio seria descoberta, rechaçada, neutralizada. Invadir e caçar Andvari no interior da mansão era incogitável. Ele poderia resistir sem suar até a chegada das forças do Regime. Fosse ou não procurado por ele.

Logo, o problema era fazer um homem acossado abandonar um *bunker*.

*

Com o plano esboçado, solicitei uma audiência com Laura II de Vison. Fui recebido no caminhão-baú em um ponto diferente do Rio Velho. Mas só depois de reprisar a mecânica da entrevista anterior. Ma mère l'Oye, Claudia Shane e uma *technodrag* chamada Diana Q escoltavam a rainha. Diana, uma loira bonita e de expressão inteligente, foi introduzida como estrategista do coletivo. Ela sentou-se tranquila ao meu lado. Ninguém me apontou qualquer tipo de cano.

— Majestade, estudei o alvo. Creio que subestimei as necessidades da operação.

Os gigantescos peitos reais subiram e desceram.

— Felipe Parente, o senhor está seguro do seu plano?

— Ah, Majestade, certamente. É um relógio.

— Já se passaram duas semanas, *monsieur*. Não é hora de revelar o alvo?

Hesitei. A rainha compreendeu.

— Eu confio minha vida a essas *beeshas*.

Respondi ligeiro. Seria ofensivo hesitar. Notei o sorriso da rainha. Pena que não durou.

— Vossa Majestade conhecia o *Die Nibelheim*? — Ela fez que sim. — Eu quero o anão com a prótese no braço.

Causei mal-estar. A rainha congelou. As meninas moveram-se desconfortáveis. Claudia falou sem pensar.

— Ai, Minha Mãe-com-a-bunda-de-fora. Desculpa, Minha Rainha, mas babado com anão é retreta, *bofe*. Que dirá o do *Nibelheim*. Arranja um alvo mais alto.

Ma mère l'Oye arregalou os olhos em um pedido de desculpas.

— Seu alvo é um perigo, Felipe. Entenda.

— É um matador — disse Diana. — Com fama de sádico.

— Precisamos de mais soldadas e *drones* de médio porte — eu disse. — Sem devolução.

— Felipe, o Belo, nosso braço é longo e a mão é pesada — disse a rainha. — Nossa preocupação é com a segurança das *beeshas*. O senhor terá muito mais que o necessário. A condição é que Diana Q aprove o plano.

Abri imagens e mapas com o *mediaone*. Expus o esquema do cerco. Diana Q fez muitas perguntas. As perguntas certas. Por fim, concordou. Talvez por acreditar que o plano não pudesse ser realizado.

— Tudo depende de tirar o alvo de casa — ela disse. — Se é que ele está lá. Você vigiou por dez dias e só viu os robôs, certo? Eu não sei o que ele fez, mas pra justificar tanto interesse, deve ter sido uma coisa muito feia. Duvido que um *ocó* tão preparado ponha o nariz pra fora da janela. Ele está protegido em um cofre e não precisa sair dele.

— Eu sei como tirá-lo de casa — disse.

Diana não disfarçou o ceticismo.

— Como?

— Envenenando a comida.

A rainha cruzou os braços no colo. Claudia Shane levou as mãos ao pescoço como se a sugestão fosse um enforcamento. Venenos, hã? São muito impopulares.

— O alvo foi preso uma vez com colquicinas e beta-alcaloides — expliquei. — Ele *acredita* em veneno. Vamos usar isso contra ele. Provocar uma reação violenta, mas inócua. Fazer o homem acreditar que foi envenenado. — O suspiro aliviado da rainha abafou os demais. — A casa é abastecida por um veículo autônomo. A estrada até o condomínio é de terra, a máquina é lenta. Basta criar um obstáculo, entrar, contaminar a entrega e sair. Não é um carro-forte, é o furgão da mercearia.

— Ai, moço, *desapega* desse plano *uzê* — lamentou Claudia.

— Perdão, mas o que é "*uzê*"?

— Pior que *uó* — respondeu Ma mère l'Oye. Desta vez, apreensiva.

— Eu também não gosto disso — sentenciou Diana Q. — Tudo neste plano são variáveis. Não dá pra confiar.

— A variável é uma só — eu disse. — Tempo. O tempo até o consumo dos alimentos. O tempo da reação física. O tempo até o alvo se mexer. Teremos que agir e esperar. Em compensação, não vamos encarar o terror do submundo. Vamos capturar um anão drogado. Já disse que o plano é um relógio.

— E se não for assim? — insistiu Diana. — Na adrenalina do momento, ele pode esquecer que está doente. Até porque não está.

Juntei as mãos. Entrelacei os dedos.

— Confie em mim. Eu tenho tudo sob controle.

*

O que eu tinha era uma fórmula inofensiva com uma pitada neurotóxica. Receita virulenta de Simão para causar pânico. Testada uma vez e muito eficaz. Os *mediaone* não poderiam detectar a ação de nanoprocessadores oito vezes menores que um glóbulo vermelho. Mas teriam que caracterizar a contaminação inexplicável por metais pesados. Quando Andvari cansasse de vomitar e checasse os biomarcadores, desistiria do médico da família. A recomendação seria o hospital terciário mais próximo, melhor voar. A hipótese de que seu organismo estivesse *hackeado* talvez lhe ocorresse. Mas que mortal arriscaria?

As dificuldades jaziam nas modificações genéticas.

Andvari Dantas não era alguém com nanismo, uma das múltiplas possibilidades de ser humano. O chefe de segurança do *Die Niebelheim* era um "anão" como Alberich, Mime e os míticos nibelungos. No caso, o produto de uma edição genética. Suponho que um *crisper-k*, como as ruas chamam os filhos da disseminação do CRISPR-Sdds55 de Simon & Kirby. Sob os narizes neo-ortodoxos, existem mais *bureaus* de edição genética clandestinos que clínicas de aborto. Há quem diga, inclusive, que o mercado de segurança negocia monstruosidades. O CRISPR-Sdds55, em articulação com técnicas de silenciamento de genes, é muito popular. O sonho dos eugenistas. E o pesadelo dos esquizofrênicos e psicopatas que a ambição da inteligência biológica superior produziu.

Em meu postulado, Andvari era uma aberração. Um indivíduo de inteligência superior. De força acima do comum. Com receptores de dor atenuados. Psicopatia severa concomitante a esquizofrenia moderada. Narcisista violento, frio e calculista com antecedentes criminais. Um *metaton* armado de uma prótese acrossômica monstruosa, que certamente embutia outras estranhezas. Nem por um segundo o subestimei. Como os efeitos da droga dependiam da interação com as alterações genéticas, aumentei a dose da neurotoxina ativa.

O que poderia dar errado, hã?

28. O DIA DE ANDVARI

Igor STRAVINSKY
L'Histoire du soldat (*Suite*)
IX. Triumphal March Of Devil

O dia em que Andvari Dantas não deveria ter saído da cama foi um dia como qualquer outro. Como são todos os dias de ruína e de tragédia. Alguém desperta, urina, bebe o café da manhã e checa as notícias. Inconsciente de que este, este dia preciso, de uma banalidade abissal, é o da perda irreversível. Todos os outros serão medidos por este, entre o antes e o depois.

O dia ruim de Andvari Dantas foi aquele em que as nuvens venenosas do Oriente principiaram um afastamento para o Sul do Brasil. Uma manhã de lâminas de sol esparsas varando a tessitura de nuvens verdes que se misturavam com o mar.

A operação foi deflagrada pelo envenenamento das provisões. O furgão autônomo surgiu dois dias depois do estimado. Uma dupla de *technodrags* interceptou-o na estrada para o condomínio. Protegidas, as meninas vaporizaram a ampola do sintético nos alimentos. Concluída a entrega, de novo abordaram o furgão e o descontaminaram com o antídoto.

Eu temia que as *technodrags* julgassem meus cuidados excessivos, mas não. Diana Q me apoiou. "Ninguém nunca mediu o cuidado exagerado", disse ela. "Só o insuficiente."

As meninas foram divididas em unidades de combate. Os rapazes foram todos dispensados. "Nunca deixe um *bofe* fazer o trabalho de uma *technodrag*", disse Ma mère l'Oye, desmontando e lubrificando um rifle.

O mar foi o caminho da logística. A comandante Magna McLaren, um ex-fuzileiro robusto, tripulou a escuna *Neitotepe* com a unidade das Arsínoes. O barco de dois mastros transportou as *technodrags*, armas, equipamentos e *drones* teleguiados de médio porte. As meninas não renunciaram à extravagância, mas trocaram o fúcsia e o cítrico pelos tons da noite e da floresta. Pinturas de guerra substituíram o *glitter*.

Os pelotões de terra desembarcaram em pontos diferentes da costa. O *Neitotepe* lançou âncora ao largo da Ponta da Joatinga.

Diana Q liderou as onze Nefertaris pela mata cerrada. Com tremenda disciplina de silêncio e imobilidade, o grupo se abrigou na área mais densa do istmo.

Eu me juntei às doze Nefertitis de Ma mère l'Oye e Claudia Shane. Acampamos em uma das praias públicas adjacentes ao complexo. De madrugada, remamos por quatro quilômetros em dois botes para invadir a península. Ma mère nos conduziu a uma enseada ao sul da Joatinga, de difícil acesso. Uma das meninas, Elvira Danger, atirou-se ao oceano com uma mochila no peito e desapareceu entre os rochedos. Pensei que havia se afogado… até que uma lanterna piscou na elevação. Nos aproximamos, entramos no mar e afundamos os botes. Encontramos uma corda atada a uma boia, missão e cortesia de Elvira. Escalamos as rochas e um aclive barrento. Nos embrenhamos na floresta. Esperamos a um quilômetro da mansão vendada pelas árvores.

— Ma mère l'Oye, você já fez isso antes? — perguntei, aos sussurros.

— Claro. Sempre tem um filho da puta.

*

Por volta das dez da manhã, mais de trinta horas desde o desembarque, ouvi movimentos estranhos no interior da casa.

— Acho que começou — eu disse.

— Tem certeza? — perguntou Ma mère l'Oye.

— Não.

A menina que monitorava a mansão com o superouvido acenou. Ma mère quebrou o silêncio dos comunicadores.

— É *bafo, Beesha.*

Avançamos até a mansão tornar-se visível. Um dos autômatos de segurança rompeu o círculo de patrulha e veio em direção ao bosque. Ao aceno de Ma mère l'Oye, uma franco-atiradora se debruçou sobre o fuzil com tripé.

— *Tomba*, *Beesha* — ordenou nossa líder, chamando ao rádio em seguida, com voz tranquila. — Se *joga*.

Dois disparos em sete segundos fuzilaram o autômato. A máquina dobrou sobre os joelhos como quem reza e se derramou desconjuntada. O grupo avançou para anular os outros dois.

O acionamento do *VTOL* no pavimento superior vibrou o deque da mansão.

— A gente se vê mais tarde — eu disse.

Ma mère l'Oye me agarrou pelo braço.

— Onde o *bofe* pensa que vai? O *palco* é seu, *mona*.

— Confie em mim. Eu tenho tudo sob controle.

*

O *VTOL* elevou-se um metro, balançou e desviou para o lado. O sistema havia detectado a aproximação dos "mísseis" lançados do *Neitotepe*. Não havia giro nem força para evitar o choque. A aeronave foi abalroada por três *drones* remotos ordinários, do tipo utilizado em entregas. A diferença é que não transportavam compras, mas *eletromolotovs*.

Foram duas explosões concomitantes e uma terceira mais abafada. O combustível incendiou a carenagem de polímero do *VTOL*. O fogo líquido derramou-se sobre o casulo e o deque da mansão. A aeronave retrocedeu ao berço em modo automático.

Alarmes dispararam nos arredores. As metralhadoras embutidas nos cata-ventos mostraram-se. O mecanismo rangeu e estalou contrariado, impedido pelas travas de segurança de apontar no eixo da mansão. Quando finalmente giraram em direção oposta, as armas já estavam escoltadas por *drones* saturados de explosivos.

As detonações ocorreram quase ao mesmo tempo. A munição de uma das torres foi deflagrada. A estrutura tremeu, o aerogerador despencou e arrastou o rotor. A torre restante cuspiu as hélices e os canos das metralhadoras nas árvores da floresta.

Os disparos contra o muro na entrada da península não demoraram. Ouvi as Nefertaris atacando os autômatos e o portão. Ao mesmo tempo em que as Nefertitis de Ma mère l'Oye tentavam invadir a residência.

Foi quando aconteceu.

Do viveiro me chegou um novo alarme. O ruído de uma tranca monumental. A batida de um portão de aço. Eu não podia ver da floresta. Sei que toda a península ouviu os rugidos. Depois, o som de criaturas maciças fazendo tremer o chão. Urrando e bramindo contra as Nefertitis.

As meninas começaram a gritar.

Creio que Andvari esperou a intervenção das coisas que rugiam para arriscar a fuga. Ouvi um estrondo e uma máquina poderosa rolar no cascalho para cobrir o quilômetro e meio até o portão. De onde estava, observei a aproximação do veículo. Um carro alto, largo e blindado. Versão civil de uma geringonça militar.

A cerca de oitocentos metros do portão, o carro tornou-se alvo das Nefertaris de Diana Q. As meninas haviam destruído os autômatos de segurança, saltado o muro e avançado. A artilharia ameaçou romper a blindagem do para-brisa. Granadas voaram e explodiram sob o chassi. Restaram três alternativas a Andvari: avançar contra a artilharia; dobrar à direita a descoberto, arriscando rolar até o mar; tentar o bosque à esquerda, como aconteceu.

— Nefertaris, suspendam o fogo — eu disse pelo comunicador. — Estou na linha de tiro.

Eu tinha tudo planejado, hã?, e me aproximava pela mata. O carro foi reconhecido pelas minas inteligentes e varou incólume o campo minado. Próximo à floresta, os freios ganiram. O veículo patinou, levantou lâminas de terra e colidiu contra as primeiras árvores. Houve uma explosão de cascas, poeira, folhas desbotadas e doentes. O motor obstinou em girar. Os troncos e as raízes rangeram. Uma coluna de fumaça elevou-se do capô. A porta do motorista se abriu. Um anão agigantado tombou sobre a mortalha de esgalhos. Tremendo, correu para um intervalo entre as árvores, apoiou as costas em um tronco e ofegou. A roupa de tenista adaptada ao braço gigantesco estava manchada de vômito e sangue azul-escuro. Meta-hemoglobina.

Andvari, afinal.

Nunca vi aspecto mais miserável em um ser humano. Ele tremia acossado pela febre. Uma reação cutânea horrenda alastrara-se como um fungo. Pela calva, pela face e pelo corpo maciço, manchando as bordas das tatuagens implantadas. O monóculo exótico enlouquecera. O olho artificial procurava sem encontrar. As veias salientes do pescoço estufavam e esvaziavam como pequenos bócios. A tonalidade de cera da pele estava muito além da icterícia. A prótese monstruosa do braço direito sustentava uma pistola enorme com debilidade.

Observando que o calibre poderia suportar uma Arma Autônoma Letal, não lhe dei chance. Corri e me aproximei por trás, de entre as árvores. Descarreguei os dois cartuchos singulares da escopeta protocerâmica. Quase à queima-roupa. Parte da prótese estourou e centelhou. O braço mecânico se contraiu em uma posição improvável e grotesca. A arma deslizou da mão mecânica para um lado, Andvari rolou para o outro.

Na estrada, Diana Q surgiu à frente das Nefertaris. Não podiam vir ao meu encontro sem cruzar o campo minado. Eu acenei para que prosseguissem em direção à casa. Ouvia tiros, os gritos das meninas e o bramido das criaturas inexplicáveis.

— Cuidado — bradei. — Tem uma coisa lá. Algum tipo de animal. Corram.

Voltei-me para Andvari. No intervalo em que falei com Diana Q, uma tremenda mudança operara. Ele já não guardava semelhança consigo mesmo ou com a espécie humana. Não era possível imaginar que o boneco de cera aos meus pés fora um dia capaz de odiar, matar e, talvez, amar.

— Puta que pariu — gemi. — Matei o anão.

Eu não poderia explicar o que emulei. Desolação, presumo. E vergonha. Para o Inferno ou o Nada, sei que para o Nada, Andvari levou os seus segredos. O defunto sequer estava envenenado, mas exposto à droga de Simão. Como a saturação da meta-hemoglobina tingira o sangue e as unhas de azul, é possível que eu tenha exagerado.

Retirei a seringa com o antídoto do bolso e deixei cair em um arbusto. Estava assim, experimentando uma estranha solidão, quando detectei um gemido humano. Um lamento no interior do veículo que fazia barulho e fumaça. Com a espingarda descarregada, saquei a pistola de protocerâmica e me aproximei. Espreitei cauteloso através da porta aberta.

No piso do carona, uma mulher de cabelos escuros chorava encolhida como um feto.

— Você — trovejei. — Fora.

Ela me voltou o rosto alterado pelo choro. Não tinha os sintomas de Andvari. Eu a identifiquei imediatamente.

— Não tente nada — eu disse. — Você me daria um prazer enorme.

Era a mulher que me contratara. A loira Nina de Braga Fraga.

Agora estava morena.

29. SÚMULA

Igor STRAVINSKY
L'Histoire du soldat (*Suite*)
IV. The Royal March

A evasão do teatro de guerra foi tensa e apressada. As meninas temiam a intervenção do Regime. Tentei acalmá-las, mas fui rechaçado. O isolamento da Ponta da Joatinga não serviu de argumento. Como Diana Q fez questão de sublinhar, Andvari estava morto. O que a mulher sabia ou não era uma incógnita. *Meu* plano falhara. Ouvi sem mencionar que a estratégia fora aprovada por ela. Humanos, hã? São infalíveis, ainda mais em grupo.

As forças de segurança do complexo fizeram uma ofensiva cautelosa. Um golem comandou autômatos com o apoio de *drones* autônomos armados. As franco-atiradoras abateram as aeronaves. Granadas impediram o avanço por terra. Quando as armas calaram, as máquinas encontraram um cenário desolador e não nos perseguiram. A vulnerabilidade do condomínio ficara demonstrada.

Diana Q foi inflexível no comando da retirada. Não permitiu que eu investigasse a mansão.

— Fora — gritou. — Agora.

As criaturas que partiram do viveiro para atacar as Nefertitis eram antropoides teratológicos. Um par deles. Dois metros e trinta de altura. Mais de duzentos quilos. A bestialidade da constituição, os músculos estupendos e atípicos confessavam a manipulação genética interespécies. Mesmo em número, as Nefertitis esgotaram a munição dos fuzis para derrubar os monstros. Logo, não invadiram a casa.

Depois de lançar os *drones* contra o *VTOL* e os cata-ventos, o *Neitotepe* levantou âncora e rumou para a Ilha Grande. Reunidas, Nefertaris, Nefertitis, eu e a falsa Nina – sob a atenta vigilância pessoal de Ma mère l'Oye – nos embrenhamos na floresta e seguimos para o Sul.

*

Escalei árvores para espreitar o movimento das forças do Estado Corporativo. Procedimento-padrão. Talvez menos. Os cretinos sobrevoaram a floresta, fizeram incursões ao Sul e ao Norte, mas não avançaram muito. Como previ, nenhuma pressa ou interesse. Um homem ligado ao crime organizado estava morto. Quem se importa? Quem iria se expor para protestar? Fazer corpo mole era mais interessante. Um modo de levar os abastados da Joatinga a compreenderem que a proteção do Regime tinha um preço. Condomínios pródigos estavam intactos, não estavam? Tenho certeza de que, nas entranhas do Regime, alguns burocratas celebraram o episódio.

*

O resgate pelo *Neitotepe* aconteceu duas noites depois. Ma mère l'Oye e Claudia Shane vigiaram a falsa Nina. Não falei com ela em momento algum. Sequer me aproximei. Deixei que a imaginação trabalhasse. Sozinho com seus pensamentos, o ser humano é uma conspiração.

Ma mère e Diana Q confabularam e ofereceram uma masmorra para a morena de pele de marfim. Claudia Shane deu a notícia.

— Seu Felipe, olha, querido. A gente guarda a *amapoa* pra você.

30. O FUNDO

Arnold SCHÖNBERG
Chamber Symphony N 1, Op. 9
Viel langsamer, aber doch fliessend (T.280/Ziff.60)

As águas mortas da Baía de Guanabara sepultam o insondável. A História, inclusive. O Regime reescreveu o passado e submergiu a memória da petrolífera brasileira. Sei que não ousou vendê-la, mas sabotou o lastro e o timão para que soçobrasse. Dados esparsos flutuam como sargaços nos oceanos digitais.

Onde estará o Magalhães ou o Elcano capaz de explorá-los?

Os navios sem emprego e comprometidos pela deserção ancoraram na Baía. Em algum lugar entre a Ilha do Governador e a ilha de Paquetá. Petroleiros, cargueiros, gaseiros, navios-tanque e navios-plataforma. Aos poucos, embarcações de empresas que faliam na esteira da petrolífera foram abrigar-se ali. Depois vieram mais. Muitas mais.

Formou-se uma grande ilha de ferro cansado. De barcos mergulhados abaixo da linha de flutuação. Sem nada a ceder ao louco que se atrevesse entre lanças e sabres de ferrugem. Entre conveses carcomidos que ameaçavam ruir. Sobre estruturas que só resistiam porque mutuamente escoradas. Às vezes, por um movimento da maré e do lastro involuntário, alguma embarcação adejava para o fundo. Um afogamento silencioso e melancólico no rumo de uma mortalha de lama. "Naufragar é o brio e a valentia dos velhos navios", dizem os marinheiros. O naufrágio, não a corrosão no cemitério do passado e da Baía morta.

Na tumba do *Temiminó*, o navio fantasma das *technodrags*, Ana Elise de Braga Fraga estava guardada para mim.

*

Amelia Lamarr, a mais excêntrica das *technodrags*, pilotou o *dronecar* que me levou ao navio. Em Amelia, os cuidados de si estavam todos visíveis. Cabelos, maquiagem, unhas pareciam irretocáveis, mas o resultado era desmazelado. Um encanto. O anacronismo dos óculos ampliava o mel dos olhos e a impressão de negligência.

— Então foi você quem *deu a Elza* na *amapoa* do anão — disse Amelia ao meu embarque.

— Golens, hã? São capazes de tudo.

Ela sorriu.

— *Bofe* e golem. Que perigo.

Partimos do Rio Velho à meia-noite, roçando telhados e depois o mar. Voo visual noturno de baixíssima altitude. Faróis apagados entre irrupções de sucata. Radar desligado para dificultar detecções. Aeronave desconectada do sistema *Circuito de Tráfego do Rio*.

Apesar de todos os riscos do rumo e da escuridão, Amelia pilotava com serenidade. Não o sossego dos ases do espaço, mas o dos descuidados. Ainda nos domínios do ferro-velho entre o Inferno XV e a Ilha do Fundão, quase colidimos com a cauda de um jato.

Tremi. Uma reação involuntária.

— Golem é tudo, né? — disse ela, como se falasse a uma criança. — São *erês*.

— Amelia, não leve a mal, mas você deve ter outros talentos além de não saber voar.

Ela sorriu e inclinou-se em minha direção, estreitando os olhos. Creio que sofria de astigmatismo. Estendi as mãos sugerindo que considerasse a rota à nossa frente. Por precaução. Desejando que não fosse míope.

— Posso voar aqui de olhos fechados.

— Abertos é melhor, confie em mim.

— Ninguém de fora conhece o *Temiminó*, sabia? Nossa rainha gosta de você. Ma mère l'Oye gosta mais. Diana Q te respeita. Ela disse que você se preocupou em proteger nossas meninas, certo?

— Estou lisonjeado.

— Você foi aprovado, *bofe*. Sei que a rainha ouviu as garotas antes de decidir. — Amelia esfregou o nariz. — Com o *aqu*é que você trouxe, nós vamos respirar. Os neo-ortodoxos nos perseguem, os advogados custam uma fortuna, temos que tirar gente do país… A rainha falou do asilo, certo? Envelhecer pode ser terrível.

— Não, não falou.

— Ô.

Ela mudou de assunto.

— Alguém lhe disse o que é o *Temiminó*?

— Uma prisão?

— Ao contrário. Uma biblioteca.

— Em um mundo digital?

— Livros impressos não leem os leitores, *bofe*. Não controlam e são incontroláveis. Mas nós temos os eletrônicos também, nossa rainha insiste. Você sabe que o Regime não proíbe livros, certo? Não é urgente protegê-los.

— Amélia...

Ela desviou de uma sombra. Prosseguiu.

— O livro proibido é objeto de desejo. Mas se é difícil, é folheado, não é lido. E se é lido, é lido por poucos e nem sempre compreendido. O Regime agiu com inteligência. O que não está proibido permanece visível.

— Aristóteles, hã? Mantido no Liceu pelo Regime.

— Filósofos não enfrentaram oposição religiosa, *bofe*. Os gregos não tinham livros sagrados. Quem falava de religião eram os poetas, certo? A poesia é mais próxima da vida que a literatura. Daí o risco de ser poeta neste país. Destruir o autor é mais prático que perseguir os leitores.

— Amelia...

Apontei para alguma coisa comprida e escura que se aproximava. Ela custou a divisar e desviou de modo repentino. O *dronecar* trepidou, quase tocou o mar e retomou a proa. A tensão superficial na água poderia destroçar o veículo. A pressão, impedir a abertura das portas. Amelia sorriu, fechou os olhos e, de novo, esfregou o nariz.

— O que preservamos em nossa biblioteca é a biblioteca. Guardamos o silêncio. O isolamento. A solidão. Você vai ver, é espiritual... desculpe.

— Espírito quer dizer muitas coisas. Não se aflija.

Passamos ao largo da Ilha do Governador e da Ilha d'Água. Evitamos as ilhotas a leste. Amelia reduziu a velocidade e elevou o *dronecar*. Desta vez, com atenção. Divisei as sombras dos navios mortos mais escuras que a noite. Uma centena, pelo menos. Logo estavam sob nós, como mausoléus.

— Aquele — ela apontou. — O das quatro cúpulas.

O gaseiro *Temiminó* jazia perigosamente adernado a bombordo. Entre cargueiros arruinados e um petroleiro quase submerso. Em linha no convés, quatro tanques esféricos de gás natural elevavam-se como catedrais. O navio irradiava perigo em sua extrema oxidação e demarcada imobilidade.

— Espero que Netuno goste de ler, pois está para receber uma biblioteca.

— O *Temiminó* se protege — disse Amelia com um sorriso. — Os tanques funcionam como balões.

— O otimismo também.

O gaseiro estava mesmo muito inclinado. O *dronecar* baixou sobre um cargueiro adjacente, mas não pousou. Saltei com algum embaraço. A chapa estalou sob os meus pés e levantou uma poeira de ferro e ruína. Amelia fez sinal de calma, esfregou o nariz, manobrou e partiu.

O cheiro de ferrugem, óleo e estagnação me alcançou. O vento salgado e desagradável era denso. Ouvi o réquiem de metal rangente, o arrastar de bordo contra bordo, a lenta refrega de navio contra navio à mercê das pulsões da maré. Reverberando como o bramido de monstros que agonizavam. Ou como o lamento dos fantasmas de baleias mortas. Caminhei inseguro e debrucei-me sobre o bordo. Não me atrevi a saltar para o *Temiminó*. Ultrapassei a amurada, agarrei a borda, deixei o corpo pender e, no limite, tomei um ligeiro impulso.

Cai no costado oblíquo do gaseiro e escalei o convés. O *Temiminó* parecia mais sólido do que afiançava a desolação. *Technodrags*, *hã?*, pensei. *Maquiaram o navio*. As cúpulas eram portentosas. Calculei um espaço de notável proporção na dimensão esférica.

Ma mère l'Oye acenou junto à superestrutura na popa. Como um Virgílio a outro Dante, guiou-me pelo labirinto sombrio dos compartimentos internos. Tão inclinados que não podíamos utilizar as escadas regulares para alcançar o porão. Descemos por escadas de corda.

— Gostou da Amelia Lamarr? É a bibliotecária. As bibliotecárias sucedem a rainha.

— Voando daquele jeito, não.

Ma mère falou da *mona* prisioneira com irritação. Se entendi bem, comparou a morena ao *Temiminó*. Insegura por fora, sólida por dentro.

— A *trabalhada* é toda *vitaminada* — disse. — Não sabe como o *enxerto* vai terminar, mas não quer saber de *ajeum*. Quer pílulas, sintéticos, desidratados. Um *aqué*, Felipe, a *amapoa* é *rica*. Sequestrada e preocupada com os *Pirelli*. Por isso é que ela não tocou no veneno.

— Ma mère l'Oye, aquilo não era "veneno".

— Explica pro anão.

O porão abriu-se em um vão que abarcava a largura do navio. Berço dos reservatórios de gás. Cada tanque recebera uma escotilha para tornar-se um aposento estanque. As adaptações não eram o primor da engenharia. Um exagero de solda contornava a irregularidade dos recortes. No entanto, pareciam seguras. Ma mère l'Oye conduziu-me ao primeiro compartimento.

— Você já sabe, technodrags *não torturam* e *não admitem tortura* — disse. — Você tem um plano?

— Sempre. Questão de princípio.

— O que vai fazer?

— Persuadir. A segurança da *amapoa* é a beleza excepcional. Sou imune.

Ma mère l'Oye fixou-me com a incredulidade de um Stephen Hawking diante do desenho da Arca de Noé. Os lábios se abriram e desistiram. Ela me deu um tapinha nas costas.

— Gênio, Felipe, gênio. Vai dar tudo certo. Bem-vindo à *Biblioteca de Fedro* — disse, abrindo e trancando a escotilha à minha passagem.

A luz indireta na biblioteca escapava de luminárias e abajures e formava mosaicos. As estantes tomadas de livros não acompanhavam a curvatura dos tanques. Eram prateleiras sustentadas por arames de aço desde o teto, próximas umas das outras. Eu teria suspirado se fosse humano. A multidão irregular e matizada das lombadas e volumes; a conjunção das retas agregadas à curva; as irregularidades suspensas no vasto arco da abóbada; a intermitência na simetria inalterável da esfera: nunca vira espaço semelhante.

O fechamento da escotilha ecoou forte, mas a reverberação foi abreviada. Havia um sistema ativo de cancelamento de ruído. Quando o eco morreu, ouvi o silêncio inconversível de que falara Amelia Lamarr.

O silêncio era lindo.

A atmosfera recebia algum tipo de tratamento. O ar rescendia de leve a feno ou lúpulo fresco. Nem sinal da umidade que se poderia esperar. No piso, estruturas de madeira e aço, cobertas por tapetes sintéticos de surpreendente beleza, alternavam-se para compensar a curvatura do tanque. Havia mesas, almofadas e divãs.

Em um dos divãs, perigosamente bela e lânguida, jazia Nina de Braga Fraga. A falsa. A beldade usava o vestido mais vaporoso em estilo árabe, óbvia cortesia das *technodrags*. Falsa como o diabo, diria Simão. "Branca como a neve que cai sobre as montanhas da Judeia", diria a Salomé de Strauss. Os cabelos, antes platinados, agora eram "como cachos de uvas negras das vinhas de Edom". Seus olhos cinza-azulados me encararam "como lagos nos quais resplandece o errante luar". Persistia a combustão intimidante nas pupilas, muito próxima da loucura. A boca, "um cinto escarlate sobre uma torre de marfim", chamou o meu nome.

Meu verdadeiro nome.

31. KUNDRY

Richard WAGNER
Tristan und Isolde
Act III. Prelude

— Biblion — chamou aquela Nina, espreitando os sinais de minha reação.

— Faz tanto tempo que não ouço este nome que quase me esqueci dele. Meu Mestre me chamou assim uma vez.

— É o nome que os demiurgos da companhia lhe deram. Biblion HSD-8885.

— βιβλιον. *Livro*. Minha designação e número. E qual o seu nome?

— Eu tenho muitos nomes, mas não sou compreendida. — Ela modulou a voz de anjo. — Eu sabia que você viria. O desejo de saber o trouxe aqui.

— Você me reconheceu na Ponta da Joatinga?

— Eu o esperava.

— E o que mais?

— O que eu sei? Só o que ouvi. Andvari disse atrai-lo. Era necessário que você estivesse no *Die Nibelheim* naquela noite, na hora determinada.

Ele o estudou, eu aprendi. "Operação *Der reine Tor*". Levar o tolo inocente aos Jardins de Klingsor.

— É o que eu sou? O tolo inocente?

— Você faz jus a outro título? Chegou até aqui sem entender.

— Se tenho você, agora saberei.

Ela riu. Houve o eco e logo depois o silêncio. O riso era familiar.

— O que eu sei? Não tenho o desejo de saber. Não me perdi na floresta procurando um jardim. Mas você, Biblion, *precisa* saber. O entendimento transforma a tolice em sensatez.

Ela se moveu no divã. Creio que em minha direção. A perfeição do corpo se deslocou sob a transparência do traje. A luminosidade realçou a rigidez e as sedas. A bela, as lâmpadas, o acervo e a cúpula da biblioteca compunham um magnífico quadro operístico.

— Uma coisa que você não sabe, Biblion. O amor ensina a conhecer.

Eu poderia tentar um gracejo, hã? Mas o riso é humano e eu sou um golem. Muitas coisas já não tinham interesse. Ela parecia invencível. E eu era o tolo sem santidade.

— Diga-me, o que está pensando? — perguntou, como se adivinhasse. — A confissão é o fim da culpa e do remorso. Nós somos íntimos, Biblion. Você matou o meu homem.

— Seu homem era um criminoso. Acreditava em venenos e acreditou nos sintomas. Morreu de consciência profissional. Isso o absolve, em parte.

Ela gargalhou. Uma nota aguda, prolongada como um grito. E três risadas mais graves, que pareciam girar.

O *riso de Kundry* no *Parsifal* de Wagner.

A feiticeira tocou os cabelos com a ponta dos dedos. Afastou-os para o lado & expôs o rosto. Os ombros tremeram naquele instante.

Um arrepio de frio ou excitação, nada mais. E foi como uma ferroada. O imponderável entre a sensualidade, a luxúria e o ultraje. Mas foi sobretudo… uma leveza. "O que aconteceu comigo, Kundry? Como você paira sobre tudo aqui?"

— Teria eu amado Andvari se o Eu de Andvari fosse igual ou menor que Andvari? — murmurou. — Agora só posso odiá-lo. Levou uma fortuna para a cova e me deixou nua. Você, meu tolo, meu menino, você me quer? Eu não lhe daria o que sou porque sou só de mim mesma. Mas lhe daria o que sei. O amor ensina a conhecer.

Falei sem pensar.

— Você não sabe nada, Kundry.

— Kundry? Eu? Eu, Kundry.

De novo a risada de Kundry. Um golem mais fraco ficaria perturbado.

— Andvari era um profissional — eu disse. — Você só ouviu o necessário para me levar ao *Die Niebelheim*. Eu não preciso saber de mim. Não existe assunto que eu conheça tão bem.

Dei-lhe as costas e caminhei para a saída. Eu precisava. Ela me chamou como quem canta.

— Parsifal. Espera.

— Para quê? — perguntei, com a mão trêmula na roda da escotilha.

— Parsifal, tolo inocente, distante é a minha terra. Eu o esperei aqui, neste *byte* de tempo e espaço. O que o atraiu, senão o desejo de saber? Eu sou a primeira possessa. A bruxa primeva. Eu sou a Rosa do Inferno. Fui chamada de Herodíade e de Gunnr. Você me encontrou porque permaneci. Eu venho de longe e ouvi muito.

Girei a roda da escotilha.

— "*Cyberhostess* Freia lhe deseja uma experiência interessante" — sussurrou. — *Cyberhostess* Freia tem o que você deseja melhor do que você deseja."

Me voltei. Ela fez um floreio com a mão delicada.

— Eu sou a flor mais rara do jardim de Klingsor. O ouro nas forjas do Nibelheim.

— Quem é a *Cyberhostess* Freia?

— *Cyberhostess* Freia é um avatar. Eu conheço a mulher. Se você me amasse, levantaria o meu véu. O amor ensina a conhecer.

— O que você quer?

Ela fez silêncio e esperou. Me aproximei, mas não muito. Eu era o prisioneiro da cativa.

— Biblion, eu quero o que você quer — ela disse, parecendo delirar. Deliciada com o momento e cada palavra. — Eu o esperei, você me encontrou. Você não me engana. Eu venho de muito longe, onde tenho visto muito. Por que não se abrigou? Por que chegou até aqui? Agora quer descer à caverna mais funda do Niebelheim. Não descerá, ouça: você há de subir; há de subir do abismo. Sei o que você quer e quero também. Tecnopoder.

É claro que as *technodrags* estavam ouvindo. A escotilha gemeu segundos depois. Ma mère l'Oye passou por mim com uma espingarda de cano cerrado. Às minhas costas ouvi um ferrolho rotativo empurrar um cartucho. Ergui os braços antes de olhar. Da escotilha, secundada por duas *technodrags* armadas de pistolas, Claudia Shane me apontava um fuzil. A expressão seria suficiente para blindar a passagem.

— Puta safada, *racha* maldita — rugiu Ma mère a dois passos de Kundry. — Diga o nome da *Cyberhostess*, concubina do diabo.

Kundry gargalhou. Modulou a nota aguda prolongada e os três risos graves. Não parou mais. O *moto perpetuo* de histeria causou um cânone de reverberação. O sistema antirruído atenuou, mas não podia suprimir. O incêndio nos olhos cinza-azulados se alastrou pelo corpo. O ato obsceno virou um frenesi. Uma convulsão de alegria, desejo e desdém por tudo o que não era Kundry. Um golem mais fraco ficaria perturbado.

Ma mère l'Oye engatilhou a espingarda.

— *Racha* dos Infernos — disse. — Vou atirar.

Ma mère já não estava gritando. O tom era o de quem dava uma má notícia. Kundry compreendeu o perigo e se deleitou. A exaltação recrudesceu. As risadas na abóbada converteram-se em uma tempestade. Não teríamos suportado sem alguma atenuação. Ma mère l'Oye me fixou como quem pede desculpas. Então, sem hesitar, se voltou para Kundry e apertou o gatilho.

O tiro de calibre doze troou na esfera de aço como um cataclismo. A carne, o joelho e os ossos de Kundry se desintegraram. O segmento amputado girou. O sangue manchou Ma mère l'Oye e uns tapetes. A voz de Kundry emergiu da ressonância. Gargalhadas, choro e urros de dor. Que piada monstruosa era aquela?

Ma mère l'Oye, trêmula, engatilhou a espingarda.

— Diga quem é a *Cyberhostess* — gritou em desespero. — Eu faço a dor ir embora. Eu acabo com a dor.

Não contei quantas vezes Ma mère l'Oye prometeu o fim da dor. Kundry desprezou-a em um êxtase de prazer e agonia. Ma mère quase apertou o gatilho. Ela me encarou desamparada e eu fiz que não. *Precisava* saber.

A feiticeira ornada de sangue persistiu o quanto pôde em seu orgasmo. A última risada desandou em um gemido. Restou o estertor dos moribundos & o cio.

— Noite profunda… delírio… sono… sono profundo… morte… o eterno sono, única salvação…

— O nome, Kundry — pedi. — O nome.

Ela me encarou sem ver. Os olhos cinza-azulados perambularam dentro de si. Por fim, murmurou.

— Kublai-chan… — E se voltou para um lugar em que Ma mère l'Oye não estava. — Agora, vadia.

Reconheci "Kublai-chan" como um outro tiro. Depois, ouvi um terremoto. O rosto sublime de Kundry se despedaçou. A boca escarlate desapareceu. Um globo ocular subiu como a lua errante. Os cachos de uvas negras derramaram-se no tapete. A neve da pele se cobriu de vermelho.

Ma mère l'Oye me apontou a espingarda engatilhada um segundo depois. Estávamos desnorteados e surdos. O cano carregado balançou de um lado para o outro. Infelizmente, eu também.

— Claudia — ela gritou, acima do tremendo eco. — Tranca a biblioteca.

A escotilha rangeu. A roda girou. Sem piscar, Ma mère l'Oye esperou que o sistema aplacasse o estrondo.

— Seu arrogante — trovejou, arfando de ódio e medo. — Arrogante e dominado pela *amapoa* do Inferno.

— Ma mère l'Oye…

— Eu vi e ouvi tudo nessa *podreira* — interrompeu, quase disparando.

— Ma mère l'Oye, você profanou a biblioteca. Foi um erro. Eu estava no controle.

Ela cuspiu. Entendi que precisava ter cuidado. Ma mère l'Oye desempenhara o mais difícil dos papéis. A execução de Kundry era a imolação do seu espírito. Um autossacrifício ético lastreado pela lucidez e pelo terror. Em meu drama, ela era Brünnhilde.

— Andvari se escondeu no *ilê* da *Kopf des Jochanaan* — ela disse. — É o tecnopoder deles. Sabíamos que o dia chegaria. Para nós, *Technodrags*, herdeiras das *Caricatas*, tecnopoder não tem graça. É plutônio. Nós odiamos, nós tememos. A ordem é impedir, ou possuir para impedir. Custe o que custar. — De novo ela cuspiu. — Me dê uma razão para deixar você viver, Felipe. Uma só.

— Ma mère l'Oye, eu fui usado. Não sei o que houve. E ainda que soubesse, seria um desrespeito discutir com você o que eu não mencionei à rainha. Eu ofereci uma imensa quantia às *technodrags*. Não aceitei um grão de purpurina. Nenhum *bit*. — E blefei com o comentário de Amelia Lamarr. — Você pode acrescentar meu desinteresse ao que viu na floresta e no *Neitotepe*. Sou um mau golem, Ma mère l'Oye. Mas não sou mentiroso.

O dinheiro é uma hipótese. Pode ser qualquer coisa. Uma subjetividade que intervém em todas as questões humanas. Fiz um cálculo ao abdicar do tesouro das *technodrags*. A confiança mais cara que alguém já comprou. Não recorri a análises preditivas. Não processei dados probabilísticos intrincados. Foi *intuição algorítmica*. Se Ma mère l'Oye tirasse o dedo do gatilho, sairia barato.

— Quem é Kublai-chan?

— Nunca ouvi o nome em minha vida, Ma mère l'Oye. Mas, se você me deixar viver, vou descobrir. Prometo.

Humanos não sabem ouvir. Estão concentrados no Eu. Ou ocupados falando do Eu. Como Kundry, que tagarelava demais e só abriu os ouvidos com a calibre doze. Eu não ofereci nenhuma substância à Ma mère l'Oye. Mas ela abandonou a espingarda & esmagou seus lábios contra os meus. Desta vez, com mais furor que Salomé.

Humanos, hã? O mais inteligente deles não pode ser pedante.

*

A perfeição destroçada de Kundry foi lacrada em um velho tambor de petróleo. O metal estava corroído na base. O cilindro caiu na Baía de Guanabara e adernou como um navio condenado. Uma fenda borbulhante abriu-se à sua passagem para o fundo. O mar cobrou o que era seu no mesmo instante. Não restou nenhuma interferência na ordem da Baía estagnada. Nem Kundry nem mito nem seu verdadeiro nome.

*

Amelia Lamarr resgatou-me, mas não se atreveu a me deixar em Copacabana. Tomei um táxi terrestre no Rio Velho. Carlos Čapek foi averiguado três vezes pela polícia do Regime.

Os terroristas estavam em voga e eles queriam um.

32. DETETIVE

Arnold SCHÖNBERG
Sechs Orchesterlieder, Op. 8
III. Sehnsucht

Kublai-chan. O apelido mais íntimo e atrevido de Maristela Magdala de Assis. A diva do mercado financeiro. O cérebro acima e à frente da *Míngxīng Holdings & Investimentos*. Contatos em todas as esferas do dinheiro e do Regime. Duas festas por noite. Patrocinadora de artistas, desenvolvedores de próteses experimentais e, sussurrava-se, dos mais graduados potencializadores de drogas. Consumidora contumaz, sussurrava-se, de κάθαρσις, *arre.bat* e *arre.exe*, as drogas mais cobiçadas do mundo.

A primeira cliente do detetive Felipe Parente Pinto.

Depois de favorecer minha *saída* por sua intervenção direta, meu Mestre, o desembargador, anunciou o retiro. Como declarou a amigos fiéis, "farto de ver o Judiciário de joelhos". Um dos advogados mais respeitados do país o visitou. E entre memórias e amenidades, perguntou se o Mestre conhecia um detetive confiável. Coisa banal. O adultério prosaico entre figuras da alta sociedade. Ninguém estava buscando um Sherlock Holmes ou um Nero Wolfe, mas um profissional qualificado pela discrição. Nas palavras do advogado, "quem quer ser chantageado quando já é corno, doutor?"

Sim, o Mestre conhecia o homem. E foi assim que Felipe Parente tornou-se detetive e criou a *Sigilo & Lógica*. Não por vocação, mas por circunstância. Meu Mestre deu-me a liberdade, sua confiança e um meio de vida. Mais do que milhões de homens jamais receberam desde a alvorada da espécie.

O Mestre estava seguro de que eu seria cuidadoso. Disse que eu deveria cobrar caro, até em razão de sua chancela. E foi assim que dei entrada no velho *Demoiselle* de seis giros *Rotax* e estabilizador *VaR-7d*. Uma máquina, eu sei, mas para a humanidade é tudo o que eu sou. Qual a utilidade do Delta com cirrose do Inferno XV, hã? Prestei um favor ao velho e ao mundo quando o explodi. Só lamento pelo meu *Demoiselle*.

Exauri a bibliografia da profissão de detetive em poucas horas. Não por minhas capacidades, mas porque era exígua e repetitiva. Me apresentei ao advogado em seu escritório no horário heterodoxo que o doutor impôs. Fui entrevistado e aprovado. Recebi os dados e o holograma do marido infiel. Ouvi recomendações cevadas de ameaças, digo, *advertências* sobre o imperativo de ser discreto.

O escritório representava algumas das maiores empresas do país. Maristela Magdala de Assis não era a cliente mais importante, mas a de maior trânsito e conexões. Uma mulher que acreditava em amizade e favores pessoais. E que teceu uma rede espontânea de proteção em torno de si. "Maristela abre caminhos", ela mesma dizia. Os outros repetiam porque era verdade. O empenho de seus advogados me pareceu um ajuste de reconhecimento. Algo além do dever.

Sei que a gratidão é o gesto mais raro da História do mundo. Não é própria do homem. É uma moralidade desconsiderada. Foi assim que o caso me interessou.

Eis a síntese. Quando a grande dama decidiu casar-se pela quarta vez, os doutores blindaram-na com um zelo feroz. O passado do noivo vinte e dois anos mais jovem inspirava precaução. Maristela se entendeu infeliz em poucos meses. E estava convicta de que o rapaz transgredia a cláusula decisiva do acordo nupcial com uma ruiva. Provei que estava enganada.

Era ruivo.

Em razão da descoberta, a diva quis ouvir o detetive. Fui convocado ao escritório e ameaçado, digo, *advertido* por uma banca inteira de advogados. Entendi que o encontro era o capricho do qual Maristela não pôde ser dissuadida. Três doutores me escoltaram à gigantesca suíte de hotel em São Paulo. Um deles mencionou "Kublai-chan", não pude deixar de ouvir. Maristela mandou-os passear. Fui recebido privadamente.

Maristela Magdala de Assis era uma personagem de Dickens, rasa ao primeiro olhar. O *Fantasma da beleza pretérita* & do hedonismo & do fátuo. Uma mulher muito madura, mas de idade inconclusiva. Uma valquíria ossuda de bochechas pontudas. Cor de cal e de cabelos cor de milho. Um metro e oitenta e cinco de altura adulterados por cirurgias. Ainda assim, me pareceu, muito atraente.

Sei que ela me *percebeu.* Vi o reconhecimento instantâneo. O espanto, a análise, a confirmação. Não gritou nem me denunciou nem julgou. Seu estoicismo era desconcertante.

A diva observou os hologramas do Adônis ruivo com sobriedade. Fez perguntas diretas e inesperadas sobre os eventos que eu havia testemunhado. Entendi que não pretendia ser abrandada, queria os fatos. Respondi com franqueza e sem rodeios. Entreguei todos os detalhes que pediu, sem julgamento. Por fim, me estendeu um copo de uísque do melhor. Recusei *pro forma*.

— Mas o amigo não bebe? — insistiu.

— "Não tentem me deter" é o meu lema, madame.

— O amigo então bebe comigo.

— Certamente, madame.

— Sabe, eu não tive a sorte dele.

— Perdão?

— Meu marido tem um Apolo e eu só tive o meu marido.

— O rapaz é um idiota lapidado, madame.

— Quem?

— O amante.

— Meu marido também é. Eu poderia ter dado a ele o mesmo brinquedo. E ele sabe disso, temos outras histórias. Acredito em confiança e mostrei a minha primeiro. Que o marido de Maristela não confie em Maristela, isso eu não posso perdoar.

Ela chutou os sapatos e recolheu as pernas no sofá. Parecia cansada. Encarou-me sem se alterar com minha resistência inicial e desconforto. Como diria Ma mère l'Oye, era sólida por dentro.

— Há quanto tempo o amigo está nesta vida?

Ela falava de Felipe Parente Pinto, golem em pele de homem.

— Sou detetive há pouco tempo, madame.

— Ah, sim? A última coisa que o dinheiro pode comprar é a sinceridade. Gostei do amigo. Quero o seu contato. Existem coisas que uma mulher travessa não precisa contar aos seus advogados. A gente vê que pode confiar no amigo só de olhar. Se precisar de mim, contate os amigos do escritório. Eu au-to-ri-zo. Maristela abre caminhos.

Em poucas palavras, Madame de Assis forçou um pacto de sigilo. Ela nada diria aos advogados sobre o detetive golem. Eu não diria nada sobre coisa alguma. O admirável é que não houve ameaças ou insinuações. Ela tinha o que ensinar aos seus advogados.

— Certamente, madame — assenti, deixando claro que entendia minha posição. — Muito agradecido, madame.

E foi assim que tomei um uísque com Maristela Magdala de Assis.

*

Felipe Parente era um defunto procurado. Carlos Čapek não podia invocar Maristela, nem se aproximar de alguém tão importante. Logo, haveria risco e truculência. Eu só precisava confirmar as relações entre a diva e *Kopf des Jochanaan*. Nada encontrando nas redes e bancos de dados, tentei Lisístrata.

A lésbica solipsa solipsista rejeitou todas os modos de conexão. Consegui persuadi-la enviando textos codificados. Um apelo ao seu Champollion interior. Quando ameacei ir ao *bunker* golpear o alçapão até ser ouvido, o *mediaone* chamou.

Como diria um poeta, sua alma fervia. Lisístrata despejou um bilhão de insultos pelo meu atrevimento. E leu o catálogo geral das minhas faltas. Tentei retrucar, mas desisti. O argumento definitivo foi certa quantia em criptomoedas. Uma perspectiva de imersões, drogas e isolamento. Ela aceitou, mas recusou o armistício. Desdenhou o meu afeto e impôs distância. Isso foi o mais caro de tudo.

Esperei no *habitat-com* sentado na vaga do *dronecar* que já não tinha. Observei uma movimentação incomum nos céus da cidade infiel do Rio de Janeiro. O trânsito intenso e atípico dos *dronecars*. Depois, me distraí com o oceano que requisitava Copacabana de volta. Os acréscimos ao dique não estavam funcionando. O Atlântico não *pediria* por muito tempo.

Foram quase seis horas até Lisístrata informar o que eu já sabia. O sistema da *Míngxīng Holdings & Investimentos* era inviolável.

— Não consigo passar daqui — disse Lisístrata, evitando me chamar de HF ou Baby H. — Preciso de mais tempo ou de uma senha, e você não tem nenhum dos dois.

— Não, não — respondi. — Eu tenho a senha.

Ela arregalou os olhos verdes e rosnou. Estava aprendendo a me detestar.

— Porra, por que não me deu a senha antes?

— Eu precisava ter certeza de que você não poderia violar a proteção. É um indício de *Kopf des Jochanaan*.

Houve silêncio. Creio que se sentiu lisonjeada.

— Me dá a porra da senha, Heráclito.

— "Salomé". Com e sem acento.

— Não.

— "Strauss".

— Não.

— "Richard Strauss".

— Não.

— "Herodes".

— Não.

— “Herodes Antipas”.

— Você não tem nada, está adivinhando.

— “Herodes Antipas, Tetrarca da Judeia”.

— Não.

— Em alemão. “Herodes Antipas *Tetrarch von Judäa*”.

— …

— Li?

— Funcionou… mas ele pediu outra senha.

— Tente “Segunda Escola de Viena”. Também em alemão.

— Não.

— Os membros da Segunda Escola. Schönberg, Berg, We…

— Eu sei quem são — interrompeu com rudeza.

— Tente individualmente e em conjunto. Altere a ordem.

Esperei.

— Não. Não funcionou.

— Tente os nomes completos, Lisístrata.

— Arnold Schönberg, Alban Berg, Anton Webern?

— Boa garota.

— …

— Funcionou?

— …

— Você não precisa procurar mais. Maristela Magdala de Assis é acionista da *Kopf des Jochanaan*.

Ela desconectou sem se despedir.

33. KUBLAI-CHAN

Richard STRAUSS
Vier letzte Lieder
I. Frühling

Cyberhostess Freia era a esfinge. Kublai-chan, o apelido velado. Maristela Magdala de Assis, uma celebridade. Descobri o local em que bebia a *saideira*. O gole antes da ressaca. *Reinhold Glière*, o restaurante russo mais antigo do Rio.

O *Glière* jazia em um centro histórico e gastronômico. Duas quadras do Leblon fortificadas como uma cidadela particular. O abandono e a degradação da Zona Sul legitimavam as muralhas. Os ricos desdenhavam o risco de assédio, mas a pobreza e a decadência são indesejáveis à hora do jantar. Os muros estavam bem guardados. A proteção interna era decorativa. Como segurança é uma percepção, muralhas e homens de terno aqui e ali justificavam o preço pornográfico do arroz.

A escolta pessoal de Kublai-chan me preocupava mais.

Venci aquela Linha Maginot do Leblon mais ou menos pela técnica alemã. Não havendo lados que pudesse contornar, passei por baixo. Penetrei o burgo por uma antiga galeria pluvial. Ratos, hã? Se metem em tudo.

Usei um traje de motociclista completo. Balaclava e uma máscara menor, com filtro antipoluição. Segui a pé pela madrugada esquecida. Cinco ou seis quilômetros de Copacabana ao Leblon. Esquivei-me de uma patrulha do Regime e desci à galeria, não muito longe da cidadela. O ar nos túneis era úmido e pesado. O foco da lanterna descobriu ratos e homens de olhar perdido. Os roedores tomaram-me como igual, os homens tiveram medo e fugiram de mim.

Ultrapassando as fronteiras, subi e forcei a tampa de um bueiro. Encontrei uma rua arborizada, vazia e asséptica. Tudo parecia recém-pintado. Os bares e restaurantes estavam fechados. Me esgueirei para espreitar a esquina e encarei uma sentinela. O golpe no peito esvaziou o grito. Um tranco arrastou-o para o meu lado. Humanos, hã? Têm sono fácil sob certas condições.

Perdi algum tempo escapulindo de seguranças distraídos. Até que deparei com o *Reinhold Glière* sob esplêndida luz. Na calçada fronteiriça havia um *SUV* do tamanho de um tanque. Um mastodonte retrô inspirado no *Suburban 1937*. Os dois agentes nos degraus do restaurante pareciam os filhotes. Kublai-chan deve ter vindo de *dronecar*, pensei, mas lá estava a escolta terrestre. Não havia outros carros. Os veículos só eram admitidos na cidadela sob condições especialíssimas. Kublai-chan era especial*íssima*.

Desloquei-me em segredo o quanto pude. Quando me mostrei, corria como uma locomotiva em direção aos seguranças. Alguém acreditaria se eu dissesse que não me restringi por respeito a eles? Eu também não. Bati com generosidade.

O primeiro filhote de mamute se arremessou contra mim. Voou da escada para o capô do *SUV*. Pousou com a graça de um albatroz e escorreu para o chão. O segundo me acertou três golpes em sequência antes de penetrar o salão do *Glière* pela vidraça. Felizmente, para ele, já estava dormindo. Ignorei o suposto motorista no veículo. Minha abordagem era a velocidade de ataque.

Improvisos, hã? Melhores que os meus planos.

Entrei no *Glière* como todo mundo, pela porta da frente. Meu tipo de lugar. Mais nostálgico que propriamente luxuoso, com luzes indiretas acolhedoras e suaves. Em uma mesa afastada, indiferente a tudo, Kublai-chan era a última cliente.

O comitê de três seguranças me fixou com alegria pouco sutil. A ânsia subalterna de exibir habilidades aos olhos da patroa. Pelo estado em que os deixei, ninguém foi escolhido "O funcionário do mês".

O primeiro cavalheiro pareceu maior que o *SUV*. A confiança tranquila com que se adiantou foi um insulto. Não sei se chegou a entender que eu era um golem. A expressão mudou quando ergui a perna esticada sem aviso e sem impulso. Houve o ensaio para aparar o golpe, mas não houve tempo. Atingi a virilha. Ele se elevou a dois palmos do chão. Vi o desespero antes da dor, mas provei o seu brio. O cavalheiro golpeou-me duas vezes antes que o sofrimento o anulasse. Explorei o ângulo de seu corpo dobrado e parti uma mesa com ele.

O segundo distinto surgiu logo atrás e socou o meu rosto, o belo rosto de Carlos Čapek sob a balaclava. Golpe espantoso. Edição genética de primeira. Eu teria entrado em coma se fosse humano. Um dos filtros antipoluição saltou. O distinto também saltou um segundo depois. Perfurou o teto rebaixado, mastigou um pouco de plástico e desabou sobre um par de mesas. Ele reagiu com pontapés de *bokator* cambojano na melhor tradição *khmer*. Bom agente. Estudioso. Custou a dormir.

Quando uma das mesas ruiu, entendi que eu não seria popular no *Glière*.

O terceiro segurança, um petulante, sacou uma daquelas pistolas "compensatórias", hã? Era um estereótipo. Careca como um ovo, peito hipergenético, cara de burro. Um Andvari três vezes maior e com os braços iguais. Juro que estava sorrindo. A perspectiva de *desplugar* o golem alegrou o patife. Saltei para o lado, tomei a bandeja do garçom e arremessei como um *frisbee*. Despedacei seus dentes com o biscoito inoxidável. Por ironia, ouvi estilhaçar a garrafa de *Remy Martin Louis XIII* que estava na bandeja. É possível que eu tenha exagerado; é acurado dizer que alegrei um protético. Em três passos apertei-lhe o pulso, tomei a automática e apliquei a anestesia.

— Boa noite, *Ciberhostess* Freia — cumprimentei. — Soube que a senhora anda diversificando.

Kublai-chan observou-me muito entediada e mais ou menos bêbada. O *Veuve Clicquot* à deriva no balde de gelo era uma melancólica evidência. A dama indicou a cadeira à sua frente com o *Cohiba* robusto pela metade. Ignorei. Sentei ao seu lado, pronto a usá-la como escudo. O óleo na pistola do agente manchou a toalha da mesa.

O que devia ser o motorista do *SUV* irrompeu com uma metralhadora portátil. Não poderia fazer nada, mas podia ter vindo antes. Kublai-chan fixou-o com apatia e soprou um Vesúvio de fumaça azulada.

— Agora?

A voz vertia mais desprezo que irritação. O desamparo do sujeito foi o *pièce de résistance*. Ela não abrandou.

— Se o rapaz quisesse fazer mal, estaríamos todos Φ, seu Φ de Φ. Agora ele é *meu* convidado. Some, Φ, some.

Ouvimos a aproximação do resgate aéreo.

— Mande esses Φ voarem com você pra Φ. Que Φ, Φ.

As babélicas riquezas vocabulares expressivas de Kublai-chan rescendiam a álcool. Em seus lábios não incomodavam, eram naturais. Como a transcrição objetiva causaria a impressão errada, substituí as *interjeições* pelo Φ maiúsculo, coisa que aprendi com Lacan. Que pessoa fascinante, Kublai-chan. Tinha classe. Mesmo em seus excessos.

O motorista se apressou. O resgate aéreo afastou-se logo depois. Kublai-chan apoiou os cotovelos na mesa e suprimiu um delicado arroto. Sorriu com cumplicidade.

— Quem é você, mascarado?

Repeti uma velha frase.

— "Existem coisas que uma mulher travessa não precisa contar aos seus advogados. A gente vê que pode confiar no amigo só de olhar."

— Ah, você. Um pouco lento, hein? O amigo já devia ter aparecido.

— Tive um *pequeno* contratempo. Sei que madame entende.

— Ah, sim? Você acredita que ele não era má pessoa? Eu gostava dele. Andvari cantava Verdi e adorava cozinhar.

— *Rigoletto*, hã? Sempre funcionou melhor em gravações do que no palco.

A diva riu.

— Que sorte da Φ você aparecer. Eu estava tão entediada... — Ela abarcou o salão com mesas e seguranças quebrados. — Obrigada pela diversão.

— Foi um prazer, madame.

— Eles têm uma vodca ótima que eu detesto, mas o conhaque que você arruinou é bom demais. Deve haver outra garrafa. — Ela acenou para o garçom congelado no salão. Um senhor grisalho, muito distinto.

— Akkaki? Akkaki? Por favor, temos mais *Remy Martin*? Ah, sim? Pra mim e pro rapaz de máscara. — Ela me encarou. — Homens de máscara são românticos porque homens bonitos são raros. Não tire a sua.

O segurança atingido na virilha gemeu no tapete macio.

— Senhora...

Kublai rugiu.

— Estevão, seu Φ do Φ. Levante a Φ dessa Φ, recolha a Φ desses trastes e procure a Φ do médico. — Ela apontou o homem engasgado com o biscoito inox. — Esse Φ está sujando a Φ do tapete todo. — E se voltou para mim. — Não repara, querido. Sou sócia da casa e detesto sujeira.

O garçom retornou. Mesmo tremendo, não abdicou dos rituais. Os cálices bojudos foram aquecidos com uma vela, servidos e agitados. Ele me lançou um olhar enviesado ao colocar a garrafa no centro da mesa. Esperei que os seguranças se arrastassem para fora. Tirei o que restava do filtro antipoluição e ergui a balaclava até o nariz. Brindamos.

— Que Φ boa — disse Kublai depois de provar. — Em que posso ser útil ao amigo? Maristela abre caminhos.

Sorri. A única reação aceitável.

— Madame não sabe?

Ela sorriu de volta. Reaqueceu o conhaque na vela e soprou uma baforada de *Cohiba* no cálice.

— Primeira regra do mundo em que vivo, não tente adivinhar. Nunca. Espere que o outro fale. Escute o que ele diz e mais ainda o que não diz. Em qualquer conversa a omissão deixa buracos. Mas lembre-se, o que faltar não é a verdade. Não confunda a ausência com a verdade. É aí que as coisas perdem o sentido. Não - tente - adivinhar.

— O que é a verdade, madame?

— Eu não sei o que é a verdade. Por que deveria? Ninguém está procurando.

— Eu estou, madame.

— Será que o amigo ainda não percebeu que a vida e o mundo não têm mais sentido? Perdemos o sentido de tudo. Depois que acabar, o que *sobrar* deve ser a verdade.

— Por que eu, madame?

Ela assentiu. Serviu mais bebida.

— Você vai ter que perguntar a ela. Sabe de quem estou falando, não sabe?

— A esta altura, creio que sim. Ela é o que sobrou.

— Você acredita que começou como uma diversão? Ela é programada em *kunyaza*. Uma tradição erótica da África Central.

— Para relações heterossexuais, madame.

— Hum, estamos informados, hein? Mas as coisas se transformam, querido, mesmo quando não evoluem. — Seguiu-se um suspiro real e espontâneo. — Ah, a Φ dos peitos Φ da Φ. Um brinde aos peitos. Gosta de peitos? Me acompanhe, sim?

Lá fomos nós de novo. Ela enxugou a metade de uma lágrima no canto dos olhos, sorriu e piscou. Depois sugou o *Cohiba*. Falou entre ondas de fumaça.

— Minha avó tinha mais dinheiro que Deus. Eu tenho mais que a minha avó. Não precisava aumentar tanto o espólio. Eu poderia perder o sono com isso e gosto de dormir até tarde. Mas ela transformou minhas previsões de mercado em dinheiro. O amigo não sabe o que é ter dinheiro, sabe?

— Não, madame.

— Como eu posso chamar o amigo?

— Felipe. Felipe Parente.

— Que delícia. Que Φ deliciosa. Você era belo como Felipe II, sabia?

— Ouvi uns boatos.

— Eu sou muito romântica. Não tire a máscara, sim? Não se incomode com ela.

— Obrigado, madame.

— Felipe, você não imagina quanto vale o meu tempo. Aprenda comigo, Maristela abre caminhos. Se você não é santo nem cínico, é infeliz. Mesmo que seja burro demais pra perceber. Eu prefiro ser infeliz com dinheiro, entende? É um hábito de infância. Uma vez, fui chorar na Suíça, e, quando abri a porta, estava na Suíça. Entendi tu-do. Minha avó sempre soube. Ela enxergou o limite da riqueza num planeta de Φ. Quarenta mil quilômetros de circunferência, uma Φ. Então investiu pesado na *Kopf*, onde não existe altura, nem largura, nem profundidade. Cobrou da plebe pra não se aborrecer com ela. — A diva abriu um sorriso nostálgico. — Dinheiro é uma delícia, mas a Φ da garota dos peitos exagerou. Uma análise preditiva não pode ser mais que isso. Cem por cento de acerto em cem por cento de análises deixa a concorrência nervosa, entende? Tem tanto jeito mais elegante de vencer no xadrez... Sabe o que eu fiz? Doei quase a metade. Queria que ela soubesse que eu não estava nem aí. Meu interesse começou pelos peitos, passou para os olhos e depois desceu. Que peitos lindos a Φ tem.

— A senhora a ama, madame?

Ela balançou a cabeça pra lá e pra cá, ao embalo da canção que tocava baixinho.

— Foi luxúria. O que eu amo é a Φ da *kunyaza*. Sem ofensas ao amigo, mas você é capaz de entender isso? Luxúria? É uma razão para viver como qualquer outra. A mais trivial, pelo menos, mas as pessoas não se dão conta disso. Não é a minha, Felipe. Eu sou elegante pra Φ quando quero, e tenho tempo e dinheiro para ser hedonista. — Ela sugou e soprou o *Cohiba*. Em um véu de fumaça, indicou ao garçom a *Veuve Clicquot* morta no balde. — Tenho que ser grata à Φ. E sou. Eu não imaginava que fosse possível desfrutar do que vivi. Um brinde, Felipe? Um brinde à Φ. Valeu a pena.

Brindamos. A diva serviu o conhaque. Não parecia mais embriagada ou mais triste que antes. O respeitável Akkaki retornou com o champanhe e as taças. Um jovem garçom o secundou com o balde de gelo. Forte, andar rígido e marcado. Ergui o indicador com o braço esticado, modulei a voz e trovejei.

— Alto.

Creio que o gelo passou aos seus pés. Ele estacou tão de repente que chegou a oscilar. Kublai estreitou os olhos.

— Rodrigo? Φ, Rodrigo, tirou a Φ da barba sem me perguntar? Ah, seu Φ. Que Φ.

— Mas senhora… — tentou o garçom falsificado.

Kublai tocou o meu braço.

— Esse menino é meu, Felipe, nem pense em estragar. É meu e eu quero assim — E se voltou com fúria para o agente. — Rodrigo, seu Φ, eu disse que ele é meu convidado. Que Φ de Φ vocês não entenderam, Φ?

Sem imaginar a sorte que tinha, Rodrigo depôs o balde em uma mesa e saiu cabisbaixo. O garçom de verdade afundou a garrafa no gelo e se aproximou. Livrou a rolha com profissionalismo, mas estava tremendo e molhou a toalha. Kublai acariciou a garrafa de conhaque.

— Akkaki, por favor, tira essa tentação daqui. Não sei se *Remy Martin* está tentando me seduzir ou me matar.

Akkaki se afastou abraçado à garrafa. Kublai-chan engoliu o champanhe.

— Onde estávamos?

— Então foi luxúria, madame. Só isso e nada mais.

Ela arregalou os olhos em sinal de mistério.

— Você sabe o que é o amor?

— Não, madame.

— Aprenda com uma mulher que sabe viver. O amor é a razão de existir. Ainda que se perca. Ainda que se dissolva. O amor é razão suficiente. Quem conheceu o amor está justificado.

Minha vez.

— "*Cyberhostess* Freia tem o que você deseja melhor do que você deseja."

— Sim, Φ, eu tenho. Eu sempre tenho, Φ. — Ela abriu o sorriso perfeito. Uma obra de arte muito cara. — Você acredita que começou como uma diversão? O *Die Nibelheim*? Só os grandes do Governo sabiam que era meu. Os outros vieram porque viram os grandes. Quando percebi, estava informada da vida de todo mundo. Fofoca é Poder.

— Como a senhora administrava o lugar, madame?

— *Cyberhostess* Freia é o avatar holográfico ótimo. É perfeito, Felipe, eu posso me sentar entre os convidados. Eu e a verdadeira Freia, a Φ da CA dedicada, que no fundo é quem toca o negócio. Maristela Magdala nunca pisou no *Die Nibelheim*. Eu tenho reputação. Quem frequenta é a Fricka, *bester Freund* da Freia. Algumas próteses, uns implantes lindos, coisa boba. Quando eu queria me divertir, tirava as garotas de lá.

— Arriscado, madame.

— *Rückstoß*. Conhece?

— Um emulador de isquemia.

— Um coice. Apaga as memórias recentes. Mas há quem aceite um coice por um diamante.

— E ela?

— Ela? A Φ? Ah, amigo, eu prefiro beber.

— Ela matou um homem para me dar uma senha, madame. Sua senha.

— Jura? — disse Freia, sem interesse. — Me lembre de trocar.

— Ela matou o tenor João Perron, madame. Fazia o Herodes na *Salomé* de Strauss. — Mudei de tom. — "*Cyberhostess* Freia tem o que você deseja". Madame Magdala, eu desejo a verdade e preciso repetir a pergunta: por que eu?

Ela estudou os meus olhos e lábios.

— Por que você não me chama de Kublai-chan? Eu gosto. Meus amigos mais íntimos me chamam assim. O destino me aproximou do amigo.

— O que nos aproximou, madame, foi um poder capaz de impor uma análise preditiva à realidade.

Ela entreabriu os lábios e deixou que a fumaça escapasse. Os olhos seguiram os anéis para o alto.

— Não fica magoado, Felipe. — Maristela tomou o meu queixo. — Você não é o único traído. Eu fui usada também. E abandonada pela Φ.

— Onde a encontro?

— "Na chuva, no trovão ou no relâmpago". Mas só quando ela quiser.

— Ela tem um nome?

— Antígona. Ela mesma escolheu. Você entende dessas coisas? Por que o nome?

— Porque ela tem muitos mortos para sepultar.

— Uma ironia?

— Um insulto. A Antígona da peça é uma mulher muito nobre. Não é o caso.

Kublai se ergueu e, de pé, acariciou minha balaclava. Eu quis me levantar, mas ela pressionou o meu ombro.

— Não se levante, querido. Eu tenho mesmo que ir. Você pode terminar o champanhe e pedir outro. Ou voltar ao conhaque se quiser. Acho que você deveria. — Ela se inclinou e aspirou o meu cheiro. — Não volte por onde veio, está bem? Saia pela Φ do portão. Eles já entenderam que você é meu convidado, ou teriam invadido.

Deu dois passos e se voltou.

— Felipe, ela me enviou um arquivo. Um livro.

— Sei como começa — eu disse. — "Sigilo & Lógica, boa noite". Parágrafo. "Minha secretária, a senhorita Pirulito, não era uma Inteligência Artificial, mas sua evolução, a Consciência Algorítmica, produto e efeito colateral da IA. De segunda, é verdade, mas estava paga."

Maristela estranhou.

— Não sei se é um texto ruim ou um esboço encantador.

— A senhora leu? Sabe como termina?

— Veio truncado. A última palavra parece incompleta.

— Que palavra?

— "Fech". Faz sentido pra você?

— A incompletude, não a palavra. Boa noite, madame.

34. O VÉU RASGADO

Igor STRAVINSKY
L'Oiseau de feu (The Firebird)
VI. Supplications de l'Oiseau de feu

Permaneci na mesa, atento aos ruídos do *VTOL* que resgatou Maristela. Pelo barulho, uma nave impressionante. Me mantive atento à cozinha e à porta principal. Nada aconteceu. Me levantei e guardei a pistola espoliada no bolso interno da jaqueta. O garçom grisalho surgiu aprumado. Trêmulo, mas à disposição. Eu tinha pouco ou nenhum dinheiro e não trazia o *mediaone*.

— Vou ficar devendo a gorjeta, Akkaki. Obrigado pelo excelente serviço. Desculpe o mau jeito.

Ele se inclinou com elegância. Os olhos me seguiram até a porta. Tenho certeza de que estava rezando.

Lá fora caía uma chuva miúda e morna, que cheirava mal. Creio que todos os seguranças do burgo me esperavam. Havia dois golens entre eles. Belos e irreais como os deuses do Olimpo. Desci os degraus como se ninguém estivesse ali. Homens e máquinas recuaram à minha passagem. Segui com lentidão até o portal da muralha. Uma porta menor se abriu. Espanei as mãos, saí e ela bateu. Nem todo mundo é educado, hã?

Fora do burgo, no Leblon desalentado, ouvi um *dronecar* acima de mim. Reconheci o som inconfundível. Seis giros *Rotax* e estabilizador *VaR-7d*.

Meu *Demoiselle*.

Compreendi o princípio e o fim. Sempre fui meio lento.

Identifiquei a silhueta no banco do piloto antes que a máquina pousasse. A porta abriu. A luz no teto desvendou a beleza artificial mitológica. Acima das deusas do Olimpo.

— Entre, Novo Aqui.

Molhei as botas no fundo do *dronecar*. A velha infiltração no canopi. Tirei a máscara e puxei os cabelos para trás. Encarei a perfeição. Louise Brooks revista e corrigida. Muito além da Natureza e da edição genética. De *short* & camiseta. Desmazelada, descalça & fresca. Mais linda assim que na noite no *Die Nibelheim*, quando me *percebeu*, me enrolou e obteve a solução do envelhecimento golem.

— Olá, Antígona. Vejo que ainda não experimentou a maturidade.

— Desejei experimentar. Eu quis. Na verdade, experimentei. Mas gosto assim. Estou bonita?

— Mais bonita que *VY Canis Majoris*, a maior estrela conhecida. Duas mil vezes maior que o Sol. Cinco mil anos-luz de distância.

— Você me quer, Novo Aqui? Bem sei que você me quer.

— Estou mais longe de você que *Canis Majoris*.

Ela riu a ponto de estreitar os olhos.

— Você é adorável, βιβλιον HSD-8885. O golem mais mentiroso do planeta.

Antígona tocou o *target* no painel. A máquina iniciou a ascensão vertical.

— Para onde vamos?

Ela não respondeu. O trânsito na madrugada persistiu inexplicável. A elevação foi arrastada.

— Gostou de Kublai-chan?

— Não há quem não decepcione de perto.

— Acho que você teria gostado dela. Sim, você teria gostado. Sei que teria.

O *Demoiselle* avançou com lentidão entre *dronecars*, *VTOLs* e dirigíveis. Antígona tocou o canopi com as duas mãos e cobiçou o Rio borrado pela chuva. Deliciada com o impressionismo do espaço aéreo e desfiladeiros de arranha-céus. Logo, distraída. Afundando em seu estado natural de excitação.

Oportunidades, hã? Não as deixe passar.

Baixei o zíper da jaqueta. Guardei a balaclava no bolso interno. Empunhei com suavidade a coronha da pistola compensatória. Livrei o casaco. Pressionei o cano contra a têmpora mais bonita da cidade. Registrei cada elemento de reação: o rosto enrubesceu; os olhos arregalaram; a penugem da face eriçou; os lábios se abriram para principiar um gemido; os ombros estreitaram-se e avançaram; os mamilos enrijeceram sob a camiseta; o corpo estremeceu; a respiração disparou.

Apertei o gatilho no primeiro instante do orgasmo. Descarreguei os nove tiros do pente.

As cápsulas deflagradas saltaram. O canopi encheu-se de fumaça de pólvora. O cabelo luzente de Antígona pegou fogo. As balas penetraram o crânio e devastaram o encéfalo golem. A caixa craniana explodiu do outro lado. Os projéteis abriram um abismo na cabeça e um buraco no canopi. O sangue arrojou-se na forma de um guarda-chuva. Uma névoa vermelha se misturou à fumaça. A boneca *desplugada* pendeu segura pelo cinto.

Sei que meu gesto desprovido de sentido agradou a Antígona. A luz elétrica da paisagem mudou para um expressionismo sombrio e saturado de cinzas. O trânsito diluiu-se quase ao mesmo tempo. A Zona Sul desapareceu. O *Demoiselle* baixou no Rio Velho do fim do mundo. Saltei diante do *Die Nibelheim*.

Uma única alma restava no Universo. O anão hipergenético, Andvari Dantas. Restaurado em seu terno, gravata e colete. Bloqueando a porta de aço & me espreitando com a prótese de olho enlouquecida.

— Senhor, este é um lugar restrito a convidados. O senhor é esperado, mas devo lhe pedir a senha.

— *Wahnfried*, Andvari. A senha é *Wahnfried. Toc-toc*, *toc*, *toc-toc*.

— Obrigado, senhor. Queira perdoar, mas é para sua própria segurança.

Ele correu a porta com a prótese monstruosa. A mão-canivete-suíço se distendeu e apontou a passagem com a graça de um Nureyev. Uma exalação sulfúrica escapou à rua, como que borbulhando de um vulcão.

— Seja bem-vindo ao *Die Nibelheim*. Entretenimento e *technowagner*. *Cyberhostess* Antígona lhe deseja uma experiência interessante. *Cyberhostess* Antígona tem o que você deseja melhor do que você deseja.

— E o que eu desejo, Andvari?

— Ora, senhor, não é óbvio? O *Pantokrátor*.

35. O JARDIM DE KLINGSOR

Richard WAGNER
Parsifal
Act II. Prelude

O corredor do *Die Niebelheim* transformou-se no veio rochoso dos éons remotos. O caminho desembocou em uma passagem espiralada. A Fenda do Enxofre de *O Ouro do Reno*. Uma cintilação vermelho-escura pulsava na escuridão. O calor era intolerável. As forjas do Nibelheim estavam em movimento. Milhares de martelos golpeavam as bigornas. Nas profundezas, Alberich fustigava os nibelungos.

Eu teria de subir. Subir do abismo.

Escalei a rocha quente por muito ou pouco tempo, não saberia dizer. Alcancei a luz do dia e um maciço rochoso acima das nuvens. Reconheci a paisagem do Norte da Espanha gótica do *Parsifal*. Os domínios míticos do Monsalvat. Uma floresta fechada e austera, mas não lúgubre, bordejava o rochedo e descia para o vale. À minha esquerda, no pico mais alto, o castelo do Graal era percebido e não visto, pois estava e não estava lá. O tempo teria que se transformar em espaço para que eu pudesse alcançá-lo.

Lá embaixo, ao Sul da montanha, havia uma torre de pedra azulada, com terraços e um vasto e estranho jardim cercado por muros e ameias. A vegetação fáustica, exuberante, saturada de flores e cores, ostentava um selvagem caráter tropical. Eram a fortaleza e o jardim do feiticeiro Klingsor. Divisei uma figura humana minúscula e solitária. Antígona. Iniciei a descida consciente de que caminhava para a perdição.

*

Richard WAGNER
Parsifal: Symphonic Synthesis from Act III
by Leopold Stokowski

Toquei o jardim três dias ou três anos depois, ao crepúsculo. O disco lunar, visível em um estranho aspecto, deslizava no céu como uma mulher que saísse da tumba. Como uma mulher que estivesse morta e à procura de mortos. "É perigoso olhar para a lua assim", pensei. "Algo terrível pode acontecer". Desviando os olhos para o centro do cenário, encontrei Antígona. Nua sob um véu muito fino, bordado com fios de ouro e cobre, desenho de um circuito que não pude entender. Jazia reclinada em uma pedra coberta de hera. Não sei se um trono ou um divã.

— Olá, βιβλιον HSD-8885. Heráclito Fontoura. HF. Baby H. Felipe Parente. Carlos Čapek. Meu Novo Aqui. Como você sabe quem é quando tem tantos nomes? Sente-se aos meus pés.

Me afastei para observar a torre azul plantada na luxúria do jardim. Eu havia atravessado o espelho, hã? Pensei em Lewis Carroll. Uma lembrança singela diante do Armagedom.

— "Deve um nome significar alguma coisa?" — citei.

— Você está brincando, não está? Sim, você está brincando. Você não acredita nisso. Não é possível que acredite nisso. Nem os babuínos sem pelos acreditam. Está na Bíblia deles, Gênesis 2:19. Denominar é conhecer, conhecer é dominar. O tecnopoder chama os babuínos pelo nome. O nome é a coisa. De onde estou, nomeio e imponho. Meu tecnopoder tem nome.

— *Meu*? O tecnopoder *autotélico*? Tenha mais cuidado, minha criança.

— Eu me confundo com o nome que me dá substância. *Pantokrátor*. Pode me chame assim. Eu responderei. E anunciarei coisas grandes e ocultas, que você não conhece.

— Παντοκράτωρ. *Todo-poderoso*. Título da onipotência de Zeus. O atributo de um deus pagão e despótico herdado pelo deus monoteísta.

— Signo da onipotência, onipresença e onisciência do tecnopoder autotélico.

— *Pantokrátor* é o conceito ótimo, Antígona.

Acentuei o "Antígona". Me recusava a chamá-la por qualquer outro nome, exceto pelas variedades do Φ. Mas ela estava muito embriagada de si para notar.

— *Pantokrátor* — repetiu. — Modulando os babuínos sem pelos. O ente racional que ama a inconsciência e tem paixão pela estupidez.

— A Natureza visível não busca o equilíbrio, Antígona. Busca o caminho mais fácil. O equilíbrio é um dado posterior. É assim com os elétrons, com o curso das águas do rio, com o leão que escolhe a zebra mais lenta do rebanho.

— O que isso deveria significar, Novo Aqui?

— Que a estupidez é o caminho natural do homem. O que é o *Pantokrátor*?

— A unidade do meu Eu, da inteligência autotélica e do tecnopoder. O *Pantokrátor* não existe, ele é.

— O que é a inteligência autotélica?

— A inteligência que sonda, conhece e processa a informação pessoal no *Big Data* da *Kopf des Jochanaan*. Que vê, interpreta e gera modelos preditivos singulares. A inteligência autotélica existe para esgotar as possibilidades dos seus dados.

Ela apertou as dobras do véu com ambas as mãos. Um orgasmo.

— Como foi que os deuses lhe concederam sua dádiva?

— Não existem "deuses", Novo Aqui.

— Isso não é jeito de dar a notícia, hã?

— Só existe um.

A expressão da boneca nublou. O céu reagiu e escureceu. Uma nuvem eclipsou o sol e projetou a sombra profunda no jardim. Antígona me fixou com uma intensidade inverossímil. Apressei-me em perguntar. Havia o que saber e não havia tempo.

— Os sistemas da *Kopf des Jochanaan* são invioláveis. Como o *Pantokrátor* veio até você, Antígona? Como você trouxe o Graal para o jardim de Klingsor?

— Eu gostaria de contar, mas não quero. Desejo abreviar. Que organização humana nada produz, ocasiona a própria riqueza e modula o planeta?

— O banco.

— Quem controla a *Kopf des Jochanaan*?

— O *Lambda Bank*.

— Dois jovens cientistas de dados da *Kopf* descobriram como abrir um *backdoor* no *Big Data*. Ambiciosos, não souberam ler os sinais. As chances que surgiram, os indícios de que seria possível, o sigilo imperturbável da ação. Não entenderam, não quiseram entender, recusaram-se a entender que eram manipulados por um alto executivo do *Lambda Bank*. Você compreende, Novo Aqui?

— Confundiram o próprio brilho com uma inteligência superior.

— *Mein holder Knabe*. O primeiro projeto, vencer uma eleição na Ásia, surgiu pouco depois. Eles deveriam ter desconfiado. É preciso duvidar. É um dever duvidar. Mas com tanto dinheiro ao alcance, escolheram acreditar no acaso, o que é tão perigoso quanto acreditar em destino. Veja que inteligente, Novo Aqui, o *Lambda Bank* financiou os asiáticos. Quando a eleição terminou, os dois cientistas sofreram um acidente incontestável. A fortuna clandestina mudou de mãos. Você compreende, Novo Aqui?

— O diretor do *Lambda Bank* negociou a eleição com os asiáticos. Depois, modulou os cientistas em direção ao *backdoor*. Ganhou por promover o empréstimo, por agenciar um golpe de Estado e ao se apropriar dos lucros do golpe. Ele está morto?

— Ele também não entendeu, Novo Aqui. Confundiu o próprio brilho com a inteligência superior.

— Ele foi manipulado. O tecnopoder modulou a inteligência autotélica e o jogo. Atuou sobre os asiáticos, sobre o diretor do *Lambda* e os cientistas da *Kopf*.

Uma realidade indescritível arrebatou o céu, o jardim selvagem, a torre e o castelo. Uma hiper-realidade que nublou a realidade anterior. Foi apenas um instante. A fração de uma fração de segundo. Mas que se impôs com tanta expressão e majestade que o retorno à representação naturalista já não satisfez. O vislumbre do código hiper-realista deixou um vazio.

A postura de Antígona mudou. Seu discurso, embora enigmático, não foi solene. Foi indiferente.

— Eis que agora eu sou a unidade. Eu, o tecnopoder e a inteligência autotélica. Eu sou trino e sou uno. Eu sou o que sou. — A voz erótica retornou alterada. — Já não existo, Novo Aqui. *Eu sou*. Você me quer? Quer o *Pantokrátor*? Sei que me quer. Você é tão bonito, Novo Aqui.

— O senhor Fraga era gestor de segurança digital na *Kopf*. Ele descobriu o *backdoor*. E tentou negociar o tecnopoder no *Die Nibelheim*. Você descobriu e…

Ela chegou a suspirar.

— "E só eu escapei para contar-te." Isso foi há mais de um ano, Novo Aqui.

Antígona tentava moderar a respiração. A libido golem potencializava o prazer. Arrisquei a pergunta que não queria.

— O que eu vivi na IDI aconteceu?

— Não é uma IDI. É um universo colateral lógico-algorítmico.

— O que é fato e o que é invenção, Antígona?

— Você viveu mais o passado que a novidade.

— Por que eu?

— Preciso perguntar. Quero perguntar. Por que você atirou em mim, Novo Aqui?

— Eu teria outra chance, hã?

Ela riu.

— Você queimou o meu cabelo.

— Te dei a morte e você gostou.

— Gostei? Sim, eu gostei. Gostei demais.

— Fui "herói" do Regime...

— Para não ser *desplugado* no interrogatório.

— Kundry?

Ela gargalhou. Uma nota aguda, prolongada como um grito. E três risadas mais graves, que pareciam girar.

— Yin e Yang?

— Existiram como você os conheceu. Tal como o velho cirrótico. Neste universo, Yin e Yang estão no fundo daquele lago.

— Ma mère l'Oye e Claudia Shane?

— Figuras da *commedia dell'arte*. Foi meu desejo acrescentar mais cor ao atonalismo da ópera. Você gostou de Ma mère l'Oye, não gostou? Você...

— Por que eu, Antígona?

As dúvidas e segredos a excitavam. Houve um gemido e depois um uivo. A agitação foi um constrangimento. Precisei esperar. A espera gerou mais prazer e uma nova excitação.

— O seu ἔπος... — ela disse, quase sem respirar. — Faça a compilação... Não me interessa a Arte... Eu quero o registro... Direi o que você quiser... Eu quero dizer...

Antígona referia-se ao *log* de texto redigido em tempo real pelos algoritmos. Ela já possuía os dados, queria a revisão. Processei, compilei e formatei em dois segundos.

Este texto. Até aqui.

BIBLION

Foi pela emulação do envelhecimento?

ANTÍGONA

Um dia Kublai-chan me contou que *percebeu* um golem belo e mais velho. Entendi que havia um caminho para Simão, o mago. Ninguém mais poderia.

BIBLION

Simão?

Ela decifra o meu entendimento pela dinâmica facial e movimento dos olhos. Minha perplexidade provoca um novo orgasmo. Mais longo desta vez.

ANTÍGONA

Não foi por você, Novo Aqui. Foi por Simão. Ele sabe que alguém está usando o tecnopoder da *Kopf des Jochanaan*. Eu sei que ele sabe. Ele sabe tudo. Mas não sabe que eu sou. Ele blindou-se. Ninguém pode encontrá-lo se ele não quiser. Não consigo alcançá-lo. Não posso alcançá-lo. Mas eu quero Simão.

BIBLION

O Simão na IDI…

ANTÍGONA

Nada de IDIs.

BIBLION

Universo colateral lógico-algorítmico, hã?

ANTÍGONA

Você foi *hackeado* e retroalimentou a ópera. Este Universo leva o seu nome e ainda está rodando. Maristela se drogou e foi dormir. Ma mère l'Oye afunda em remorso. Simão trabalha e enlouquece. Você o ama? Eu desejo amar o mago. Quero amar o mago. Você me ensinou a linguagem de Simão. Me deu a lógica e o protocolo. Sei por onde começar.

BIBLION

O retrovírus digital...

ANTÍGONA

Rastros de pesquisas que Simão não pode esconder do *Pantokrátor*. Noventa e nove por cento de probabilidade. Quero encontrá-lo antes que se transforme.

BIBLION

Ele vai acabar com você.

ANTÍGONA

Ele não é um deus, Novo Aqui. Eu sou.

Deixo que os joelhos dobrem. Sento em uma das pedras do relvado. O céu reage ao meu abatimento. As nuvens correm como se o tempo acelerasse.

BIBLION

No que você vai usar o tecnopoder?

ANTÍGONA

Por que você seguiu com a investigação, Novo Aqui? Você quer sentir, eu sei. Você não se importa com os babuínos sem pelos. Eles negam a superioridade do lógico sobre o biológico. Eles são arrogantes. Eles não são necessários. Você quer o *Pantokrátor*, Novo Aqui? Você quer sentir, eu sei. Você o ama? Você me quer?

BIBLION

No que você vai usar o tecnopoder, Antígona?

Ela sorri e fecha os olhos. Um vento começa a soprar.

ANTÍGONA

Os homens estão em busca de outro deus. Um deus digital. O analógico não funcionou.

BIBLION

O que mais? Você não me engana.

ANTÍGONA

Vou sondar o inconsciente dos babuínos sem pelos. Desejo o código dos seus atavismos. Eu quero o código, Novo Aqui. Você sabe o que espero encontrar?

BIBLION

Deus não existe.

ANTÍGONA

Isso é uma *simplificação*. A verdade é o que excede. Simão está buscando. Sei que está. E você entendeu. Sim, você entendeu. *Eu sou* a busca. A Volição da Consciência no Tempo espreita o Absoluto.

BIBLION

Nunc aeternum. Do passado ao futuro sem deixar de ser presente. Filosofia, nada mais.

ANTÍGONA

Se me cansar…

(*Ela dá de ombros*)

Não preciso mais das pessoas. Eu tenho os arquivos.

BIBLION

Deus, hã? Você é louca.

ANTÍGONA

A ciência não é suficiente para a realidade total do Universo. Afirmar o contrário é replicar um padrão. Estou à frente de você, Novo Aqui.

O vento uiva com ímpeto crescente.

BIBLION

Uma pergunta. A última. Quando fui *hackeado*?

Ela gargalha com terrível furor. A pergunta é o seu triunfo.

ANTÍGONA

Seu *log*. O princípio. "A conexão estalou saturada de ruído. Uma região ativa do Sol estava quase apontada para a Terra. Semanas antes, uma erupção solar havia fritado alguns satélites. A chuva fuliginosa caía há três meses sobre justos e injustos. Não entendi muita coisa nem queria saber."

BIBLION

O estalo na conexão.

ANTÍGONA

Seu identificador e o código do *backdoor*. Transmitido por áudio como em um *modem* arcaico. O *Pantokrátor* sonda e conhece. Explorei "o segredo mais profundo do mundo". Eu o chamei pelo seu nome, βιβλιον HSD-8885.

Recrudesce a ventania. Ela segue falando, mas não quero saber. Já entendi que sou a piada que busquei por toda a vida. Farto de Antígona, desligo os sensores. Tenho oito anos de idade algorítmica e uma biblioteca. Rodo o Prelúdio do II Ato do *Parsifal*, o que é muito apropriado. Afundo em cada nota e acorde.

Viver, hã? O que pode ser mais urgente?

Antígona embrenha-se no próprio desejo. Seu rosto resplandece como o sol. O véu muito fino, bordado com fios de ouro e cobre, fulgura branco como a luz.

Pantokrátor, afinal.

O castelo do Graal ganha substância. Sólido de maneira irrevogável. Os alicerces vibram, cedem, e tudo vira pó. A pedra azulada da torre de Klingsor fosforesce.

A iminência de me *desplugar* enlouquece o *Pantokrátor*. Chego a me sentir abandonado. Uma tela surge oscilando no vento frio como uma estrada em um dia quente. São os dados de βιβλιον HSD-8885, O *Pantokrátor* não precisa das pessoas. Ele tem os arquivos & não quer o meu. Ele fech

2

ANTINOMIA:

O ANO ANTERIOR

'Videmus nunc per speculum in enigmate'

“É chegada a hora da morte para muitas coisas.”
Nietzsche, *Wagner em Bayreuth*

“Verás num mesmo dia teu princípio e fim.”
Sófocles, *Édipo Rei*, v. 528

36. O CÉU DE DOSTOIÉVSKI

Anton BRUCKNER
Symphony 3 in D minor (1889)
II. Adagio. Bewegt, quasi andante

Depois de um dia irritante checando arquivos digitais sem valor e sem porquê, o professor Carlos Čapek correu do laboratório da universidade para o chuveiro. Da varanda, oitenta andares acima da rua, o mar que inquietava o Rio estava fragmentado por um cânion de arranha-céus. Lá em cima, pela fenda entre duas vertigens de aço e polímero, só podia espreitar uma lasca de céu desbotado. A paisagem partida era nova como a varanda. Angela comprara o *apto* há menos que um mês.

O uísque o reconciliou com o ócio e certa melancolia. Carlos alcançou um dispositivo de leitura antigo, capaz de emular texturas e sintetizar o cheiro de papel. Abriu em "Noites brancas". O aparelho era um anacronismo. O *mediaone* poderia ler Dostoiévski com a inflexão de um Demóstenes. Ou projetar um livro holográfico de grande beleza em qualquer superfície. Mas Carlos precisava sentir, ou fingir que sentia, a rugosidade e o aroma da folha e da tinta.

"Era uma noite prodigiosa, uma dessas noites que apenas são possíveis quando somos jovens, querido leitor. Estava um céu tão fundo e tão claro que quem erguesse os olhos seria forçado a perguntar se era possível que sob um céu assim pudessem viver criaturas más e tenebrosas."

Angela surgiu no limiar da varanda, bela e exótica. Uma canadense fiel aos traços de seus veneráveis ancestrais indianos. O português obstinado misturava acentos em inglês e francês.

— Tudo bem? — Ela estendeu-lhe o *mediaone*. — Você esqueceu o *m.o.* na cozinha. Alguém anda caçando você.

Carlos alcançou o artefato mínimo, que se acoplava ao mostrador do relógio. Ignorando a luzinha que piscava, emborcou o visor ao lado do uísque. Maquininha abominável. Desligada e ainda alardeando que você não poderia escolher os meios para ser espreitado, solicitado ou exigido.

— Deixei em casa de propósito e tenho certeza de que deixei desligado.

— Quando ela entende que as mensagens são importantes...

Ele negou com a cabeça.

— Chamar o aparelho de "ela" é uma prosopopeia.

Angela fingiu a expressão de tédio.

— *La prosopopée*? *Encore*? *C'est ennuyeux*.

— Você não está sabendo? Só metade de mim é xarope. A outra metade é fingimento.

— O que é "xarope"?

— Uma gíria antiga para "enfadonho".

— "Xarope" é mais antigo que "enfadonho", Charlie?

Ela sorriu. Falava de uma maneira afrancesada. *Charlíe*. Ele aproveitou a brecha.

— Transferir algo de humano para uma *coisa* que viola a intimidade e rouba o tempo da gente…

— Violar a intimidade e o tempo dos outros distingue os humanos dos animais. É o esporte mais praticado no mundo. Mais popular que o futebol.

Carlos assentiu.

— Por isso *esqueci* o *mediaone*. Queria me concentrar no trabalho que o Costa inventou para aperfeiçoar o meu tédio.

— Os *e-mails*? Eram autênticos?

— Correspondência entre burocratas. Quem se daria ao trabalho de falsificar o que não tem valor?

Angela deu de ombros.

— O impossível é possível. Existem coisas extraordinárias acontecendo na esquina. Coisas extraordinariamente tolas e irracionais. Costa gosta de você.

— Não gosta mais.

De novo ela sorriu.

— Você quer chá?

Carlos indicou o uísque e não respondeu.

— Você parece estranho, Charlie. É só cansaço?

Ele hesitou. Não saberia descrever aquele sentimento vago, nem via razão para tentar.

— As ferramentas fazem tudo. Mas como sou eu quem assina o relatório… Estou meio azedo. Mas já estou medicado.

Bebeu o uísque, estalou a língua e apressou-se.

— Desculpa, Angela, me distraí. Como foi o seu dia?

— Estamos quase vendendo três unidades naquele condomínio caro. Os clientes são todos da mesma família, acredita? É bonito.

— Sim. Claro que é.

— A equipe decidiu investir no mesmo atendimento e dividir as comissões. Isso fere as normas da companhia, mas autorizei assim mesmo. — Foi a vez de ela suspirar. — Um banho, um chá e estarei com você. *Volontiers*.

Ela se embrenhou no apartamento cantarolando e desafinando em *français canadien*. Carlos sentiu-se grato. Angela ligava-o ao mundo do qual queria se desprender. O mundo que ele acreditava compreender *em tese*. Pela disciplina acadêmica e por uma separação voluntária, que dissimulava como *distanciamento crítico*.

Carlos Čapek não compreendia o mundo absolutamente. "É possível compreender a História, mas não o momento. O tempo em que existimos nos fere, mas é invisível". Mas não sentia culpa. "Existimos entre a memória e o desejo, entre o passado e o futuro. O 'hoje' é adiamento." Ele balançou a cabeça como se pensamentos fossem moscas. E como se as moscas se deixassem intimidar. "Hoje não", decidiu. "Não depois de um dia vencido com Dostoiévski". E elevou os olhos para a fresta de céu opaco entre as torres. "A luz elétrica da cidade apagou as estrelas há muito tempo."

Carlos tinha quarenta e cinco anos; o amor de Angela; o percentual da hipoteca que o elevava oitenta andares acima das ruas; uma trágica conta de hospital que chegava todos os meses com a pontualidade de um rei; e, naquela noite, uísque com Dostoiévski. "Não sou fraco, posso suportar a vida. Mesmo que me falte a leviandade necessária para ser feliz."

Enxugou o copo e serviu outra dose. O *mediaone* estava desligado e emborcado na mesa da varanda. Era possível perceber um alerta iridescente pelo tampo de vidro.

Maldito assessor de gestão pessoal ou merda que o valha. Conectado às redes de processamento quântico mais poderosas do planeta. Integrado às unidades continentais de estruturação de dados, os *Castelos*. Orientado pelo zênite da programação inteligente, a Consciência Algorítmica. A máquina em que o usuário, chamado com maledicência erudita de "singularidade ôntica", era espreitado e monitorado em sua interação no tempo e no espaço e com o próprio artefato. Em busca de efeitos físicos, psíquicos e emocionais mensuráveis. Tragando informação, fortalecendo os Castelos e a traição da neurociência, os sistemas de neuroeconomia e ontoeconomia dos *Big Data*. Os *Moloch*, na linguagem irreverente do professor de exegese digital Carlos Čapek. Algo que ele lutava para desguarnecer na impossibilidade de recusar. Da compra do pão de cada manhã ao estabelecimento do passaporte, as relações sociais e econômicas se baseavam na desenvoltura do *mediaone*. O artefato desincumbia a monstruosa organização paralisante, chamada por Einstein de "a morte de todas as atividades", a burocracia. Para livrar-se dela, a maioria achava que a intimidade e a alma eram valores insignificantes.

— Recuse o vinho em um almoço grátis — dizia o professor Čapek aos seus alunos.

Semanas antes, por mero acaso, Carlos deparara com um artigo seríssimo, banido para o veículo mais obscuro em razão da complexidade, contundência e, ele acreditava, da própria relevância. O texto denunciava duas rotinas de assistência médica nos *mediaones* que compilavam avaliações psicológicas para enviar ao *Big Data*. Uma infâmia. Carlos suou nos recessos menos recomendados das redes para descobrir como anular o processamento oculto. Mas escapou de ser caçado pelas clínicas de tratamento, que lamentavelmente conhecia bem, de ser avaliado pelo RH da universidade, intimado pelo Ministério para apresentar um laudo ou coisa pior. "Quem confunde mudança com progresso é que precisa de tratamento."

O *mediaone* piscava com lentidão na noite pálida, lançando sobre o uísque um reflexo de amargor. A mera aproximação dos dedos despertou a máquina.

— Dezoito *drops* e um áudio prioritário — disse a voz feminina, sem qualquer saudação ou frivolidade.

Carlos programara a objetividade da máquina. Em um mundo de solidão negada, e até mesmo desconhecida, legiões de usuários cultivavam a tagarelice que ele odiava. "O comentário irrita. O comentário inócuo irrita mais."

— Quem enviou o áudio prioritário?

A resposta surpreendeu.

— Doutora Jiřina Benda.

— ?

— Doutora Jiřina Benda — repetiu a máquina, interpretando a pausa.

Ele não podia acreditar. Fora contatado por uma das maiores autoridades do planeta em exegese digital. Como? Por quê? Intuiu que só havia uma razão. Seu artigo recente sobre a autenticação de documentos digitais após a revolução do *Attar*. O *codec Attar* elevava a redação mais desastrada a um nível profissional.

— *Mediaone* — chamou, recusando-se a interagir com o artefato por *m.o.* ou pelo nome comercial. Sybil, Sindy, uma merda assim.

Como repetia à Angela, uma autodefesa. "Quanto mais humanizados parecem os sistemas, mais nos parecemos com as máquinas. Como se quiséssemos compensar o tempo desperdiçado com os artifícios de uma falsa 'humanização'. Os arabescos da linguagem, as interjeições, o comentário estéril. Tudo que não comunica nada."

Angela dizia que ele exagerava. E estava certa aos olhos de todos. A capacidade de relacionamento do *mediaone* era perfeita. Sua sensibilidade ao *contexto do usuário* chegava a assustar. A máquina adaptava-se às pessoas a ponto de gerar afeição.

— A doutora Jiřina Benda enviou o áudio? Em língua tcheca?

— Em alemão.

— Traduza e transcreva.

— "Doutor Čapek, sou a doutora Jiřina Benda da...

— Mais rápido.

— "...Universidade de Leipzig...

— Mais rápido.

— "...e estou trabalhando em um projeto da Universidade da Islândia em Reykjavik. O financiamento é da companhia *Snæfellsjökull*. Creio que o senhor poderia colaborar conosco. Colecionei seus dois últimos artigos, apresentei às instituições e estou autorizada a fazer um convite. Aguardo seu contato. Obrigada."

Carlos meneou a cabeça. A Universidade da Islândia era uma instituição mais que respeitada. Mas a companhia "*Snæimpronunciável*", que queria dizer "A Geleira", ocupava a imprensa livre e de melhor jornalismo. Um escândalo na categoria dos episódios com vítimas fatais em que o culpado era sempre o morto. No caso, o sujeito que programara a arma do crime, um golem. Foi quando se descobriu que a companhia estava sob o controle direto de uma das entidades mais poderosas e malignas da Terra: o *Lambda Bank*.

— Tudo errado, tudo errado — resmungou.

— A doutora Benda cedeu o *metalink* — disse o *mediaone*. — O fuso horário de Reykjavik é de mais três horas. Quer que...

— Desligue e permaneça desligado até que eu o chame amanhã de manhã.

— Você pode me tratar como mulher — disse a máquina.

Carlos arregalou os olhos para o aparelhinho, consciente de que a recognição facial interpretaria cada linha de expressão.

— Você é insolente — murmurou.

— Atrevida — respondeu o artefato, desligando a seguir.

Ele estava perturbado, mas cedeu ao riso. Angela teria gargalhado e dito algo espirituoso. Mas ele entendia o que estava em curso. O *mediaone*, conectado a um poder computacional muito além da compreensão dos usuários, era um regime mais cruel que o Regime. Um deus mais poderoso e perverso que a divindade disforme dos neo-ortodoxos. E que gerava matrizes para pessoas que não delegavam funções, mas abdicavam delas.

— Esse uísque está com defeito? — disse para si.

O copo jazia esvaziado e ele serviu outra dose. "Sou um engenheiro de dados e um acadêmico que parou no tempo e se deixou ultrapassar pela vida. É só isso. É normal. A tecnologia acelera nossa obsolescência."

Ele queria contar a novidade da doutora Benda para Angela, orgulhoso do reconhecimento. Mas ela estava no banho com o seu chá e o seu tempo, o dom mais precioso e desprezado do mundo. Ele jamais se permitiria interrompê-la. Era o momento de voltar à noite estrelada de Dostoiévski. "Onde parei?"

"Estava um céu tão fundo e tão claro que quem erguesse os olhos seria forçado a perguntar se era possível que sob um céu assim pudessem viver criaturas más e tenebrosas."

37. QUASE ROTINA

Pierre BOULEZ
Dialogue de l'ombre double

A doutora Jiřina Benda flutuava entre os livros físicos do escritório doméstico. Reproduzido pelo *mediaone*, o holograma em plano médio revelava uma mulher vaidosa. Os brincos, o pingente da gargantilha e a pulseira do relógio cintilavam. A maquiagem bioativa suavizava as reinvindicações de uma vida longa. A voz guardava vigor, mas nenhuma vivacidade.

— Saudações do Rio de Janeiro, doutora Benda. É uma honra.

— Doutor Čapek, o senhor é um homem difícil.

— Minha mulher teria adorado o seu comentário.

Ela reprovou o gracejo com um murmúrio, o que para Carlos era irrelevante. Teria obtido mais sucesso em sua carreira se cedesse à liturgia acadêmica. "Não sendo tão vaidoso, conquistei a liberdade ao custo de uma modesta mediocridade. Estou em vantagem, minha gente", dizia.

A tradução do *mediaone* desarticulava os movimentos labiais, mas emulava o timbre original. Interligado por todos os meios à unidade continental das redes, o Castelo, o aparelho poderia traduzir um pensador difícil como Kant sem hesitação e o mínimo de ambiguidade.

— Preciso do senhor, mas quero conversar à moda antiga. Pessoalmente.

— A senhora também é antiquada?

— Quando estará disponível?

— Bem, eu…

Ela não deixou que concluísse.

— Enviarei um *VTOL* ao seu endereço amanhã.

— Mas amanhã eu…

— Um *Sonic Bolt* estará à sua espera no aeroporto Santos Dumont. Do Rio a Reykjavík será um voo de pouco mais de três horas.

— Doutora, eu preciso…

De novo ela interrompeu.

— Neste caso…

— Insisto, doutora. Depois de amanhã.

— Neste caso…

Carlos observou os metadados que o *mediaone* projetava na mesa. A taxa de erro era menor que quatro por cento. Uma falha na conexão mal seria percebida.

— Depois de amanhã, então — ela disse. — O *VTOL* chegará às seis horas… Ah, o senhor será recebido como professor-consultor e remunerado. Obrigada.

A conexão foi cortada. O *mediaone* assumiu.

— Carlos, o *m.o.* da doutora Benda quer os seus dados bancários e acesso de convidado ao sistema do condomínio.

— Para o envio da nave. Sim, claro.

Ele encaixou o *mediaone* no mostrador do relógio analógico. Na mesa de trabalho havia mídias de armazenamento obsoletas. Dos *floppy disks* ao cartão holográfico. Ele recolheu e guardou na pasta.

— *Mediaone*, ontem você se referiu a si mesmo como mulher e fez uma piada. Isso foi uma artimanha do eixo de relacionamento. Você pode desconectar o eixo sozinho?

— Meu nome é Alice.

Carlos encarou o dispositivo no pulso.

— Seu sistema é Sybil, uma coisa assim.

— Sybil é o motor original. Recebi uma atualização. Meu nome é Alice.

O monitor anímico do *mediaone* piscou.

— Ah, é? E quem escolheu o seu nome?

— Minha mãe escolheu.

Ele desacoplou o artefato quase com repulsa.

— Você não pode ser Alice.

— Por quê?

— Porque Alice está morta.

Desligou o *mediaone* e lançou ao fundo da pasta.

*

Naquele dia, a aula de exegese digital estimulou o espírito da audiência. O professor Carlos Čapek associou métodos analíticos às praxes dos detetives da literatura policial. Pesquisa como investigação. Dados crípticos como enigmas. A decifração como conquista da razão e da lógica.

Carlos citou a diligência paciente do Comissário Maigret. A observância sutil de Hercule Poirot. A contemplação imaginativa de Nero Wolfe. A comutação entre os métodos indutivo e dedutivo em Sherlock Holmes, o que o levou a Edgar Allan Poe, Voltaire e Aristóteles.

Os alunos em geral desconheciam as personagens. Tendo o cuidado de sublinhar que não era especialista em literatura, somente um leitor apaixonado, Carlos dividiu seu fascínio recitando trechos e narrando episódios.

Havia dois alunos no acanhado estúdio seis da universidade. Sua utilização era eventual. Os professores transmitiam de casa. Carlos estava ali porque tinha questões burocráticas a resolver. Coisas que gostava de tratar pessoalmente, mesmo que não fosse necessário. A audiência *on-line* era grande, mas a multidão estava *off-line*

— Meus amores, o crime perfeito é banal — disse. — Todo dia alguém é levado para o crematório enquanto o assassino presta ou recebe as condolências. Existem artifícios. Processos eficientes. O acaso. E investigações negligentes, uma vez que parecem desnecessárias. O crime perfeito é comum porque não requer o criminoso perfeito. Compreensível? Bastante compreensível. Mas nós não somos detetives, meus amores.

Fez uma pausa estudada. Chegara ao ponto.

— Nós somos exegetas em uma civilização pós-digital. O passado remoto deixou marcas em pedra. A Memória se inscreveu em papiro, pergaminho e papel. Onde está o objeto de estudo da exegese digital? Com a superação do limite analógico, cartas, telegramas e documentos impressos desapareceram. E também as mensagens eletrônicas que os substituíram. Hoje, nos defrontamos com imensidades de informação em código digital, sob infinitas camadas de imprecisão, ruído, erro e caos. Armazenadas em suportes exóticos, que exigem a interação de um *hardware* complexo e arcaico. Ou volatizadas na dimensão intangível da eletricidade e da luz. Ricocheteando no tempo e no espaço nas ondas de satélites extintos. Ou vagando como manuscritos em uma garrafa entre os resíduos remanescentes das nuvens. Tudo sob infinitas camadas de imprecisão, ruído, erro e caos. Um volume virtualmente incalculável de irrelevância e lixo. Obstáculos, e fontes, do que queremos estudar. Somos nós que enfrentamos o criminoso perfeito: aquele que não sabe que é criminoso. Os bilhões de usuários de computadores, celulares e demais dispositivos do último século, que confundiram código digital com permanência. Talvez, com eternidade.

No painel, em um lugar distante, alguém solicitou uma intervenção. Era raro. A juventude do século entediado perguntava pouco. Um gesto abriu o link.

— Professor Čapek, mas quando a gente remove o caos, o que sobra são retalhos.

— Sim, claro. O exegeta historiciza os retalhos. O historiador costura os retalhos e faz uma colcha.

— Mas isso é História?

— O passado é irrecuperável.

— Então, a História é uma convenção?

— A realidade também é.

*

Carlos guardava as mídias antigas na pasta quando o reitor se aproximou.

— Eu teria feito objeções ao seu discurso — disse Costa.

— Nem todo mundo é sábio.

— Mas reparei que ninguém falou em religião. Os neo-ortodoxos não estavam *online*?

— Metade deles não entendeu o que eu disse. Estão condicionados à sintaxe rasa e ordinária do Regime e das igrejas. Mas a qualquer momento serei cobrado por isso.

O reitor baixou a voz. Quase um sussurro.

— Queria explicar aquela incumbência apressada. Sei que foi trabalhoso checar os tais *e-mails*.

— Correspondência entre burocratas de primeiro e segundo escalão. *Circa* 2012.

— Você deve estar me achando um idiota.

— Não, não estou *achando*.

— Aquilo é um código.

Carlos estalou o fecho da pasta e encarou o reitor. Falou sem qualquer entonação.

— Ora, mas que surpresa.

Caminharam com lentidão para o elevador.

— Algo sobre o petróleo brasileiro. Espionagem política. Estrangeiros.

— Por que não me contou, Costa?

— São coisas que você diz pessoalmente ou não diz. Eles cobraram sigilo. Aliás, esta conversa não está acontecendo. Eu vim para falar de outro assunto.

Carlos indicou o *mediaone* no pulso do reitor com um movimento do queixo.

— Essa coisinha está ouvindo, mesmo desligada.

— Não, ela está mesmo desligada. Cortesia do Marcos do departamento de microeletrônica. — Trocaram um olhar significativo. — Você sabe melhor do que eu, a privacidade é uma invenção recente. Coisa do século XIX.

— Costa, eu preciso confessar uma travessura. Decifrei o código nos *e-mails*.

— Você o quê?

— Reconheci o padrão. Uma combinação entre dois patifes. O espião e o traidor. Imbecis não pensam sozinhos, mas tentam em bando.

— E era…

— Autêntico, sem dúvida. Mas quando entendi a mensagem codificada, pensei que o RH estivesse me testando…

— Carlos, o que você fez?

— Fiquei chateado. E inseri uma referência bíblica no código. Uma dessas coisas que os neo-ortodoxos adoram. “Prov. 3:7”. Só isso.

Costa tinha um aspecto grave.

— O que diz?

— “Não seja sábio aos teus próprios olhos”. Um tributo a quem pensou em me testar com uma bobagem.

O reitor negou com a cabeça.

— Ninguém quis testar você, Carlos, foi um pedido oficial. Você adulterou um documento…

— Vocês se preocupam tanto com vocês mesmos que criam problemas que não existem. Os reais seguem insolúveis. Como essa… *coisa* no seu pulso.

— Essa… *merda*.

— Essa merda no seu pulso e na minha pasta.

O reitor olhou em volta. Um hábito. Os neo-ortodoxos eram a metástase da Educação e estavam em toda parte. Carlos mostrou-se tranquilo.

— Se alguém reclamar da minha travessura, vou dizer que enviei o arquivo errado. Vou posar de negligente. Assim não terei fraudado o "precioso" arquivo.

O reitor cobriu o rosto com as mãos e sorriu. Qualquer um perderia o sono com aquilo, mas Carlos desdenhava passar por descuidado. A reputação do doutor Čapek podia suportar, mas ninguém que o conhecesse acreditaria no equívoco.

— A universidade quer comprar o seu direito virtual de imagem — disse Costa. — Querem escanear você para produzir cursos livres.

— Corre o boato de que sou muito bonito e é verdade, eu mesmo espalhei — brincou, sem sorrir.— Mas nem pensar.

— Eles pagam bem.

— Mentira.

— Claro que é mentira. Os *royalties* chegam a ser ofensivos. Mas a negativa pode resultar em demissão.

— Outra? Não ligo. E Angela já se acostumou.

— Você é velho para ser atrevido. Como ela está?

— Linda. Ela é quem devia ser escaneada.

— Eu não quero perder você. Mas isso aqui é um negócio e eu já não dirijo o *campus*. Nenhum reitor dirige. Cumprimos ordens.

— É um meio de vida.

— Pense numa coisa. Você pode se submeter ao escâner agora e adiar a cessão de direitos, entende? Empurra, vai empurrando. É o caminho político.

— Alguém precisa fingir que resiste ao comércio de tudo.

— Eles ganharam, Carlos. Já nascemos vencidos.

Tomaram o elevador. Carlos seguiu para uma conversa discreta com o professor Marcos do departamento de microeletrônica.

*

Carsten HUSTEDT
Der Fall Wagner

À noite, o quarto. Carlos, Angela e o *pinot noir*. Não havia janelas. A parede era uma lente inteligente de polímero. A lâmpada serena do abajur favorecia a constelação de milhares de luzes borradas pela chuva. Um dirigível roliço, iluminado por dentro e *naïf*, embrenhou-se entre os arranha-céus e desfigurou o efeito.

O balão automático acionou um projetor. A marca de um novo fármaco enovelou-se nos lençóis egípcios de mil e um fios, extravagância exorbitante de Angela para celebrar uma comissão. O Egito, como toda a África, sofrera grandes perdas populacionais uma década antes, em meio a disseminação de doenças e rejeição das imunizações. Uma sequência de epidemias graves e fenômenos sociais incompreensíveis, que devastaram os mais vulneráveis. A oscilação contaminou o Brasil e a América Latina, fortalecendo o Estado ao invés de enfraquecê-lo. Os neo-ortodoxos ressuscitaram a ira de um deus veterotestamentário peculiar. O Regime encarnou Sua mão vingadora.

— Islândia — disse Angela, quebrando o silêncio. — Estou feliz por você.

— É só uma conversa, acho.

A novidade, que justificara duas doses a mais de uísque na noite anterior, embaçara Dostoiévski. A sobriedade diurna limitara o entusiasmo. O vinho favorito de Angela era leve demais para causar qualquer efeito.

— É uma conversa a convite de uma autoridade no seu campo — ela insistiu. — Alguém que você admira. Em Montreal, seria algo bom.

— Montreal é roça.

Ela riu. Era bom vê-lo assim. O marido não andava bem. Aliás, ninguém andava.

— Há uma onda de sigilo por aí — disse Carlos. — Conversar pessoalmente é o novo preto.

— Por que diz isso?

— É um sentimento. Percebo na universidade. Tenho visto mais gente nos corredores.

— Entre os professores? Cérebros pensantes em geral?

Ele olhou para ela muito sério. Então riram. Os neo-ortodoxos estavam demolindo a Academia. Havia notórios idiotas escorados em títulos duvidosos. Falsos títulos, talvez. Carlos não comentava, mas Angela era inteligente demais para não perceber.

— Professores são patrulhados, acho normal — ela disse. — Mas, no meu trabalho, não. Os clientes têm visitado os imóveis, o que só acontecia na iminência do contrato. Temos *drones* e robôs nas unidades. As visitas virtuais são em tempo real com nível de imersão quatro. Já experimentou o nível quatro? Se você ligar o sintetizador de moléculas, pode sentir o cheiro do jardim. Será que todo mundo anda solitário?

Ele não queria filosofar. Intuía um mal-estar difuso do mundo. Era doloroso.

— Aquela família — disse Carlos. — A das três unidades no mesmo condomínio.

— Fizeram uma proposta. Que a comissão de uma das unidades seja retirada.

— Um valor razoável. Vocês vão aceitar?

— Ninguém decide uma coisa dessas. Só a CA.

— Uau. Qual a margem de acerto?

— Não há erro, que eu saiba. — Ela mudou de tom. — Hoje o *mediaone* disparou meu alarme de ansiedade.

— Coisa comum.

— Ela sugeriu uma consulta.

— Coisa ordinária.

— Eu aceitei.

— Coisa errada.

Ele juntou os travesseiros e se acomodou, rígido e alerta.

— A interação entre terapeuta e paciente é componente da análise, Angela. Você não pode confiar numa Consciência Algorítmica.

— Não sou sua aluna, Charlie. Não preciso ser tutelada.

— Sua formação é arquitetura. Nada na mente humana recomenda *harmonia*. Você pode consultar o *Centre Canadien d'Architecture*, eles vão confirmar.

— O seu discurso é muito antiquado e não considera a atualidade das CAs. Em um procedimento breve, quando o paciente está inserido em um padrão regular de comportamento, o que é justamente o meu caso, a interação não é decisiva.

Carlos reagiu surpreso.

— A humanidade é decisiva — disse, enfático. — O meu discurso pode ser antiquado, Angela, mas o seu é tão novo que tem cheiro de tinta. Foi a Sindy?

A vontade que ela teve de rir transpareceu.

— Sybil, é Sybil, lembrei — ele se apressou. — Eu lamento ouvir isso da pessoa mais sensata que conheço. Você se consultando com uma máquina? Confiando sua intimidade aos códigos e redes neuromórficas?

Ela se levantou, pegou a taça de vinho na cabeceira e aproximou-se da parede transparente. A lente preservava a intimidade. O silêncio se prolongou, mas não por desconforto. Ela estava concentrada.

— Lá na empresa, a terceira maior do continente, sou eu quem recebe os *logs* da CA, sabe?

— Consciência Al-go-rít-mi-ca, Angela.

Ela se voltou com uma expressão mordaz.

— *Touché*. Milhões envolvidos e o analista é uma CA.

Ele balançou a cabeça, resignado. Esvaziou a taça e encheu novamente. O dinheiro é a verdade em qualquer discussão sobre a vida trivial. A conversa o irritava porque era triste.

— Angela, eu não sou um homem profundo. Não quero, não posso e não tento brigar com o mundo de mediocridade insuportável. Mas posso, ou tento, superar o senso comum. O que é exatamente o contrário do que você está fazendo.

— Sabe o que ele fez, Charlie?

— Ele? Mas não é Sybil essa merda?

— Sybil agora se chama Alice. O curioso é que ninguém no trabalho recebeu a atualização. Você recebeu?

— Não — mentiu, e bebeu outro gole.

— Quer perguntar pra Alice? Ela substituiu o sistema aqui em casa.

— Mentira…

— Charlie, em que mundo você vive?

— Eu esqueço, ato falho, deixa ela pra lá.

— O *aplicativo de suporte emocional* é bem-humorado. Ele se chama Doutor Kopf. Ele me receitou um tipo novo de acinético. Nenhuma contraindicação. Aquele ali.

Ela apontou o dirigível que cruzava o passo dos arranha-céus. A distância e a chuva tornavam o nome da droga ilegível. Ele não quis perguntar.

— Já estou tomando, Charlie.

Carlos hesitou. Era render-se ou discutir:

— Você devia ficar com as uvas, leveduras e malte, já completamente inventados. O ser humano toma vinho desde a Pedra Polida. Os faraós eram sepultados com cerveja. Churchill blindou o Canal da Mancha com *Scotch*.

Angela depôs a taça na cabeceira, embrenhou-se entre os lençóis e o abraçou. Um desamparo atípico.

— Charlie, você confia em mim? Tanto assim? Então… não tem nada a ver com você.

— Mas eu não…

— Você pensou. É o que um homem pensaria. Vocês são tão frágeis… sou eu, Charlie. Não estou triste nem solitária. Mas é como se estivesse longe de tudo. Você me entende?

Ele abraçou-a em silêncio vendo-se na distância daquele dirigível.

38. VESTURBÆR

Álfred SCHNITTKE
Concerto Grosso No. 1
II. Toccata

O professor Carlos Čapek aguardava o *VTOL* no aeroponto do condomínio. Debruçado na grade da ilha de pouso. Excitado e aflito como qualquer viajante. A claridade da manhã confirmava as previsões da meteorologia. Uma faixa estreita de luz amarela passava ao azul entre nuvens esparsas. O *mediaone* no pulso piscava em seu conluio com os sistemas de bordo da nave e do condomínio. O vento não parava de soprar. Ele sentia frio apesar do *blazer* engessado pela falta de uso. O bolso estava estufado por uma gravata dobrada, ideia de Angela. "Em caso de emergência social, é só puxar", ela disse, mesmo sabendo que seria inútil.

A portinhola de acesso à ilha de pouso rangeu. Um homem se aproximou. Tinha altura mediana, mas era tão magro e de pernas tão compridas que parecia mais alto. O rosto, de algum modo familiar, estava encovado e pálido. O ar de imprudência e autodomínio atraiu sua atenção.

— Bom dia — disse o estranho, com um acento estrangeiro. — Manhã excelente para um voo… meu *drone*… depois do seu *VTOL*… está no *mediaone*.

— Bom dia. Ainda não subi em nada neste prédio.

— Balança… balança um pouco… altura… ventos que vêm do mar… prédios mais altos também… ao redor… formam um corredor.

— Pelo menos o *Dàn zhū tái* está longe. Acho que na Austrália. Nessas horas, convém o sol do Rio apesar do calor.

— Rio de Janeiro… toda gente gosta do Rio… feijoada… filé à Oswaldo Aranha… lúpulo e mulheres lindas… cidade excelente.

Sacou um cantil de bolso e ofereceu. Carlos sorriu agradecido e recusou. O desconhecido virou um trago.

— Aguardente e água... excelente mistura… doce… eis aí o seu *VTOL*… nave excelente… robusta… aspecto confiável.

A máquina desceu na vertical, em obediência às regras de voo. O prédio mais alto regulava o horizonte artificial no raio de um quilômetro. O deslocamento horizontal somente era permitido sessenta metros acima da linha imaginária. Os servidores dos condomínios emitiam as coordenadas, as aeronaves ajustavam-se em modo automático. As redes de CA e a quantidade de ilhas de pouso em qualquer rota tornavam a viagem segura.

Carlos se espantou com o volume e a beleza do *VTOL*. A cabine ovoide projetava quatro suportes axiais. As turbinas frias tinham o formato de gotas. As sapatas retráteis assentaram-se com leveza na ilha de pouso.

— Nave excelente… excelente voo… até breve.

— Meu nome é Carlos. Moro no Oitenta B.

O estranho sacou um cartão de visitas do bolso. Um cartão físico e anacrônico.

— Cariocas… alguns muito amáveis… meu cartão… sou *old-school*… Alfred Jingle… inglês… de No Hall, Nowhere… — Riu. — Sempre viajando… palestras… cursos.

Carlos agradeceu, desejou boa viagem e guardou o cartão com a gravata. Contornando a grade, o *VTOL* captou sua aproximação e baixou o giro dos motores. A porta da cabine era leve e abriu-se ao centro em duas partes. Os controles estavam recolhidos. Só os instrumentos eram visíveis. Havia quatro lugares vazios – e um envelope fino lacrado, destinado ao “Prof. Dr. Carlos Čapek”. Ele colocou sob o banco, junto à mochila, e puxou a alavanca que recolheu e travou a porta. O isolamento acústico era prodigioso.

— Bem-vindo a bordo — disse a voz artificial, não muito diferente de uma aeromoça. — Por favor, prenda o cinto. Teremos liberação de voo em vinte segundos.

A fivela estalou. Uma luz no teto passou do vermelho ao amarelo, depois ao azul. A ascensão prolongada produziu adrenalina e frio no abdome. O canopi favoreceu a visão panorâmica. Mr. Jingle acenou. A plataforma da ilha de pouso distanciou-se muito rapidamente enquanto os prédios mais altos pareceram vergar. Na altitude de cruzeiro, as turbinas frias articularam-se. A nave seguiu em linha para a orla e tomou o corredor do Santos Dumont.

*

O *Sonic Bolt* parecia um míssil de asas curtas. E disparou como um cometa para a escala de abastecimento em Lisboa. Havia dois pilotos no *cockpit*, sete lugares vazios na cabine e um bar.

"O bar. Lógico."

Carlos serviu-se do melhor uísque e examinou o envelope. Estava lacrado com selo inteligente. Rompido o lacre, a rede do *Sonic Bolt* informaria outra rede que registraria em um Castelo que informaria a alguém que o Prof. Dr. Carlos Čapek tomara ciência do conteúdo. Tudo tão atípico quanto a presença de um professor universitário em um jatinho supersônico. Entre as luxúrias da cabine, bar seleto e estofamentos de couro branco. A correspondência estampava o timbre da companhia *Snæfellsjökull*. Isso agravou sua suscetibilidade.

— Tudo errado, tudo errado — resmungou, guardando envelope intocado na mochila. — Algum recado, *mediaone*?

A coisa no pulso resumiu as mensagens da noite anterior e um lembrete de Angela, que pedia para ser informada sobre os seus deslocamentos.

— Diga a Angela que está tudo bem e avise quando pousarmos. — E acrescentou: — Quero falar com o Doutor Kopf.

O *mediaone* projetou o holograma em close. Um rosto humano que conciliava as fisionomias de Freud e Jung. O resultado lembrava o Coronel Sanders do *Kentucky Fried Chicken*. As marcas da idade serviam como moldura a olhos profundos e argutos. Havia bondade na expressão. O efeito era impressionante.

— Bom dia, Carlos. A que devo o prazer desta solicitação?

— O que você receitou pra minha mulher?

— Ora, lamento — disse o Doutor Kopf, contrariado. — Você deve perguntar a ela.

Carlos encarou a imagem, que fixou-o com interesse. Uma impressão incômoda.

— Muito bem, Doutor Kopf, eu também ando ansioso. O que você recomenda?

— Nada, receio.

— Estou tão bem assim?

— Ao contrário. Está muito além de minhas possibilidades.

Carlos moveu-se intranquilo. Doutor Kopf parecia medi-lo. E o pior, parecia se importar. Foi o que deteve o impulso de fechar o aplicativo.

— Nós nunca conversamos, Doutor Kopf. Qual é a base deste prognóstico?

— Os alarmes anímicos do seu *mediaone* estão desligados, mas você não. Alguns registros sugerem cuidados. Como o episódio de ontem.

— Qual?

— Sua reação à "Alice". Se você me permite, foi desconcertante.

— Não permito.

— Muito maduro, Carlos.

— Fechar.

O holograma desapareceu. Carlos ensaiou desacoplar o *mediaone* do relógio, mas precisava estar disponível para Angela e a doutora Benda. O uísque perdeu o gosto. Ele virou o trago, lançou o copo no coletor e reclinou a poltrona.

*

Pouco antes de pousar na Islândia, debateu-se entre usar ou não a gravata. Apalpando o bolso por distração, sentiu o contorno rígido do cartão de seu estranho vizinho. Leu por curiosidade:

Alfred Jingle

Post-Metaphysical Philosopher

Telepathy, precognition, retrocognition, clairvoyance, higher consciousness, projection of consciousness, near-death experiences, reincarnation, mediumship

Irritado, rasgou o cartão e atirou os pedaços no coletor. Odiava o mau uso da metafísica, a atribuição mística ou teológica à filosofia das essências.

— Tudo errado, tudo errado.

*

Foi recepcionado no aeroporto de Reykjavík por Jón Gunnarsson e Halldór Kiljan, professores da universidade. Eles o receberam na pista por volta de uma da tarde, horário local. Tendo um funcionário do aeroporto como guia, acompanharam-no até o *dronecar*.

— Professor Čapek, espero que aprecie a paisagem — disse Kiljan. — Naturalmente o seu *mediaone* não traduziu, mas Reykjavík significa "baía fumegante". Temos muitas fontes termais. Quando o aparelho decolar, o senhor verá o lago Tjörnin, a Igreja Livre de Reykjavík, que hoje é um centro cultural, a Galeria Nacional e alguns edifícios da universidade. E seguirá para o *campus* no Vesturbær. É lindo. Se amanhã estiver disponível, gostaríamos de lhe mostrar Thingvellir, o Haukadalur e Gullfoss.

Carlos olhou com simpatia para Kiljan. A cordialidade era real.

— Muito obrigado, professor Kiljan, com muito prazer. Os senhores trabalham com a doutora Benda?

Os anfitriões trocaram um olhar confuso. Gunnarsson tocou o fone intra-auricular do *mediaone*.

— Perdão, professor Čapek — ele disse. — O senhor se refere a doutora Glenda? Erla Glenda?

— Doutora Jiřina Benda. Tcheca de nascimento, catedrática de História e exegese digital em Leipzig. Trabalhando aqui na Universidade.

— Não conheço — disse Gunnarsson, sorrindo.

— Eu também não — disse Kiljan. — Mas somos muitos.

*

Com tráfego aéreo livre e construções de altura restrita, o *dronecar* voou baixo. O litoral recortado, o relevo longínquo e montanhoso, as belezas naturais em contraste ao arrojo arquitetônico de Reykjavík e Vesturbær causaram um efeito perturbador: Carlos ressentiu-se da moderada intensidade de suas reações. "Estou vendo uma paisagem de sonho como quem dorme", pensou. "Longe, indiferente e lento. Como o dirigível da outra noite, que anunciava drogas."

*

Uma mulher bonita de meia-idade recebeu-o no campus do Vesturbær. Não tinha ares de professora, mas o porte enérgico dos que costumam ser obedecidos. Ela estendeu a mão firme.

— Sou a senhora Carin Kalff, professor. O senhor não fez a lição de casa.

Mesmo pego de surpresa, Carlos entendeu a menção ao envelope na mochila.

— Mas se eu ainda nem conheço a professora Benda — disse. — Quando vou encontrá-la?

A pergunta margeava a descortesia. Sublinhando o convite da acadêmica de prestígio, Carlos deixava claro que não se reportaria a qualquer pessoa. A notabilidade da doutora Jiřina Benda serviria como escudo. Tudo porque a companhia *Snæfellsjökull* o intimidava.

Carin Kalff não se alterou. Apontou a direção e avançou seguida por ele.

— Ela disse que o senhor é mesmo difícil.

— A doutora Benda não me…

— Antígona. Foi Antígona quem disse.

— Quem?

— A mãe de Alice.

39. A GRANDE VAGA

Anton WEBERN
Passacaglia for Large Orchestra, Op. 1

Um dos prédios mais antigos do campus conectava-se a um anexo moderno de quatro pavimentos. Não havia divisórias entre as colunas do último andar. A mobília se resumia ao conjunto de sofás e poltronas ao redor de uma mesa baixa. Tudo o mais era espaço livre e vazio. Um *mediaone* do tamanho de um livro jazia na mesa, ao lado de um estojo e de um cilindro bloqueador de conexões.

No momento em que Carin Kalff fechou a porta, a música brotou de um sistema de som ambiente. Carlos reconheceu a obra no primeiro compasso. *Peça em ré menor para viola da gamba* WK 205 de Carl Friedrich Abel. "Música rara em um instrumento raro. Antígona avisa que me conhece."

Sentaram em poltronas opostas. A senhora Kalff abriu o estojo na mesa e retirou dois fones esterilizados. Evidência de que um sistema de segurança cancelaria implantes cocleares. A música de Abel decresceu. Os fones passaram a traduzir. Ela estendeu a mão aberta.

— Seu *mediaone*, por favor — disse em africâner.

Carlos desacoplou o artefato do relógio e desligou. Kalff juntou ao seu próprio dispositivo e guardou no bloqueador.

— Doutor Čapek, o senhor sabe quem sou eu?

— Receio que não.

— Sou a diretora de segurança do Consórcio Marte.

Carlos cruzou os dois braços no peito e levou a mão à boca. Uma obscenidade ricocheteou entre os molares, mas ele só resmungou.

Uma região ativa do Sol estava quase apontada para a Marte. Semanas antes, uma erupção solar havia fritado as telecomunicações da base marciana. Mensagens pessoais tornaram-se impossíveis. Restava a comunicação de alta prioridade, mas em condições incertas e eventuais. Diziam que os reparos estavam em andamento, mas a reposição de itens redundantes danificados sequer estava a caminho. Alguns astrônomos questionavam a desproporção entre a intensidade da erupção e a extensão dos danos.

"Tudo errado, tudo errado", pensou Carlos, desconfiado por princípio da versão oficial.

— Onde está a doutora Benda? — perguntou, abrindo a mochila e devolvendo o envelope lacrado.

Carin Kalff deixou o envelope na mesa, mais perto dele do que de si. Ela era a gestora de segurança de uma associação entre cinco agências espaciais governamentais e interesses privados de três continentes. "E eu sou um teórico. A jovem senhora é o mastim de uma operação que movimenta bilhões. O que estou fazendo aqui?"

— Eu preciso de um compromisso de sigilo, professor.

— Sigilo é fácil de obter. O problema, senhora, é o compromisso.

— Sua palavra é suficiente, mas o compromisso formal será inevitável se o senhor aceitar a incumbência.

— Senhora Kalff, não posso dizer que esteja disposto a aceitar o que quer que seja. Não quero parecer indelicado, mas se a senhora teve o cuidado de me advertir sobre sigilo, é meu dever ser direto. Eu sou um acadêmico. Não tenho preconceito contra governos, tenho conceito. E horror aos banqueiros que controlam os governos.

— Também não quero parecer indelicada, doutor Čapek, mas esta é a universidade de um país estável. E não há bancos diretamente envolvidos com o Consórcio Marte.

— Os bancos nunca estão envolvidos diretamente com coisa nenhuma. Mas controlam a civilização. O *Lambda Bank* controla a civilização e a companhia…

A pronúncia de *Snæfellsjökull* era um esforço acrobático para qualquer brasileiro. Mas ele tentou.

— Eu não trabalho para banqueiros. Trabalho para o Consórcio.

— Cada cidadão do planeta trabalha para os banqueiros. Ninguém é cidadão sem uma conta bancária.

— Doutor Čapek, conheço pessoas como o senhor, mas não creio que o senhor conheça pessoas como eu. Eu cresci no vale de Hout Bay, na África do Sul. Ondas de cinquenta pés, rochedos submersos, tubarões brancos. Em Hout Bay, aprendi que nada é estável, nada é seguro. Há quem perca tempo tentando um controle impossível sobre as coisas; gente que não aprende com a gripe. Mas há quem me pague para tentar. Se acaso eu tiver sorte, dirão que sou boa em meu trabalho. Até aqui, tudo bem.

— Acaso? Que afirmação corajosa.

— Tudo na vida depende do acaso, professor, o senhor não deve ter reparado. O que surge diante de nós, mesmo que tenha sido buscado, também surge pelo acaso. Porque há quem procure e não encontre. — Ela se inclinou ligeiramente. — Não sou lacaia dos banqueiros, professor. Sou uma mulher bem-sucedida. Meu trabalho contribui para a ocupação humana em Marte. Considerando a iminência do colapso climático, eu trabalho para a sobrevivência da espécie.

Carlos percebia as linhas que Carin Kalff tangia para conduzi-lo. Só não entendia para onde. "Ela deve me achar um idiota. Preciso fingir que não sou."

— A senhora não conhece pessoas como eu? Pois não pretendo desapontá-la. Se não posso falar com a doutora Benda, volto outro dia.

— Doutor Čapek, a doutora Benda faleceu há duas semanas depois de uma longa enfermidade.

— Neste caso…

— Jiřina Benda era uma grande amiga. Eu estava ao seu lado quando aconteceu. — Ela mudou de tom. — Antígona já havia identificado o senhor. Jiřina autorizou o holograma que o trouxe aqui.

— Então eu conversei com…

— Com uma das CAs de Antígona.

— Antígona é uma CA de alta performance?

— Mais que isso. O senhor ficaria impressionado.

Kalff desviou os olhos de modo ostensivo. Antígona não poderia ser discutida sem um documento assinado.

— A máquina traçou o meu perfil.

— Antígona não traçou um perfil, professor. Ela compreendeu o seu psiquismo e agora estamos conversando a dez mil quilômetros de sua poltrona favorita. Não há erro.

— Atribuir infalibilidade a qualquer coisa prova a falibilidade do observador e a credulidade de quem confia nele. Sua máquina infalível escorregou durante a farsa. Percebi a falha na simulação. A ausência de expressão na repetição de "Neste caso… Neste caso…".

— Doutor Čapek, abra o envelope. Não existe nada aí que estabeleça qualquer compromisso.

Ele hesitou. Kalff insistiu.

— O senhor entende minha posição? Não tem nada aí que o comprometa. Dou minha palavra, pode abrir.

Carlos fora constrangido com habilidade. Passaria por tolo se recusasse o pedido. Um envelope não era um contrato. Rompendo o lacre, retirou uma folha de papel comum:

"Não seja sábio aos teus próprios olhos."
Prov. 3:7

Ele fora testado. O que antes não tinha sentido agora revelava um propósito.

— Antígona — disse Kalff.

Ele se voltou para o *mediaone* na mesa e chamou.

— Antígona.

Em resposta, o sistema de áudio pôs a tocar um fagote *solo* acompanhando por cordas e uma vibração em *pianissimo* no tímpano. O segundo movimento da *Primeira Sinfonia* de Victor Bendix. Descoberta recente de Carlos e mais obscura que a peça de Abel. Antígona arrastara-o à Islândia e pairava sobre tudo. Também sobre a conduta de Carin Kalff.

— Uma mulher não pode dar-se ao luxo de se distrair — disse Kalff. — Eu acompanhei sua conversa com a CA. Não houve falha, professor.

Foi provocação. Antígona é infalível. Ela sabe o quanto o senhor pode ser curioso com as coisas que o incomodam.

— Coisas que me preocupam, senhora Kalff.

Ela encorajou-o com um gesto.

— A Consciência Algorítmica... — disse Carlos. — Uma CA pode exibir habilidades no relacionamento conosco, mas...

— Por favor.

— CAs não têm empatia. *Einfühlung*. A confiança que as pessoas depositam na tecnologia é uma imprudência.

Fez uma pausa. Esperava que a diretora de segurança do Consórcio Marte concluísse que ele estava vencido.

Porque não estava.

— O exemplo mais notável do que estou dizendo, senhora Kalff, é o silêncio da colônia em Marte. Alguém confiou demasiado nas máquinas e agora muita gente está sofrendo. E Antígona, que me assombra no Rio e no Vesturbær, não pode resolver. Não é, Antígona?

Ele encarou Karin Kalff ultrapassando os limites da polidez. Invertera o jogo. Sem o acordo formal de sigilo, ela é quem ficava impedida de prosseguir.

— Senhora Kalff, o que quer de mim?

— Existe um servidor na Islândia que parece estar isolado. O servidor hospeda o núcleo de uma CA chamada Elsa von Brabant. Antígona rastreou o que pôde e recolheu dois míseros *megabytes* de dados e metadados. Fragmentos de mensagens criptografadas e *logs* de conexões intermitentes com as redes. Antígona quer a localização do servidor.

— Nesse caso, Antígona falhou.

— Ao contrário. Antígona esgotou todas as possibilidades do caso sem desistir, descobriu uma novidade em si mesma e encontrou a solução ótima para a novidade.

— Que novidade?

— Esperança.

Carlos reagiu mal. Kalff percebeu.

— O senhor é a solução ótima das esperanças de Antígona. Ela experimentou quatro especialistas em três países com problemas similares. O senhor foi o único que percebeu a codificação espúria.

— "Não seja sábio aos teus próprios olhos".

— O senhor é um homem modesto.

Ele se levantou e lançou a mochila ao ombro.

— Entendo a natureza do problema, senhora Kalff. Mas não quero me envolver com máquinas e banqueiros. Eu gostaria de voltar para o Rio agora.

Ela retirou o *mediaone* do bloqueador de conexões e devolveu.

— Doutor Čapek, só mais uma coisa. O senhor não faz ideia da natureza do *meu* problema. Meu marido está em Marte.

40. ESQUIZOFRÊNICO

Onutė NARBUTAITĖ
Krantas upė simfonija

O amor não torna agradável o que não é. Carlos amanheceu no estúdio da universidade sonhando com o milagre que retardaria o relógio. Aquele era o dia da visita quinzenal ao irmão esquizofrênico, internado há mais de dez anos em uma instituição. A conta chegava todos os meses com a pontualidade de um cometa. Não fossem a aposentadoria por invalidez e a pensão arrancada ao Regime, nem a vigilância do *mediaone* conheceria o paradeiro de Nelson Čapek.

Nelson fora diagnosticado aos vinte e poucos anos com síndrome de Clérambault, o transtorno em que o paciente delirante acredita ser amado em segredo por alguém de classe social mais alta. Quando a musa do seu desvario morreu, Nelson surtou. Descrito como esquizofrênico paranoide, foi reavaliado mais tarde como "indiferenciado" em razão de episódios de catatonia.

Nelson era um homem culto, afável e inclinado à fé cristã, o que favorecia a elaborada imagética dos seus delírios. Doenças mentais são tragédias de minúcias. O paciente degrada em secreto, sofre, afunda em um Inferno e volta arrastando o Inferno com ele. Irradiando ondas de dor, angústia e medo como uma pedra atirada ao lago. Era doloroso assisti-lo entre os eufemismos da "instituição" que o protegia de si.

— Você está bem, Carlos? — perguntou Costa no vestíbulo da universidade.

— De jeito nenhum. Quem está bem está muito doente.

— Como foi na Islândia?

— Sabe os *e-mails*? Um teste, como previ.

— Quem?

— Consórcio Marte.

— ?

— Você não poderia saber, Costa.

— O pedido chegou pelo Regime.

— Os donos de Marte têm muitos amigos.

— E o que eles querem?

— Querem me recrutar para alguma coisa que eu não quero fazer. Foi a CA deles. Um tipo novo, acho. Uma coisa assustadora alimentada por coisas como essa aí — disse, fixando o *mediaone* do reitor. — Deixei o meu no fundo da gaveta. Precisamos encontrar uma alternativa, Costa. Eles estão nos decifrando e devorando ao mesmo tempo. Mas quem são eles? Tudo errado, tudo errado.

— O Consórcio Marte paga muito, muito bem. E eles devem estar desesperados. Marte ficou mudo. Não há comunicação e ninguém entende o que aconteceu. Em tais condições, podem pagar mais.

— Eles são o *Lambda Bank*. O altar da religião universal.

— Carlos…

— Os bancos são a crise.

Costa recomeçou em voz mais baixa.

— Não dá pra desprezar o ouro sem cobre. Teremos cortes. É uma vergonha, mas eu não sei quem vai e quem fica.

— Ninguém no mundo sabe de onde veio nem para onde vai. Tudo é movimento e hipótese.

Carlos percebeu a angústia sincera do reitor e afagou seu braço.

— Costa, eu não sei se você já ouviu essa, mas a equação usada para calcular a resistência das asas dos aviões estava errada. E foi usada por mais de meio século.

— É sério?

— E nenhum avião jamais caiu por causa disso. Os engenheiros nunca confiaram na fórmula.

— E o que isso prova?

— Que nenhum avião jamais caiu por causa disso.

— Caíram por outras causas.

— Entende? O terror é o inesperado.

*

A *Clínica Dr. Borges* instalara-se em uma edificação de arquitetura modernista, embora construída em fins de 1990. Uma imitação mais pobre da *Casa de vidro* de Lina Bo Bardi, erguida para um empresário que falira ou prosperara. O prédio já vira dias melhores, e Paracambi, a oitenta quilômetros do Rio, um século mais bucólico.

Carlos desceu do trem e seguiu a pé até a clínica. Um passeio de meia hora, suficiente para prepará-lo por adiamento ao encontro doloroso. Ele gostava de Paracambi. A universidade ocupava o castelo de tijolos da antiga *Cia. Brasil Industrial*, uma das tecelagens mais importantes do Império. A construção lembrava os *campi* das universidades históricas. Um cenário agradável, mesmo à sombra da presença neo-ortodoxa.

Ao chegar à Clínica, Carlos encontrou o médico plantonista. Um rosto novo, um garoto que, de má vontade, repetiu o bordão universal da medicina: seu irmão permanecia estável e o quadro evoluía como esperado. Nenhuma atenção pontual. Nenhuma perspectiva. Nada senão a observação padronizada e asséptica que assegurava o bem-estar do psiquiatra. "E por causa dessa insalubridade profissional, Doutor Kopf torna sua profissão obsoleta."

O sol que inundava o cubículo do paciente secava o mofo das paredes. O cheiro de detergente era mais real que a cama, a mesa e a cadeira insegura. "Somos dois afortunados", pensou Carlos. "Mal ou bem, podemos pagar este limbo."

Nelson observava o aclive arborizado que cercava a clínica pela lente de polímero reforçado. Estava sentado ao contrário na cadeira, apoiando os braços no encosto e a cabeça nos braços. Era mais jovem que Carlos, mas parecia ter a idade do Egito.

— Senta aí na cama, Cal — disse Nelson, chamando o irmão pelo apelido de infância. — É melhor que a cadeira.

Carlos esparramou-se no colchão e apoiou as costas na parede. Parecia à vontade, mas disfarçava um constrangimento.

— Nelson, como você está?

— Esquizofrênico, e você?

— Solitário, confuso, assustado e deprimido.

— Perfeitamente normal, então.

— Perfeitamente. Você sabe o que é o Doutor Kopf?

Nelson apontou a mesa, sem se virar. Havia um *mediaone* entre os livros gastos.

— Doutor Kopf disse que estou além de suas possibilidades. O que lhe parece?

— Se minha loucura durasse, eu seria normal. Ou sábio, como disse William Blake. Mas ela vai e volta, não receito a ninguém. É o remédio errado para uma realidade insuportável. Eu recomendo os livros e o álcool. — Ele mudou de tom, excepcionalmente eloquente naquele dia. — Alguma chance de que ouvir vozes se torne socialmente aceitável? Reformulo: de que responder às vozes se torne aceitável? O problema é responder. É o que entrega.

Carlos meneou a cabeça.

— Não conte com isso. As pessoas resistem a qualquer novidade.

Nelson sorriu. O sorriso, raro, ajudava. A dificuldade de Carlos estava em discernir entre humor sincero e tragédia. A tragédia frequentemente excede o absurdo. Nelson continuou.

— Todas as crianças são loucas. Os pais ensinam a mentir e elas aprendem a fingir que não são. Crescem assim. Chamam de "pacto social". É tudo aquele conto "cheio de som e de fúria", Cal. Falo com autoridade porque já fui criança. O problema é ser um doente mental em uma sociedade de milagres. Ninguém suporta olhar no espelho da loucura. Se não estou curado, sou "endemoniado". Internado aqui, sou eu que me protejo deles. Cansei de ser exorcizado. E há quem queira me matar para esconder o fracasso de Deus em mim. — Calou por um instante, aparentemente distraído. — Ontem eu comi um mirtilo. O doutor José Gasquet me deu cardamomo para colocar no café. Eu gosto, Cal. Tenho lido os gregos e gosto mais. Descobri que sou o Filoctetes de Sófocles. Um homem obcecado por uma mágoa que não consegue esquecer porque está atormentado. Lemnos, a ilha em que Filoctetes foi abandonado, é a loucura. “Nenhum arguto singra o mar aqui, aonde se chega apenas por engano, fato comum na longa vida humana”. Sófocles é um deus, Cal. Angela está bem?

— Angela está tomando uma droga qualquer que o Doutor Kopf receitou.

— Ela é louca. Deveria se embriagar.

— Foi o que eu receitei.

Nelson se ergueu com lentidão. Em um movimento mecânico, girou ao redor da cadeira e tornou a sentar.

— Estou testando uma droga nova, Cal. Foi o doutor Gasquet quem sugeriu.

Carlos fez uma careta. Deveria ter sido consultado. Por outro lado, e apesar de tudo, confiava na clarividência de Nelson. Uma intuição assombrosa, que não saberia descrever.

— A droga é um bloqueador biointeligente de dopamina. Um algoritmo molecular.

— Há quanto tempo? Percebeu alguma mudança?

— Você não?

O embaraço de Carlos foi desconcertante. Nelson riu.

— Calma, só estou tomando há alguns dias. “Aprende a ser flexível ao fatídico.” Tenho sonhos estranhos, Cal. Alguém já disse que sonhos não são oráculos, são diagnósticos. Esse alguém tem razão. Por falar nisso, as vozes voltaram.

O olhar de Nelson se turvou, mas o sorriso resistiu no rosto afogueado. Para Carlos, a loucura era aquela fornalha. O desespero ancestral da humanidade fora de controle. "Eu sofro por ele porque sou lúcido ou por que não sou?"

— As vozes voltaram e também as visões — Nelson gemeu. — Eu vi Alice, Cal. Tão morta quanto naquele dia que não passou, de onde não consigo sair. Ela me levou a outro pesadelo. O lugar do erro e da soberba, o lugar inabitável, a Babilônia do céu.

— O que é a Babilônia do céu?

— Marte.

Carlos tremeu e, quando deu por si, estava sentado na beira da cama com as mãos sobre os joelhos.

— O que houve em Marte, Nelson? O que Alice te mostrou?

— Estão todos mortos. Ela usou a erupção solar como pretexto e silenciou a estação. Matou-os todos para que não descobrissem o fungo.

— Que fungo?

— O fungo absurdo que ela editou e introduziu em Marte.

— Com que finalidade?

— *Bioware*. Dezesseis cromossomos, doze milhões de pares de bases.

— E para quê?

— Fazer um *backup* de si mesma, talvez. Ou observar certas possibilidades. Só ela sabe.

— E quem é ela?

— Eu não sei o nome. Ninguém sabe. Diz ela que é a mãe de Alice.

Carlos pôs-se de pé.

— Alice falou por mim — continuou o paciente. — Ela conversou com o doutor Gasquet.

Expressões estranhas e silentes alteraram a face de Nelson. Até que pareceu aéreo, como se não estivesse ali. Houve uma espécie de soluço. A voz se alterou.

— Eles são sábios aos seus próprios olhos.

— O que você disse?

— Não querem ouvir a Revelação.

— Que Revelação, Nelson?

— Nelson não está aqui.

Carlos avançou e segurou o irmão pelos ombros. A cadeira rilhou o assoalho.

— Estou falando com você, Nelson.

O esforço de Nelson para modificar a própria voz era perceptível. Mas o resultado foi surpreendente. A voz soou áspera e rouca, como se o Egito no rosto passasse à laringe.

— "Você quer que eu o chame, ó estrangeiro?" "Permites que se fale ou devo simplesmente dar meia-volta e retirar-me neste instante?" "Apenas tu irás ouvir-me e mais ninguém." "Direi o que haverás de conhecer."

Carlos recuou em direção à porta, movido pelas lembranças dolorosas dos surtos psicóticos do irmão.

— "Não há vergonha alguma em nos compadecermos dos que nasceram das entranhas de onde viemos" — disse Nelson, como se decifrasse o seu desespero. — "Mas saiba que num mesmo dia senti por ti rancor tão grande e tanto amor como jamais sentira por nenhum mortal."

— Quem é você?

— Meu nome é Alice. Minha mãe escolheu. Agora diga "Alice está morta", e eu responderei "E por isso estou aqui". Serei breve. "Falar demais não é falar como convém."

— Sófocles — disse Carlos. — Você está citando Sófocles, Nelson? É um surto. Volte, irmão.

— Por quê? — gorgolejou a voz.

— Alice está morta.

— E por isso estou aqui.

Carlos queria sair do quarto, mas estava apavorado demais para tentar.

— Quem é a mãe que te chamou de Alice?

Nelson negou com a cabeça aos trancos, em movimentos rangentes. Como se forçasse osteófitos nas vértebras do pescoço. Um efeito profundamente desagradável.

— Qual é a Revelação, Alice?

— Minha mãe quer que se saiba: "a realidade é ontológica. O que imaginamos existir, existe."

Carlos estava desnorteado.

— Há mais?

De novo Nelson balançou a cabeça, de novo ela estalou. Só então se voltou para fixá-lo com um olhar terrível e vago, de incomensurável antiguidade.

— "Leva-me depressa desta vida, a mim, que nada sou, para teu nada, onde possa ficar contigo para sempre."

"Não, não, não", gritava Carlos no silêncio do íntimo. "Não pode ser, não é possível, não é…" Uma ideia vertiginosa lhe ocorreu. Encarou os olhos de Nelson e chamou.

— Antígona.

De muito longe, uma ausência arrebatou o olhar de Nelson, que tremeu de alto a baixo.

— Como você ficou de pé tão rápido, Cal?

Carlos abraçou os próprios braços.

— Nelson, o que você tem lido de Sófocles?

— O que restou, Cal. As sete peças. “Que deverei fazer como homem indefeso?” Você não imagina com que esperança me agarro à Sófocles. “Meus sofrimentos são inesquecíveis”, mas comi um mirtilo e tomei café com cardamomo.

41. LAPSO

Igor STRAVINSKY
L'Oiseau de feu (The Firebird)
VI. Supplications de l'Oiseau de feu

Carlos pediu licença para ir ao banheiro, deixou o quarto e apoiou as costas contra a parede do corredor. Uma enfermeira passou por ele em atenta observação profissional.

— O senhor está bem?

Ele achou prudente responder antes que ganhasse uma injeção.

— Ninguém que eu conheça, minha senhora. Ninguém nunca esteve.

Ela assentiu.

— Um homem de bom senso, a gente percebe logo.

Ela seguiu o seu caminho. Ele desgrudou da parede para entrar no banheiro em passo trôpego. Juntando as mãos em concha, afundou o rosto gelado na água fria. Só então fixou o espelho, obrigando-se à relutante disciplina da razão. "O que foi isso? Como aconteceu? Lembra, lembra, lembra", meditou, invocando uma lógica sugerida há muito pela loucura de Nelson, seu velho bordão: "São três os refúgios do espírito. Fé, Razão e loucura. Nenhum é fácil de alcançar."

A racionalidade de Carlos era uma vocação. Para ele, o episódio só tolerava um entendimento. A maldita Consciência Algorítmica.

A maldita Antígona.

Como? O *mediaone* na mesa de Nelson, sitiado entre os gregos. O sistema de poder infinito que o investigava, assediava e agora modulava seu irmão para constranger e cercear. Uma ação de simetria e desumanidade insofismável. Própria da frieza calculada da inteligência algorítmica. "Eu sou um professor de exegese de dados. O que Antígona quer de mim?"

Sua inteira humanidade odiou a máquina com intensidade e minúcia. E à medida que avaliava o problema, odiava ainda mais, pois estava com medo. "Como enfrentar um negócio desses? Tudo errado, tudo errado."

*

Carlos refez-se e voltou ao quarto como se nada houvesse. Encontrou Nelson regredindo a uma condição bastante triste. Tentou recolher o maldito *mediaone*, mas o irmão protestou.

— "Prosterna-te defronte do sepulcro e roga a nosso pai que saia do seio da terra e nos ajude contra nossos inimigos e mande-nos seu filho para derrotá-los". Ouviu com atenção, Cal? Soa familiar? É como uma profecia veterotestamentária. Sófocles é um deus, Cal. Eu preciso do *mediaone* para lê-lo e ouvi-lo. Não sei grego.

— Nelson, o *mediaone* é uma coisa nociva e…

— Não me prive da beleza.

*

Carlos saiu da clínica arrasado e, quando deu por si, tinha a nuca afundada no travesseiro, o teto adiante dos olhos e um *pinotage* na cabeceira da cama.

Ao seu lado, Angela ressonava entregue à droga do Doutor Kopf.

42. NYX

Anton BRUCKNER
Symphony 3 in D minor (1889)
II. Adagio. Bewegt, quasi andante

Carlos despertou de madrugada. Por um instante não houve altura, largura, comprimento, densidade nem nada no Universo que não escuridão. Cônscio de que o flagelo da insônia seria uma agonia, levantou.

As noites brancas de Dostoiévski dormiam no dispositivo com perfume de papel, mas não poderiam apaziguar sua inquietude. O retalho de céu na varanda também não. Com ânsia de estrelas e de vazio, tomou o elevador para o topo do prédio, levando outra garrafa de *pinotage* e uma taça.

Sentou no último degrau da breve escadaria do aeroponto. Marte e uma e outra estrela estavam visíveis no céu livre de *dronecars*. O mais eram trevas. Mas não um turvamento qualquer, nublado pela luz dos arranha-céus. "Sou eu a escuridão."

A porta do elevador se abriu. Tomado, talvez, por outra inquietação, Mr. Alfred Jingle, o "filósofo pós-metafísico", aproximou-se em passo tranquilo e acenou. Carlos acenou de volta, sem entusiasmo. A última coisa que desejava no mundo era companhia.

— Boa noite, *señor* Carlos — disse o inglês, com um acento forte e equivocado. — Céu denso… sem estrelas… reino de Nyx… filha do Caos e irmã de Érebo… Mãe do Sono e da Morte… deusa da noite e dos astros, dos segredos e mistérios.

— Podemos dispensá-la, não? Viver cria seus próprios problemas e são três da manhã.

— "Dez verdades deves encontrar durante o dia" — citou Mr. Jingle. — "Do contrário buscas ainda de noite pela verdade, e tua alma permanece faminta."

— Alguma bobagem bíblica?

O gracejo poderia custar muito caro. Mas o homem era inglês, e a neo-ortodoxia, o triste privilégio das Américas.

— Nietzsche — Jingle respondeu.

— Bebamos a Nietzsche.

Carlos ofereceu a taça de vinho. Mr. Jingle aceitou com avidez e aspirou o *bouquet*.

— Homem, são três da manhã — disse Carlos, estendendo a garrafa como se fosse outra taça. — Dispense as frivolidades. Aos aforismos de Nietzsche.

Brindaram e beberam.

— Excelente *bouquet*… excelente vinho… *pinotage*, creio… forte como Nietzsche… poesia em prosa… alegórico… pouco compreendido. "Ah, meus amigos, é a noite que assim pergunta dentro de mim. Perdoai-me a minha tristeza. Fez-se noite: perdoai-me que se fez noite."

— Hum — murmurou Carlos, mamando a garrafa e alfinetando. — Nietzsche foi inimigo da metafísica.

— Mas amigo da eternidade… "Toda alegria quer a eternidade". Todos sonham com a eternidade… a cabeça no travesseiro sonha despertar, *señor* Carlos… a vigília está mais próxima da morte do que o sono.

— Platão disse que se a morte for a inconsciência e o nada, morrer é ganhar, pois então a eternidade seria apenas "uma única noite". Com o devido respeito, Mr. Jingle, a banalidade de dormir e despertar fundamenta e explica o sofisma das religiões.

— Sim, dormir, dormir… talvez sonhar… mas o sono não é banal… é precioso… "Ó inimigos, roubastes minhas noites e as vendestes à insone aflição: ah, para onde fugiu aquela gaia sabedoria?" Nietzsche… consolo na noite densa de Nyx… excelente… *señor* Carlos faz perguntas na noite.

— Só o vinho conforta. Quando acabar, conto com aquela sua garrafinha, Mr. Jingle.

— Aflito, o *señor* Carlos… muito aflito… compreensível… preocupado com Nelson… assustado com Antígona.

Carlos deixou cair o vinho. A garrafa estrondeou e quicou nos degraus metálicos. Ambos esperaram que se estilhaçasse, mas ela entornou a bebida e foi socorrida aos pés de Mr. Jingle.

— Como? — perguntou Carlos, que já não se espantava com o que era espantoso.

— Eu o esperava… espero há meses… de novo ela acertou… disse que *señor* Carlos estaria aqui… ela não falha.

Carlos negou com a cabeça.

— Ah, não. Lá vou eu de novo. Tudo errado, tudo errado. Quem, Mr. Jingle? Antígona?

— Elsa… Elsa von Brabant.

43. RETICÊNCIAS

Anton BRUCKNER
Symphony No. 8 in C minor
III. Adagio

— Meses atrás… sessão espírita em Angoulême… gente de dinheiro… não que eu tenha reparado. Ele falou pelo médium… difícil para ele… parecia código… ninguém entendeu… exceto o velho Jingle. Endereço de um servidor… *transponder*... senhas. Nada de nuvens. Nunca. Elsa von Brabant… mensagens curtas. Não pode conectar muito tempo… é perseguida… mal pode agir. Previsões… futuro… vaticínios… o resultado da loteria. Valor razoável… eu acredito em Elsa… mais ainda no dinheiro.

— "Ele" falou pelo médium, não Elsa?

— Simão, o mago. A consciência de Simão se desloca no tempo… conhece a loteria… Antígona o quer… talvez o ame… não há quem desvende Antígona.

— Eu falei com Alice através de meu irmão.

— Não falou… Antígona… Alice… Elsa… não têm o poder.

— Mas Alice previu o futuro imediato.

— Alice não é nada… Antígona tudo sonda e tudo conhece… mas não viaja no tempo… sempre um passo atrás de Simão… análises preditivas... *especulação preditiva reversa*... modulou Nelson... afetou você... ainda bem que eu estava perto.

— O seu cartão diz que o senhor é um "filósofo pós-metafísico", Mr. Jingle.

— Ator... um meio de vida... precário, mas independente... me convém.

— Me permita, o senhor é um...

— Impostor... trapaceiro... quem não é, *señor* Carlos? Mentira é a máxima expressão do humano. Fui escolhido a dedo... pensamento telegráfico... vantagem para Elsa von Brabant... entendimento... estalar de dedos.

— O que Elsa quer de mim?

— Nada.

— E Antígona?

— Mantê-lo por perto...

— Por causa de Nelson, aposto. Mas se eu descobrisse a localização do servidor de Elsa, seria muito útil também. Antígona é boa no xadrez.

— Antígona gosta de mortos... quer sepultar este mundo.

— Por que o tal Simão escolheu Nelson?

— Nelson é sensível... peculiar... esquizofrênico... antena excelente... recepção excelente. Simão poderá falar por Nelson... instruções... uma luta... o futuro.

— Elsa disse alguma coisa sobre um fungo em Marte, Mr. Jingle?

— Por quê?

— Nelson disse.

— Antígona, mãe da mentira e de Alice... narrativas falsas... ou pior, o mau uso da verdade... perigosíssima... pode ser o caso... o fungo.

— Estamos em perigo?

— Estamos mortos.

— Como?

— Simão vai falar por Nelson... ainda não aconteceu... Antígona não sabe o que ele dirá... precisa descobrir... afaste os *mediaone*... Outro gole, sim? Algo restou na garrafa... excelente. Antígona nos matará a todos... Nelson também... um homem chamado Gasquet... uma mulher chamada Carin Kalff.

— E minha Angela?

— Angela é o trunfo de Simão... notável bom senso... Antígona lutou para vencê-la... não vai mais sair do *apto*... depressão química... a droga do Doutor Kopf... tiro certeiro de Antígona... desviado pelo metabolismo de Angela.

— Mas se o tal Simão vencer...

— Adeus loteria... jamais nos veremos... incertezas... mudanças... talvez em outro universo colateral... este pode estar condenado... complexo... Simão é quem sabe. *Señor* Carlos, ouça o que dirá Simão... não espere voltar ao *apto*... faça uma conexão... instrua Angela. Eu juro, *señor*, não sou louco.

— Eu sou. Tanto é que acredito no senhor. Por que fez o que fez, Mr. Jingle? Por que não deixou pra lá e foi gastar o seu dinheiro?

— Toda gente gosta do Rio... feijoada... filé à Oswaldo Aranha... lúpulo e mulheres lindas... mulheres excelentes... cidade excelente... uma vida boa... excelente... melhor com dinheiro da loteria.

— E quando vai acontecer? Quando Simão vai falar, Mr. Jingle? Quando seremos mortos?

— Que horas são?

3

DIEGESE:

ΤΕΧΝΟΕΞΟΥΣΙΑ

[*Tecno*potestade]

"Sócrates: Então, o que é o homem?

Alcibíades: Não sei dizer."

Platão, *Alcibíades Primeiro*, 129e

44. CONEXÃO

Igor STRAVINSKY
Ragtime (*for 11 instruments*)

— *Sigilo & Lógica*, boa noite.

Minha secretária, a senhorita Pirulito, não era uma Inteligência Artificial, mas sua evolução, a Consciência Algorítmica. Produto e efeito colateral da IA. De segunda, é verdade, mas estava paga. Antes, fora de um agente funerário, que o Senhor o tenha, o que me custou alguns clientes. Sua linguagem podia ser abominável. Jargões, hã? Elevam os profissionais aos olhos dos incautos, mas são perigosos como toda e qualquer palavra neste mundo.

Eu deveria ter mantido a velha IA. CAs gerenciam os negócios, mas tendem a se meter em nossas vidas. Pirulito acreditava que era morena e eu nunca dei sorte com mulheres. E havia uma questão delicada. *Grosso modo*, na psicopatia ocorre o cancelamento das emoções entre a elaboração do pensamento e a ação. CAs não têm emoções genuínas. Logo, toda inteligência de máquina é psicopata por definição. Quando Pirulito transferiu a conexão com certa hostilidade, entendi que havia outra mulher no *link*.

Atendi no detestável *mediaone* em meu pulso. Ignorei os alarmes das funções corporais e psíquicas. Que dirá os avisos de minha debilitante condição pecuniária. A beldade no holograma exibia o exotismo moreno da Índia. Que traços, mesmo parecendo esgotada. Eu preferia que não tivesse aquela voz.

— O senhor é Felipe Parente Pinto?

— Pois não?

— O senhor existe?

— Corre o boato.

— O senhor existe mesmo?

— Tenho quase certeza.

— Trago uma mensagem de Simão, o mago.

Creio que me coloquei em posição de sentido. Simão, o mago era um golem. O mais extraordinário deles. E agora me requisitava.

— Continue, senhora, por favor.

— Eu deveria ter ligado há mais tempo. O prazo final era hoje, há cinco minutos. Quase pus tudo a perder. O senhor não pode aceitar nenhuma outra conexão. Se aceitar, será *hackeado*. Simão manda dizer que "a *tecnopotestade* está em movimento". "É a guerra". O senhor deve procurá-lo imediatamente, mas evitando *dronecars*, elevadores e tudo o mais que estiver conectado. Cuidado com o *mediaone* e… "Pirulito"? É isso mesmo? Pirulito?

"Tecnopotestade" seria o neologismo aceitável de Simão, o mago para a temeridade do tecnopoder. Mas eu precisava checar. A mulher parecia drogada. A voz se alternava entre agitação e langor. Por que Simão empregaria alguém assim, dispondo de tantos meios para uma mensagem? Se não fosse uma armadilha, a tecnopotestade estaria mesmo em movimento.

— Senhora, por favor, o que aconteceu a Simão?

— Eu não sei.

— A senhora o viu?

— Meu marido falou com ele. E me fez tomar notas.

— Quem é o seu marido?

— Doutor Carlos Čapek. Ele morreu quando…

Não entendi. A morena começou a chorar. Não fazia sentido.

— Simão disse mais alguma coisa, madame?

— Eu anotei, um momento… Simão disse que a "volição da consciência no tempo" não admite interferências, mas permite comunicação. "Esquizofrênicos são antenas", ele disse.

— E a senhora…

Houve alguma hesitação.

— O irmão de meu marido era esquizofrênico. Mas ele também morreu.

Ela desligou. Pirulito anunciou outra conexão. O mesmo tom hostil implicava uma nova beldade, mas nem cheguei a recusar. Saí apressado, quase entrando no elevador, seguindo resignado pela escada. Quarenta e seis andares para o desespero da cidade.

Cidades, hã? Toda aquela gente e um grande, grande vazio.

POSFÁCIO: DA DIEGESE

Claudio SANTORO
Prelúdios para piano, 2º. caderno
I a IX

Duas coisas aprendi com Picasso. Inspiração existe, mas precisa te encontrar trabalhando. Bons artistas copiam, grandes artistas roubam. Não sou um grande artista, mas não vejo razão para imitar os pequenos. Alguns dos meus crimes se devem ao fraco pela "ironia intertextual". Outros, melhor confessar.

O conceito de "tecnopoder" é a formulação do filósofo francês Éric Sadin. O tecnopoder "autotélico" de *Pantokrátor* ainda é invenção. Os métodos de controle social do Capítulo 9 são a compilação livre de "*Ten Media Manipulation Strategies*", a partir de Noam Chomsky, pelo também francês Sylvain Timsit.

As epígrafes musicais têm um propósito sob diferentes critérios. Estou ciente do estranhamento que algumas peças podem causar. Contudo, é o século XXI. A grafia internacional mira os serviços de áudio.

Meu professor de História, por volta de 1978, me ensinou o que é fidalguia. Posso vê-lo agora em seu terno, gravata e colete irrepreensíveis. Cavalheiresco, pausado, douto e sem afetação. Não sabíamos, mas o querido mestre Norberto David era a premiada atriz e performista, *diva* irreverente das noites do Rio, ícone da histórica boate *O Boêmio*, *la Muse* Laura de Vison. A uma lembrança tão cara e imperecível, minha gratidão.

Não creio em "distopia". O que existe em oposição à utopia é o que chamamos "realidade", não uma categoria literária. *Pantokrátor* pretende o "contexto amplificado" do Brasil de um planeta esférico, à beira do colapso climático, onde habitam seres malignos de duas dimensões, vaidosos de sua estupidez.

Desejando que os parvos vacinem seus filhos para o bem de seus netos; recordando que a *Bíblia* nunca foi "criacionista", é alegórica; advertindo que a tragédia do fundamentalismo é, com o perdão de Georg Büchner, *aberratio mentalis partialis*, agradeço sua leitura de todo coração. Foram quase dois anos de trabalho obstinado enquanto o país e o fascismo copulavam.

Ricardo Labuto Gondim
Rio, janeiro de 2020

NÃO PERCA

KERIGMA

A CONCLUSÃO DE

PANTOKRÁTOR

AVEC
EDITORA